大地的恋歌

高亚 著

天津出版传媒集团

百花文艺出版社

图书在版编目（ＣＩＰ）数据

　　大地的恋歌 / 高亚著 . -- 天津 : 百花文艺出版社，
2023.7
　　ISBN 978-7-5306-8605-8

　　Ⅰ . ①大… Ⅱ . ①高… Ⅲ . ①散文集－中国－当代
Ⅳ . ① I267

　　中国国家版本馆 CIP 数据核字 (2023) 第 120994 号

大地的恋歌
DADI DE LIANGE
高　亚　著

出 版 人 : 薛印胜
责任编辑 : 张　雪
装帧设计 : 鸿儒文轩
出版发行 : 百花文艺出版社
地址 : 天津市和平区西康路 35 号　　邮编 : 300051
电话传真 : +86-22-23332651（发行部）
　　　　　+86-22-23332656（总编室）
　　　　　+86-22-23332478（邮购部）
网址 : http://www.baihuawenyi.com
印刷 : 三河市华东印刷有限公司
开本 : 880 毫米×1230 毫米　1/32
字数 : 200 千字
印张 : 9.75
版次 : 2023 年 7 月第 1 版
印次 : 2023 年 7 月第 1 次印刷
定价 : 58.00 元

如有印装质量问题，请与三河市华东印刷有限公司联系调换
地址 : 三河市燕郊冶金路口南马起乏村西
电话 : 19931677990　邮编 : 065201

序

一首唱给故乡大地的深情恋歌

张　锋

　　高亚同志又出新作了，时在壬寅年仲夏，书名叫《大地的恋歌》，与早先《大地的声音》《大地的怀想》一起，成了精彩的连续剧。

　　书稿发我之后，高亚嘱我作序，我自知并不合适，然思及同乡（临海）、同龄（50后）且同道（文字工作者），不仅有推辞不得之情感，更有不可推辞之情结。故一边阅读，一边思考，一边敲下以下的文字，算作读后感，应该是比较合适的。

　　恋歌从头唱，深情寄故乡。高亚这首唱给故乡大地的恋歌，一切来自自己的原创，他既是词作者，又是曲作者，更是放声高唱者。我从这首歌里看到的是一片真心，听到的是一腔真情，感受到的是一副真性情。

词意切切，每一组字节里跳动的是对故乡的挚爱。

故乡，是一个人生命的原点，也是一个人成长的起点。细读高亚写故乡的文字，总有水一般的温润，既像苏北总渠之水滔滔奔涌，又似五岸灌区之水潺潺入心。

他写老家的风景，常常以老槐树、芦苇荡、草泥塘、旧田埂、村边地头、农家院落等意象入笔，细心地描绘，精心地表达，小心地着墨，生怕刺破那缠绵在心灵深处的美妙梦境，打乱这定格在脑海回路的原始画面。

你看他回忆起屋前的老槐树，娓娓道来，款款深情："童年时，最开心的是槐树开花的时候。"为什么开心呢？我从他的叙述中，明白了个中缘由。一是赏花的美好："槐树开花，雪白的穗子一串串，像挂在藤枝上的葡萄，挑在竹竿上的小鞭，还像农村小姑娘头上的麻花辫子。槐花那幽幽清香，招来无数蜜蜂飞上飞下，'嘤嘤嗡嗡'忙个不停。家里家外全浸泡在浓郁的槐花馨香中。"二是摘花的美感："我站在身体结实的伙伴肩上，打高肩爬上树摘槐花，摘到槐花没忘记让自己先尝为快，直到下面的小伙伴叫喊吃不消了，威胁我再不往下扔槐花就把我从他身上摔下来才作罢。"三是食花的美味：写母亲"变着法子给家里改善伙食。韭菜炒槐花，下饭；槐花炒鸡蛋，解馋；还有槐花粥、槐花饼，爽口、开胃。槐树开花的日子里，家里土灶前总是飘出槐花的香味。"

写出这"三美"，作者意犹未尽，还接着写了老槐树给他带来的"三乐"。第一乐是"粘知了"。老槐树上，夏天是知了的舞台，叫起来可是没完没了，吵得劳累的大人们无法午睡。作者和他的小伙伴们便"用水和上面粉，反复揉搓成面筋，粘贴在竹竿的顶头，探进浓密的枝叶里，小心翼翼地寻找着知了，发现知了后，憋住气，悄悄地将竹竿靠近，找准时机猛地点上去，只听"吱"的一声惊叫，知了就被粘下来了。我们用线绳拴住知了的身子，让它在前面飞，我们在后面追，汗流浃背，却乐此不疲。"第二乐是"躲躲找"。这是有"亮月子"晚上乡下孩子玩得最开心的游戏。"有时我猫着腰，蹲在树根下，以粗壮的树干作掩护；有时躲到树上，直到小伙伴喊认输了，我才像夜猫子一样从树上'扑通'一声滑下来，神气活现地站到他们面前！"第三乐呢，是"乘荫凉"。"我常搬两条大板凳，靠着树干当床睡午觉，绿荫如盖、凉风习习，惬意地度过一个个炎热的午后。""有时一个人愁闷时，也会跑到老槐树下，摇曳的树叶像欢迎我的小手，窸窸窣窣的声响像抚慰我的轻声细语，愁郁的心情不一会儿就朗润起来。"

写一棵老槐树，写得这么活灵活现，写出这般活色生香，在我看来，没有原生态的生活体验，或者不是性情中人，恐怕无法写出这一丰盈的现场感和如此丰富的鲜活度。

曲韵悠悠，每一个音符中演绎的是对故乡的深情。

高亚写故乡的景，写得有声有色；写故乡的食，写得有滋有味；写故乡的人，又写得有情有义。

就说他写回乡的吃吧，姑父、姑母家的农家菜让他唇齿留"乡"。那特殊味儿的神仙酱:"提起这个名,就想到那个味,不由舌根下口水直渗。"为什么呢?且听他慢慢道来:"神仙酱是儿时常吃的一种美食,特下饭。它是用黄豆做成的一种酱,但区别于豆瓣酱,豆瓣酱是在炎热的盛夏做,而神仙酱则在寒冷的腊月做。"他还详细地说出具体的做法:"先将黄豆洗净下锅煮熟、熬烂,然后用蒲包装好放在土灶灶台上焐,利用煮饭、烧菜炕热灶台的余温发酵,每天数次手摸蒲包感触温度,待10天左右,打开扎封的包口,经闻味、看色,用手触摸豆子有黏丝后,拌适量的盐就行了。我们将神仙酱放在冰箱内,吃时,挖一块用冷开水泡一会儿,放点酱油、麻油和青蒜,一盘汤汁稠厚、豆瓣绵软、豆酥汤鲜的神仙酱就完美了。"

最吸睛的是写表弟家做饭,生动极了,也热闹极了。"姑奶奶兴冲冲地从屋后抱回一棵大白菜,又急匆匆提着篮子到田里摘辣椒、拔萝卜、割韭菜,随后搬个小板凳坐到屋檐下摘菜;表弟媳拎个塑料桶风风火火到屋前河里逐一提起小网箪,利索地倒出一条条活蹦乱跳的草鱼、黄颡鱼等杂鱼,还有张牙舞爪的小螃蟹,放下桶后又忙不迭地拿个掏灰耙,到鸡窝里掏起鸡蛋;妻子取出我们带来的五花肉、卜页、豆腐切起来。我和姑爹爹则背靠山墙面朝阳晒太阳,闲聊起土地流转、宅基地征用等农村热点话题。不一会儿屋外拣菜的、河边洗鱼的,像是听到了集合令,全都聚到锅屋灶台前,表弟媳蹲到锅门口烧火,妻子在水池边洗碗刷碟,姑奶奶则系好围裙,卷起袖子当起了大厨。锅屋里砧板咚咚,锅铲叮当;锅屋外高耸的烟囱里飘出缕缕炊烟，宛如云朵悠悠起伏；锅屋里窜出的腾腾热气裹夹着诱人的油香，和淡淡炊烟草灰幽香交错相融，沁人肺腑。"

结果呢，经过一家人的忙碌，"端上来的菜竟摆满一大桌，大白菜烩五花肉、黄豆熬小杂鱼、小葱炖鸡蛋、韭菜炒辣椒、青菜烧百页、萝卜煨豆腐……大盘大碗、五颜六色，看得你眼花缭乱，胃口大开，虽舌尖尚未触及，但我的味蕾已甄别出这熟悉的味道里带着泥土的芬芳、河水的甘醇。"

不要责备我引用原文这么多，真的不是为了偷懒省事，而是让人们看看作者这弥漫乡情的语词和充满乡音的语感，进而辨别出直达人心、迳接地气的文字，究竟是一种怎样的味道和魅力。

歌声袅袅，每一段场域下倾诉的是对故乡的思念。

高亚这部散文集既写故乡美丽的景、有趣的事，又写故乡可敬的人、难忘的梦，还写一家老小的爱、第二故乡的情，分开来是独唱，合起来是合唱，而且是多声部的合唱。

我在这里想突出介绍的是高亚散文颇有个性的语言风格，这是我深入其中、阅读之后产生的重点印象和深刻感受。概而言之，大致有三：

有机。语言的有机，是说脱离了官话、大话、套话这一表达方式的另一类话语体系，它来自大地民间，还原大众生活，如同没有施化肥、打农药的农产品，带有原汁原味的原生态。读他的文字，就像吃到家乡的土特产，吃起来可口，闻起来可亲。不妨读一段他笔下对拔茅针的回忆："在农村的沟、渠、堤埂边，都生长着茅草，农村人用它盖房子、搓绳。每年三四月份，茅草中央长出细长的嫩茎，外表由几片紫中泛绿的嫩叶包裹着，拔出来，一头粗、一头细，像农家妇女缝衣服的针，所以叫茅针。茅针是处于花蕾时期的花穗，剥开包裹着的外皮，就会露出白绒绒、亮莹莹的茅针肉。那是农村孩子的最爱。"怎么拔茅针呢？他告诉我们："茅草地里有人蹲着、有人半伏着、有人干脆脸朝下趴在草地上，个个瞪大眼睛，凝神聚力掰开茅草，寻找着茅针。男同学迫不及待地边拔边吃，女同学小心翼翼将拔起的茅针一根根整理好，并用橡皮筋、红头绳捆起，放进口袋或书包里。没耐性的男生找不到茅针，就跑到女生面前要，不给，就到女生手里抢。一阵撒野折腾，满把、满口袋、满书包都是茅针。回家路上，大家取出鲜嫩、清甜的茅针，边享受、边玩耍。有的将吃完的茅针壳往女生头上放、朝衣领下灌；有的还玩起剪刀、石头、布和斗鸡等游戏赌茅针。欢愉的嬉闹声回荡田野、流淌一地。"不用多说了吧，这场景，活脱脱就是一幅乡村孩子的野趣图呀！

鲜活。这一特征，在高亚的文字中几乎随处可见、俯拾皆是。他写拾稻穗，在生产队长"放门喽"的一声呐喊中，"站在田埂上望眼欲穿的男女老少，一窝蜂地拥向田里。那年头，农村人吃的主食都是大麦糁等粗粮，水稻不多，米很金贵。稻穗拾得多，回家后用连枷打，少的话就用木榔头锤，晒干的稻谷碾成米，晶莹剔透，熬成的新米粥黏稠油亮，锅盖一掀香味扑鼻。把粥盛进碗里，不一会儿粥表面就结成厚厚一层油膜，用筷子挑着送入口中，糯甜润滑，令你胃口顿开。"他写几个小伙伴到生产队瓜园里偷瓜："四个人，一个人在看瓜人棚子前放哨，其余人从左右两侧行动，我们一会儿猫着腰，一会儿匍匐爬行，不一会儿，每个人都怀抱香瓜溜到小树林会合。黄澄澄的香瓜香喷喷的，正在大家炫耀、得意，准备开吃时，突然，睡醒午觉的看瓜人追了过来，边跑边吼：'小遭炮子，看我今天不打断你们的腿！'吓得我们扔下瓜，拔腿就跑。看瓜人毕竟年纪大了，哪追得上逃命似的我们。气喘吁吁地跑到家后，趁着自家大人午觉还没醒，悄悄躺到地上假装睡着了。"他写家乡的"亮月子"："一个人溜到家屋前的大洋边坐下。河面微风轻吹，月光清清悠悠，四周静悄悄的，偶有蛙鸣虫叫。抬头望一眼悬挂在空中的皓月，皎洁、晶莹；低头看一下掉落在水中的月亮倩影，清纯、娴静。世界仿佛只剩下我和月亮，我真想和月亮说说话，可又不知说什么，月亮也是一如往日的沉默。愣愣地坐着、默默地想着……"这抬头和低头之间，人与月之间，别有一番滋味在心头。他写扬城自家的小院落，一会儿是花卉，一会儿是蔬果，一会儿是孙辈的聪慧可爱，一会儿是邻居的友情可贵，不由得让人产生对生活的幸福之感和对自然的依恋之情。

　　细腻。我一直以为，散文中细腻的描写是作者观察生活和表现生活的一种能力。纵观高亚的作品，却发现这一特点是他文章的一种鲜明风格。在扬州生活期间，他写了《卖菜的小夫妻》《卖白果的老奶奶》《卖蚕豆的大叔》等小散文，不仅把从事这类底层生计人物的形象刻画得栩栩如生，摊头生意描绘得熟门熟路，而且还对小夫妻、大叔、老奶奶的善良心理揣摩得惟妙惟肖，诚信的服务质量表述得十分到位。即使是在写人们熟悉的人文景点、旅游名胜，他也会另辟蹊径，如《趣园寻趣》《琼花观里观琼花》以及三湾、世园、东关街、护城河、古渡遗存等，他都能用一二细节、几分闲笔，掰开来说，揉碎了写，写出自己独特的观察感悟和个性的游历心得。

有人说，散文不好写，或者说写得好的不多；有人说，散文门槛低，人人都可写。要我说，不管好不好写，都要一如既往地坚持"我手写我心"的理念，一直写下去。高亚在后记中直白地说出自己的心愿——"还想出本散文集"，我相信他说到做到。我们虽然同属"50后"，但我是年代的头，他是年代的尾，头尾相差8岁。凭他的才气和努力，一定会在这方园地开出真诚的文字之花、结出丰硕的文本之果。

这是我的期待，也是读者的期待。

2022年6月15日

目　录
CONTENTS

老屋前那棵老槐树

路旁的槐树开花了，白得耀眼，香得醉人。触景生情，让我想起老家屋前那棵老槐树。

二十世纪六七十年代的农村，家家户户房前屋后都会栽上几棵树，有开红花的桃树、开白花的梨树，还有高大的槐树、敦实的楝树等。那时的桃树、梨树，可不是用来点缀家容村貌、供人赏景怡情的，而是提供一家人油、盐、酱、醋开销，和逢年过节割二斤肉、打一斤酒的经济来源的"摇钱树"。那槐树、楝树，也不是用来作风景的，而是用来娶媳妇、嫁姑娘打家具、做嫁妆的。我家屋旁右侧有两棵梨树，屋前长着一棵粗壮高大的槐树。称它"老"，因打我记事起，这棵槐树就是枝繁叶茂的大树了。每年看着槐树吐青冒芽、花开叶落、一年又一年地生长着，陪伴我度过一个又一个快乐和不快乐的日子。

生长在农村，那时不懂欣赏自然的美，只晓得春天来了，槐树绿了，知了叫了，鸟儿又飞来唱歌了，心里有种莫名的欢喜。

童年时，最开心的是槐树开花的时候。槐树开花，雪白的穗子一串串，像挂在藤枝上的葡萄，挑在竹竿上的小鞭，还像农村小姑娘头上的麻花辫子。槐花那幽幽清香，招来无数蜜蜂飞上飞下，"嘤嘤嗡嗡"忙个不停。家里家外全浸泡在浓郁的槐花馨香中。我和小伙伴们也不亦乐乎地忙着和蜜蜂争"糖"吃。我站在身体结实的伙伴肩上，打高肩爬上树摘槐花。摘到槐花没忘记让自己先尝为快，直到下面的小伙伴叫喊吃不消了，威胁我再不往下扔槐花就把我从他身上摔下来才作罢。大家坐在槐树荫凉下，将摘下来的槐花均分。有人拿着槐花左看右瞧，像欣赏一件艺术品，然后才一朵一朵摘下，轻轻地放到嘴边慢慢吮吸着；有人不问三七二十一，把一串槐花提起，歪着头、张大嘴，从下往上朝嘴里灌，边吧唧着嘴，边"真香、真甜"地赞叹，忘记了困苦、忘记了忧愁。

母亲不让我们"糟蹋"槐花。她叫我们在树下铺上蛇皮袋子，用竹竿慢慢敲打槐花，然后将打下来的槐花拣去树叶和杂物，变着法子给家里改善伙食。韭菜炒槐花，下饭；槐花炒鸡蛋，解馋；还有槐花粥、槐花饼，爽口、开胃。槐树开花的日子里，家里土灶前总是飘出槐花的香味。

老槐树蔽荫遮日，夏天是知了的天堂。天气越是闷热，它们越能显示自己的本事，吵得劳累的大人们无法午睡，喊我们将它们赶走。起初，我们用竹竿敲打树枝，可时间不长它们又报复性地吼叫起来。后来，我们用水和上面粉，反复揉搓成面筋，粘贴在竹竿的顶头，探进浓密的枝叶里，小心翼翼地寻找着知了，发现知了后，憋住气，悄悄地将竹竿靠近，找准时机猛地点上去，只听"吱"的一声惊叫，知了就被粘下来了。我们用线绳拴住知了的身子，让它在前面飞，我们在后面追，汗流浃背，却乐此不疲。

有"凉月子"的晚上，是农村孩子撒野的好时光。而"躲躲找"又是玩得最开心的游戏，老槐树也成了最好的藏身处。有时我猫着腰，蹲在树根下，以粗壮的树干作掩护；有时躲到树上，直到小伙伴喊认输了，我才像夜猫子一样从树上"扑通"一声滑下来，神气活现地站到他们面前！

老槐树下，还是乘凉、消气的好地方。我常搬两条大板凳，靠着树干当床睡午觉，绿荫如盖、凉风习习，惬意地度过一个个炎热的午后。草木有情，有时一个人愁闷时，也会跑到老槐树下，摇曳的树叶像欢迎我的小手，窸窸窣窣的声响像抚慰我的轻声细语，愁郁的心情不一会儿就朗润起来。

参加工作以来，回老家少了，尤其父母去世后，老家就只剩下老屋和老槐树了。每每回到老家我都会在那棵老槐树下站立许久，寻觅儿时的影子，回忆那段虽苦尤甜的美好时光。

因乡村振兴建设需要，老房子被镇里征用了，不知老屋和老槐树还在不在？"五一"假期，我怀着忐忑的心情，专程赶回老家，想再看看那温存的老屋，看看那伴我成长、给我快乐的老槐树。

　　老屋还没拆，只是孤零零地立着，老槐树却不见了，一直心心念念、每次见到我都兴奋得手舞足蹈的老槐树真的不见了！我来到印象中生长老槐树的地方，看到了草泥覆盖着的树根，望着灰土蒙蒙、锯痕累累的老槐树树桩，心里五味杂陈……我凝视着远方，恍惚中仿佛又看到老槐树那婆娑的身姿、洁白的花朵，闻到久违的弥漫在老屋上空的槐花芬芳；也仿佛看到老槐树正在远处深情地遥望着我，期盼那个曾经在它身上肆无忌惮地爬上爬下、兴奋着、快乐着、撒下无数欢笑的孩童，能再躺在它的怀里睡个凉爽的午觉，再听听它身上如歌的蝉鸣……

　　在念想中，芬芳馨尽的老槐树依然葱茏，袅袅炊烟已散的老屋依然温馨。

"醉"在家乡那片芦苇荡

"总在梦里我又回到那片芦苇荡，风儿轻轻吹起你歌声多悲伤，别问心在何方和心的愿望，月亮在天上亮堂堂……"优美动人的旋律，深沉质朴的歌词，浑厚悠远的歌声，一曲《醉乡》瞬间拉回我的思绪、揪住我的心，我反复按着方向盘上的回放键，让激荡的心潮随着悠扬的歌声飘向家乡那片令人魂牵梦绕的芦苇荡。

我的家乡在原六垛乡，过去那里曾叫苇荡营、苇荡乡，我就读的高中名叫苇荡中学。六垛乡的"垛"，意为堆积芦苇的第六个垛子，老家所在的五岸村的"岸"，意为装运芦苇的船只停靠的第五个岸口。由此可见，此地盛产芦苇。

芦苇，农村常见的水生草本植物，非常泼皮，不管环境多么恶劣，它都能旺盛地生长。在农村的沟河边、池塘里，到处可见它婀娜多姿的身影。芦苇不畏清苦和寂寞，年复一年地坚守在旷野；它顽强坚毅，任凭风吹雨淋、霜打雪虐，总是挺着不屈的脊梁傲然屹立；无论际遇如何，都不变其原始的单纯和清雅。

家乡的芦苇荡，给我的童年带来无限的欢乐，也留给我许多美好的记忆。

老家屋前有条名叫大洋的自然河，河边长满了高大挺拔的芦苇，屋后路北，又是一大片茂盛的芦苇塘。初春，芦苇在料峭的春寒中露出尖尖嫩芽，上初中的我在晚上放学后，踩着夕阳余晖、蹚着冰凉的水在芦苇塘里下捉泥鳅的卡子。傍晚下卡子，待第二天清晨收卡子，虽然刺骨的河水冻得我直咬牙，但当提起卡子，看到灰黑脊梁、黄亮肚皮的泥鳅使劲翻滚时，立马来了精神，运气好一早上能取10多斤泥鳅。回家后，母亲喜笑颜开地到屋后掐几根小葱，在屋场酱缸里挖一块黑酱，瓦罐里挑一块红辣椒，不一会儿锅屋里冒出的腾腾蒸汽中就裹挟着鲜美的鱼香。当一大盆热腾腾、香喷喷的红烧泥鳅端上桌时，心里满满的自豪、惬意，那滋味至今仍回味无穷。盛夏，芦苇遮天盖日，青翠欲滴，芦苇塘成了农村孩子撒野的天堂。我常常和几个小伙伴，在大人午睡后溜去柴塘里打水仗。大家从头到脚用河泥武装起来，站在塘坝上一个接一个往水里跳，并相互追逐向对方摔烂泥。累了，就在塘里翻菱角、踩河藕吃；临回家时，到柴棵里找几个獐鸡蛋带回去讨好、交差。深秋，芦苇渐渐变黄发枯，芦花也由棕色转白色，秋风一吹，花絮纷飞。此时，有人专门采摘芦花编"茅窝"卖。"茅窝"就是当时的棉鞋，不但御寒，而且在雪地里行走还不沾雪、防潮。摘芦花的人给我们一块糖吃，我们就拼命地帮他采芦花。放学后我们常常是顽皮地一头钻进柴棵，搜下芦花迎着太阳吹，看细碎如棉絮的芦花在阳光下变换着色彩、随风飘散，还将芦花朝对方脸上吹，往对方衣领里灌，直到天黑了，才想起回家。一次，我们玩芦花很晚才回家，当我走到邻居小伙伴家门口时，只听屋里传来训斥声："到哪儿充军啦，魂玩掉得了？！"他妈妈厉声问。"还用问吗，看他没头没脸茅地花（芦苇花），肯定到柴塘里漂流尸了！"他父亲吼叫着。听得我们都不敢往家走了。霜降后，芦叶枯了，芦花萎了，芦苇失去了往日的风采，人们开始收芦苇。芦苇在农村用途很多，生产队会用来编成帘子晒棉花，编成折子圈成囤子存粮食。各家各户会用细小芦柴编门帘挡苍蝇和蚊子，用好芦柴打成荬子编遮阳挡雨的斗篷、挑猪菜的篮子、夏天睡觉的芦席。还挑选匀称、细条、光滑的芦苇编成柴帘子卖。编柴帘时，大人不是叫我们去剥柴膜子，就是帮他们拉平板车，将编好的柴帘子拖到供销社卖。帘子往往要卖到午后，饿得人两眼发花，但当自己踮起脚尖看到大人满脸堆笑地数着花花绿绿的钞票时，心里也跟着高兴，这时大人才笑眯眯地去买个烧饼、买杯糖精水犒劳你……

家乡的芦苇滩，在脱贫致富奔小康的浪潮中，已开垦成高产稳产的粮田，随着乡村振兴战略的实施，昔日童年时玩耍的芦苇塘，也已建成幢幢别墅的五岸新村。只有紧靠五岸村苏北灌溉总渠的两岸边，因护堤的需要，还生长着一望无垠的芦苇带。

这次回老家，昔日的小伙伴们为了方便我看芦苇，在总渠脚下的闸口饭店安排了丰盛的河鲜，我们喝了典藏好酒，饭后兴冲冲地一起去看芦苇。

　　走上巍然的总渠堆，站在雄伟的六垛闸上，放眼望去，不由心旷神怡：茫茫芦苇，郁郁葱葱、蓬蓬勃勃，垂立时像英姿飒爽的军人向你行注目礼，随风摇曳时又像翩翩起舞的少女在挥舞丝带欢迎你；湛蓝的天空中，几朵白云悠悠地飘荡，白鹭在芦苇梢上不时俯冲盘旋，潺潺流淌的总渠水在芦苇根部打着漩儿，隐身在芦苇丛中的"柴刮刮"唱着欢快的歌，芦苇掩映的总渠堆上汽车喇叭声声、行人笑声连连……真是一幅动感十足的"芦苇荡放歌"水墨画！此时，我突然想起一位哲学家曾说过的一句话："人是一根会思考的芦苇。"是啊，大千世界，你我不就是伫立在时间长河中的一根会思考的芦苇吗？

　　"穿过那片荒原看见青青草荡漾，河水弯弯流过我心头到远方，别问我来自何方和我的去向，雄鹰在天上想家乡。"耳边仿佛又响起《醉乡》那静谧悠长、温暖恬淡的歌声，不知不觉我又"醉"在了家乡的芦苇荡里。

村边地头的那些事

　　闲暇时，来到了久违的乡下亲戚家。亲戚家远离村子，房子四周不是河就是田。早上睡不着，索性起来走走。天刚蒙蒙亮，空茬的稻田还散发着稻草的清香，静静的河面上升腾着白雾，太阳在云层里时隐时现，渐渐地露出了<u>丝丝曙光</u>。站在溢满泥土芬芳的田埂上，眺望村庄上空袅袅升起的炊烟，聆听清新脆亮的"喔喔"鸡啼、深沉有力的"汪汪"狗叫，脑海里不时涌现出小时候在乡村生活的件件趣事。

　　插秧时节，走在乡间小路上，最怕草丛中有响动，尤其是看到青草快速地弯曲着两面倒，心会猛然收紧，因为那是蛇。虽然河边、草丛里的蛇大多是无毒的"青草蛇"，但那杂乱无章的斑纹，蜿蜒游行的身躯，还是让人望而生畏。一次随大人下地起秧把，我发现了蛇，并大喊："快来，有蛇、蛇。"只见一个胆大的男社员慢慢接近蛇，猛地提起它的尾巴后使劲地抖动，据说蛇骨架一抖就散了，再也转不动身子咬人了。捉蛇人提着蛇抖动一会儿后，蛇真的不动了，他提着蛇往女社员身边跑去，吓得村姑们"哇哇"叫着、"嘎嘎"笑着，半嗔半喜地东躲西藏。提蛇人俨然是个胜利者，咧着嘴傻傻地笑。

下田栽秧，光着脚丫子踩到水田里，那滑溜溜的泥土从脚趾间滋溜滋溜地直往上冒，那感觉既有趣，又舒坦。当看到两个蚂蟥叮在小腿上时，又吓得不知所措，直到大人跑来边拍边拽将蚂蟥拖出来时，才敢睁开眼睛。

拾稻穗是大人高兴、小孩快乐的事。那时，水稻由人工用镰刀割倒摆在地上，然后再收拢捆成稻把挑上场。地上会散落许多稻穗，甚至有遗忘的成摊水稻。拾稻穗，就是将田里的稻穗捡起来，所捡到的稻穗归捡的人所有。随着生产队长一声吼："放门喽！"站在田埂上望眼欲穿的男女老少，一窝蜂地涌向田里。那年头，农村人吃的主食都是大麦糁等粗粮，水稻不多，米很金贵。稻穗拾得多，回家后用连枷打，少的话就用木榔头锤，晒干的稻谷碾成米，晶莹剔透，熬成的新米粥黏稠油亮，锅盖一掀香味扑鼻。把粥盛进碗里，不一会儿粥表面就结成厚厚一层油膜，用筷子挑着送入口中，糯甜润滑，令人胃口顿开。

挑猪菜，是放学回家后，大人交给孩子的第一项任务。背着个篮子，拿个小锹，约两个小伙伴，在沟坡河堤上，边追逐顽皮、边寻找着"苦苦菜""七角菜"等猪爱吃的野菜。因贪玩，直到天快黑了，发现篮子里的猪菜还没有盖住篮底，这时才慌了，不是随便铲点青草，就是到河里捞点水草放在篮子最底下充充数。走在回家的路上，我会轻手轻脚地将前面小伙伴篮子里的猪菜，一把一把抓起甩进自己的篮子里，直到抓到草才罢手，他人的辛劳，就这样变成了自己的劳动果实。而自己后边的伙伴，又从我的篮子里拿猪菜放入他的篮内，我又给他人做了"嫁衣"。此举，害苦了走在最前面的小伙伴，他背到家就只剩下杂草了，等待他的将是大人的一顿臭骂。

　　暑假在家闲得慌，待大人们睡午觉后，我们常偷偷地溜出去粘知了、下河洗澡打水仗。一天中午，几个小伙伴相约在柴塘边，商议一番后决定到生产队瓜园里摘香瓜解渴。四个人，一个人在看瓜人棚子前放哨，其余人从左右两侧行动，我们一会儿猫着腰，一会儿匍匐爬行，不一会儿，每个人都怀抱香瓜溜到小树林会合。黄澄澄的香瓜香喷喷的，正在大家炫耀、得意，准备开吃时，突然睡醒午觉的看瓜人追了过来，边跑边吼："小遭炮子，看我今天不打断你们的腿！"吓得我们扔下瓜，拔腿就跑。看瓜人毕竟年纪大了，哪追得上逃命似的我们。气喘吁吁地跑到家后，趁着自家大人午觉还没醒，悄悄躺到地上假装睡着了。

　　"看什么呢，这么入神，农村哪有你们城里好看呀！早上露水大，不要把皮鞋弄湿了。"亲戚来叫我吃早饭了。我转身往回走，不由低头看了看脚上的皮鞋，鞋面上尽是露水，鞋帮上也沾满了泥土。阳光柔柔地照着，乡野间特有的气息如影随形，挥之不去……

农家院落的风情

利用中秋节假期，我来到乡下亲戚家。久未谋面，一阵寒暄后，他们跑前跑后忙起了午饭，我便悠闲地环顾四周，欣赏起久违的农家院落。

亲戚家是7字形楼房，白墙灰瓦，主屋坐北朝南，门前是条静静流淌的玉带般的河流，清悠悠的河面上漂浮着一群懒洋洋的白鹅、灰鸭。河岸边的鸡舍外，一群肥嘟嘟的草鸡，有的在低头觅食，有的抬头咯咯地叫着，有的在使劲拨拉着泥土。胆大的公鸡，竟然昂着头、竖着眼，跑到我面前怒视着。两间厨房坐西朝东，老式土灶像是昔日的老友，显得亲切、友爱。厨房对面的东侧是一棵高大的枣树，在秋阳的照射下，婆娑的树影遮掩了半个晒谷场。屋后有一大片果园，翠绿的果树上不是挂着黄澄澄的梨子，就是镶嵌着红艳艳的石榴。果园旁是五颜六色的菜园，大白菜、韭菜、辣椒、南瓜、茄子，应有尽有，让人目不暇接，这里成了农家时令菜篮。漫步田埂，枝叶摇曳、鸟语果香，湿漉漉、甜丝丝的空气直往鼻腔窜，亮晶晶的露珠不时滚进衣领、浸润着鞋袜，多彩的田园风光，令人陶醉。

太阳爬过枣树头，农家的烟囱里冒出了一道道炊烟，在村庄上空袅袅升起。亲戚家的土灶锅台上也不时传来"噼里啪啦"一阵阵油炸声，院场上空飘逸着浓浓的菜香。"快来，吃烧棒头！"姑太太兴冲冲地从厨房屋门口跑出来，麻利地从火叉头上取下黑乎乎的玉米。接过滚烫的烤玉米，心中顿涌一股暖流，这曾是儿时期待的美食，是母爱的深情表达。我把玉米棒掰成三截，让大家分享着，嚼着香喷喷的玉米粒，诉说着童年的故事，真是别有一番滋味在心头。掉落地上的玉米粒，诱得一只芦花鸡"咯咯"叫着飞奔而来，正躺在屋檐下睡觉的花狸猫被惊醒后，不屑一顾地"喵"了一声，像是在说："为了吃的，竟一点形象都不顾。"几乎同时，一只大黄鸡刚生下蛋，得意扬扬地迈着阔步，一路咯咯地叫着，生怕别人不知道，惹得大黄狗不高兴地"汪汪"叫起来，好像在告诫它："低调些，不就是做了该做的事吗！"

午饭点到了，我们兴致勃勃地围坐在一个大圆桌上，男人们面前都倒上满满一碗自家酿的糯米酒。农村人喝酒，和其性格一样质朴、爽快。"来，干掉！"随着一声吆喝，大家站起来，仰起脖子，"咕咚"一下一碗酒就下了肚。"哈哈……""真厉害，再来一碗。"门外响起了爽朗的笑声，有几个中年妇女端着碗，边往嘴里拨拉着饭，边为我们吃酒喝彩。她们都是左邻右舍过来看热闹的。农村人吃饭，一般都不是坐在自家饭桌上吃完的，常常是端着饭碗串门拉呱、闲扯，三五个人聚在一起，看对方碗里堆的什么菜，有的主动把自己碗里好吃的往对方碗里夹，有的不等对方同意，自己的筷子已伸到别人碗里。她们相互夸着厨艺，一番家长里短、闲言碎语，待饭碗都见底了，才打算回家。

秋老虎真是厉害。饭后，我们不得不钻进空调房午休。空调驱赶了炎热，送来了清凉，但也吹走了童年摇着大蒲扇的味道。儿时，大人们的午休时间，正是我们撒野的好时光，不是扛着鱼叉去叉鱼，就是下河洗澡翻菱角……醉意朦胧，不一会儿就在忆起的陈年旧事中沉沉睡去。

"下来，快下来，不要摔着了。"亲戚大嗓门的呐喊声，将我唤醒。走出门外，只见一群男男女女的孩子正围着枣树。树上，两个男孩吃力地将刚摘下来的枣子往下扔；树下，有的正打高肩往树上爬，有的捧着双手接树上扔下的枣子，有的蹲在地上抢拾红枣往口袋里装，有的干脆将捡起的红枣直接朝嘴里送，旁若无人，忙得不亦乐乎。

夕阳西下，农人们乘晚凉开始下田劳作。不时有扛着锄头、推着木板车的农人从门前走过，还有多年没看到的老水牛，拖着木犁，在主人"喽喽"的吆喝声中，精神抖擞地向洒满阳光的田野走去。亲戚也拿着扳手拧紧手扶拖拉机上的螺丝。为了不耽误他们干活，我们打了招呼，走向小车。亲戚们再三叮嘱要常来玩儿，大黄狗摇晃着尾巴，有一声没一声地叫着，归栏的鸡鸭"吱吱嘎嘎"喊个不停，河边的芦花也频频点头，院里洋溢着热烈、祥和的氛围。

离开亲戚家很远了，回头望去，小小的农家院落，静卧在绚丽的霞光中，显得那么恬静、娇美。

　　"暖暖远人村，依依墟里烟。"现代的农家，不仅有宁静温暖，还有幸福富足，以及吸引着城里人回归纯真质朴的乡野生活的无尽魅力。

想起那年看场

"春种一粒粟，秋收万颗子。"金秋十月，是庄稼人收获的季节。随着收割机收脱，卡车运送，烘干机烘焙，干绷绷、金灿灿的稻谷就进仓入库了。现在收获水稻，就这么快捷、简单。

从前，收获水稻可是要"过五关、斩六将"的。从镰刀割稻、扁担挑把、水牛打场、人工扬场、太阳晒粮、夜晚看场，直到稻谷干干净净、牙齿一嗑，听到"咯嘣"一声响，才能进队房上囤保管。

那个时候，劳动"大呼隆"，水稻成熟时，女社员割水稻，男社员将割好的水稻挑到生产队队场上。负责打场的人，将稻把解开有序地铺好，饲养耕牛的社员，给水牛套上格头，拖上石磙后，随着"喽……喽……"的牛打场号子，勤劳的牛，便埋头拖着石磙，在铺放的稻秸上，按顺时针不停地转圈碾压。待碾压到一定程度后，男女社员一起用铁叉翻场，将下层的稻秸翻到上层后再次碾压，直到稻粒完全脱离秸秆，再用叉子把碾熟后的稻草拖到场边堆成圆形草堆，用木锹、推耙将稻草下的稻谷聚拢成金字塔形的谷堆。

当年，缺粮少吃，平常连大麦糁、山芋、玉米等粗粮都吃不饱，所以场头上的稻谷就显得尤其金贵。刚碾下来的稻子要暴晒几天后，才能上囤子，为防止饿急的人偷稻子，晚上都要安排人看场。高中刚毕业的我，作为回乡知青，被生产队长安排随一名姓周的老农去看谷场。

夕阳西下，漫天的晚霞仿佛一壶陈年的佳酿，醺醉了家乡的村庄和田野。沐浴金色霞光的生产队的场头上，到处弥漫着稻谷的清香，洋溢着欢声笑语。大人们有的在拖秸秆，有的在垒草堆，还有的在推稻、扫场，忙得热火朝天；小孩有的在一窝蜂地爬草堆，有的挥舞着扫把追扑蜻蜓，玩得不亦乐乎。打场的徐老爹，一边给刚卸下格头、累得直喘粗气的水牛舀水冲凉，一边用刷子给它搔痒痒。我们找来柴席和木棍，搭起一个三角形的棚舍，在棚子四周和顶上盖上稻草，棚内地上也摊着厚厚的稻草，再铺一张柴席，放一床家里带来的被子，这就是我们晚上看场和睡觉的地方。老周看场很有经验，他告诉我，夜里不睡在棚子里，而是在棚子对面的草堆里掏个洞，夜里钻到草堆肚里，如真有人想偷稻，看到棚子里没有人，他就会放心大胆地动手了，那时我们就逮他个正着。

看场前还有个交接手续，就是生产队保管员和掌石灰印的人，要在稻谷堆上下不规则地盖上若干署有生产队名字的石灰印，然后再交给你。第二天早上，保管员和盖印人来验收，所盖的印完好如初才算完工，每人记5分工。有一次，

想起那年看场

夜里几只老鼠跑来偷吃稻子，被猫发现了，一场猫鼠战结束了，却害苦了我们。早上验印时，猫捉老鼠的地方印全被破坏了，任凭我们怎么解释，他们也不信，一夜苦熬不但没有工分，还要倒赔30分工。我第一次感受辛勤的付出得不到回报反而被人误解、无辜受委屈的痛苦。最后，生产队长和群众代表来鉴定，在稻谷堆周边发现许多猫脚印，这事才算了结。

生产队的打谷场，都位于上百亩成匡连片地的中央位置，四周除了河就是田，场上没有电灯，夜晚静悄悄、黑黝黝的，空旷的场地上，唯有一闪一闪亮晶晶的萤火虫和清脆而有节奏的蝈蝈、蟋蟀的叫声，才使寂静的夜晚显现出一点生机。我们不时带着手电筒，围着场边巡查，熬到半夜，肚子饿得挺不住了，就到田里刨几个山芋，拔几棵花生，在场头找个僻静的地方，用稻草点火煨花生、烤山芋充饥，事后将草灰全部清理倒进河里，防止第二天被队干部发现。

一次夜很深了，场头边五保户王爹爹家狗叫得厉害，有几个人往他家走去，我们警觉地慢慢跟上去，原来是队委会几个人开完会到这边煮夜饭吃，他们也看到了我们，队长爽快地说："你们先去看场，饭好了叫你们。"我们在棚子里，心里总是盘算夜饭吃什么，坐不安、睡不稳，索性爬起来四处晃悠，随着浓浓的油香味，竟不由自主地又晃到了他们面前。他们正在装饭、端菜，看到我们后，队长忙说："快来吃饭，正要喊你们呢！"乖乖，白米饭，粉条烧肉、炒鸡蛋，这是逢年过节才能吃到的美食啊！一阵惊喜后，我们也不客气，坐下就狼吞虎咽地吃起来。饭后，心满意足地钻进被窝里，那后半夜觉睡得特别香，完全忘记自己是在看场……

　　随着科技的发展，现在农民种田全程机械化，耕牛不见了踪影，连打场的石磙都被收进了农耕文化馆，那夜猫似的看场活儿也印在了记忆的胶片里。

唇齿留"乡"

春节前，带着年礼到乡下看望孩子的姑奶奶、姑爹爹。两位80多岁的老人和随他们居住的儿子儿媳，见我们去都高兴得不得了，像忙年一样，屋里屋外、锅上锅下，土灶铁锅烧了满满一桌子菜，有现杀的老母鸡煨的汤，屋前河网里倒上来的昂刺鱼、草鱼，粉条烧肉，韭菜炒鸡蛋……热气腾腾、清新醇香，我们真是大饱口福。下午准备回家时，她们又忙不迭地从屋里提出大大小小的蛇皮袋，拼命往车子后备厢塞。"这是神仙酱，要吃的时候挖一点，冷开水一泡，放点麻油、青蒜，好吃没命。"姑爹爹说。"这个豇豆角和扁豆角干，都是嫩角子烀的，锅一开粉烂。"姑奶奶说。"这个是山芋干，那个是玉米糁，都是不值钱的土产，回家换换口味……"直到后备厢没地方放他们才肯罢手。

春节假日期间，每天应酬在酒场，吃得人没了胃口，少了精神，此时，乡下带来的"神仙酱""角干""玉米糁"正好派上了用场。

神仙酱又叫腊八酱。提起这个名，就想到那个味，不由舌根下口水直渗。神仙酱是儿时常吃的一种美食，特下饭。它是用黄豆做成的一种酱，但区别于豆瓣酱，豆瓣酱是在炎热的盛夏做，而神仙酱则在寒冷的腊月做。做法是：先将黄豆洗净下锅煮熟、熬烂，然后用蒲包装好放在土灶灶台上焐，利用煮饭、烧菜炕热灶台的余温发酵，每天数次手摸蒲包感触温度，待10天左右，打开扎封的包口，经闻味、看色，用手触摸豆子有黏丝后，拌适量的盐就行了。我们将神仙酱放在冰箱内，吃时，挖一块用冷开水泡一会儿，放点酱油、麻油和青蒜，一盘汤汁稠厚、豆瓣绵软、豆酥汤鲜的神仙酱就完美了。无论喝粥还是吃干饭，挑一块神仙酱放入嘴里，那特有的鲜味，配上儿时的记忆，令你回味无穷、欲罢不能。

　　角干烧肉。豇豆角干或扁豆角干烧肉，也是一道既解馋又开胃的美食。那个年代，农村的冬天没有蔬菜吃，秋天晒的豇豆、扁豆角干是当时农村家家必备的过年烧肉的配料。晒角干既费事又难晒。首先，要将鲜嫩的角子摘下，修去茎根，然后下锅焯熟，再摊到柴笓上晾晒。好天还罢，如遇到连续几个阴雨天，角子就全部烂掉。晒好的角干成年不坏。做角干烧肉时，先取适量角干，用开水洗泡，待角干完全舒展回软后，挤干水分，等猪肉煮烂时，将角干推入锅内，大火烧透后再小火煨炖。隔一段时间，掀开锅盖，看到"咕噜咕噜"沸腾的气泡将饱满、透明、油亮的角干顶出汤面时，加少许味精拌匀，一锅香味飘溢的角干烧肉就做好了。角干吸足了油脂和肉香，油晃晃、亮汪汪、香喷喷，开吃时，没有人夹肉，筷子都往角干上伸，油而不腻，既解馋又当饱。角干是粗纤维，对肠道好，使人食欲大开，精神大增。如今，农村已没有多少人再晒角干了，因为冬天菜场里也有豇豆角和各种新鲜蔬菜卖，晒一点主要是送给城里的亲戚尝尝鲜、怀怀旧，而有些生意人，专门晒角干卖给饭店，角干烧肉也是饭店的热门菜。

玉米糁子粥。成熟的玉米棒子可以白水炜着吃、锅膛烤着吃，但那时的玉米和大麦是农家的主粮，日常都是将玉米碾成糁子和面，做饭和熬粥。玉米糁子掺山芋干粥是当时每天必吃的食物，虽然吃得发厌，但相比大麦糁子粥要好吃多了。现在吃玉米糁子粥是在调剂口味、开开胃。中午吃了大鱼大肉，喝过小酒后，晚上煮锅稀溜溜、白晃晃的玉米糁子粥，就一盘神仙豆酱，吃一个窝头发酵的馒头，真是无比惬意和舒坦。

乡村的食材新鲜、天然。当你的舌尖碰到这些带着土地、河水的情义，洋溢着乡情、流淌着爱意的食物时，不由得使你流连田园、眷恋乡村，尤其像我这样来自乡野，灵魂深处已烙上乡下人的印记，浑身洗不尽泥巴味的人，对乡土食物岂能不唇齿留"乡"呢？

心念乡土农家菜

冬至后的一天，我和妻子专程去老家乡下探望妻子的姑爹爹、姑奶奶，饱尝了一顿渴望已久的地道乡土农家菜，至今仍回味悠长。

姑爹爹、姑奶奶都已80多岁，耳聪目明、身体健康，我们每年都去看望他们。每次去，他们都异常高兴，接待也非常热情，有几次都是天未亮就摸到鸡圈逮鸡杀，随后不管严寒酷暑，都是步行上街到饭店或熏烧摊买熟食回来招待，他们的盛情既让我们感动，又使我们不安，实在怕增加他们的负担，将探望变成打扰。其实，我们很想吃上他们自家田里长的、亲手烧的家常菜，而每当我们提起，总被他们以"太土了，端不上桌"而婉拒。这次，我和妻子商量来个"突然袭击"，既给他们一个惊喜，又免得他们操心忙碌，还能吃上期盼的乡土家常菜。

果真不出所料，当我们的车开上他家的晒场时，姑爹爹、姑奶奶和妻子的表弟媳都站在门口满腹狐疑地呆望着，直到我们打开车门，他们才如梦初醒，一路小跑地迎上来。寒暄一阵后，他们又像往常一样到鸡圈逮鸡、又要上街买菜，我们像吵架似的好不容易才拦住他们，并答应我们"随粥便饭"，吃吃家常土菜的要求。

午饭在妻子表弟家忙开了。表弟家儿女都在外，平常只有他们夫妻俩在家守着三间堂屋、两间锅屋。锅屋有座现在农村人家少有的土锅灶，灶台上有里外两口大铁锅，锅门口堆满了棉花秆。一看这阵势，我们很是高兴，中午可吃到久违的土灶铁锅烧的饭菜了。

做饭的人像分好工一样，各自分头忙开了。姑奶奶兴冲冲地从屋后抱回一棵大白菜，又急匆匆提着篮子到田里摘辣椒、拔萝卜、割韭菜，随后搬个小板凳坐到屋檐下摘菜；表弟媳拎个塑料桶风风火火到屋前河里逐一提起小网簖，利索地倒出一条条活蹦乱跳的草鱼、黄颡鱼等杂鱼，还有张牙舞爪的小螃蟹，放下桶后又忙不迭地拿个掏灰耙，到鸡窝里掏起鸡蛋；妻子取出我们带来的五花肉、百页、豆腐切起来。我和姑爹则背靠山墙面朝阳晒太阳，闲聊起土地流转、宅基地征用等农村热点话题。不一会儿屋外拣菜的、河边洗鱼的，像是听到了集合令，全都聚到锅屋灶台前，表弟媳蹲到锅门口烧火，妻子在水池边洗碗刷碟，姑奶奶则系好围裙，卷起袖子当起了大厨。锅屋里砧板咚咚，锅铲叮当；锅屋外高耸的烟囱里飘出缕缕炊烟，宛如云朵悠悠起伏；锅屋里窜出的腾腾热气裹挟着诱人的油香，和淡淡炊烟草灰幽香交错相融，沁人肺腑。"暖暖远人村，依依墟里烟"，静谧、古朴、悠长的炊烟和土灶、铁锅、蒸汽的饭菜香，带给我如风的儿时记忆。

儿时，农村小孩没有糖果、饼干、蛋糕吃，却有自家产的天然零食。玩饿了，家里笆斗里抓一把山芋干；渴了，跑地里拔一个萝卜。夏天，最怕大人叫烧火，锅一烧透，不顾大人关照"汗身子下水腿会抽筋"的告诫，带着浑身草灰和淋漓的汗水，"扑通"一声跳到屋前的河里洗个痛快澡；秋天，喜欢烧火，因为可以吃到又脆又香的烧棒头，棒头吃完了，饭也烧好了；冬天，不要大人叫，主动往锅门口跑，通红的火苗烘得浑身暖洋洋的，还可以烤山芋、炸蚕豆、黄豆吃。午饭虽没有大鱼大肉，却有现采摘的、滴着露水的原味蔬菜。辣椒炒韭菜和青菜豆腐汤是当时的主打菜。青菜没打药水、没上化肥，锅一开就熟，豆腐是邻居家用石磨人工拐的、盐卤点的，筋道喷香。偶尔，还能吃上油汪汪、香喷喷的小葱、馓节子炖鸡蛋。逢年过节烧肉、煮鱼，所用调料是自家粮食发酵做的黑酱和豆瓣酱，芫荽的绿、辣椒的红，都是自然有机的！

"开饭啦，快来端碗！"妻子一声招呼，唤回我游离的思绪。"不要你端，快进屋吃饭。"走到锅屋门口的我，又被姑奶奶拉回。端上来的菜竟摆满一大桌。大白菜烩五花肉、黄豆熬小杂鱼、小葱炖鸡蛋、韭菜炒辣椒、青菜烧百页、萝卜煨豆腐……大盘大碗、五颜六色，看得你眼花缭乱，胃口大开。虽舌尖尚未触及，但我的味蕾已甄别出这熟悉的味道里带着泥土的芬芳、河水的甘醇，是地道的乡土农家菜，这是妈妈的味道、儿时的期盼。妻子表弟特地从建筑工地赶回家陪我们，并打开一瓶当地产的好酒，酒香和着菜香，直扑脑门，

"干杯""开吃"成了主旋律。开怀畅吃一番后，姑奶端上来拿手菜"豆油锅巴"。土灶、铁锅，最诱人的是锅巴，待饭要盛完后，锅膛里少放些碎草，文火炕上两分钟，锅巴就脱开铁锅微微翘起。这时用铜勺往锅里倒入二两小榨豆油，随着冷油热锅碰撞发出的"哧哧"声，再用铁锅铲四周一铲，一块完整的油锅巴就诞生了。"快，趁热吃！"姑奶一边放好碗，一边催促着，你动筷、我动手，大家兴奋地分享着锅巴，屋内响起一片"嘎嘣嘎嘣"清脆的咀嚼声……

短暂的相聚，留下无穷的回味。生活在"世界美食之都"扬州的我，为什么每次走进饭店、茶社，看到那誉满全球的"淮扬菜"，和人称"扬州双绝"的"千层油糕""翡翠烧卖"点心时，总会不由自主地想起乡土农家菜呢？那是因为，缭绕的炊烟和土灶铁锅的菜肴里，饱含着亲情和温馨，裹藏着故事和幸福，那既是对美味的眷恋、更是对逝去时光的怀念，是无法割舍的乡愁！

舌根深处是乡情

　　从扬州开车到射阳天已黑，吃完饭，洗好澡，正准备看会儿电视剧《大决战》，家乡的老友就打来电话，邀请明天晚上到老家六垛和几个老友好好聚一聚。他那真诚的态度、滚烫的话语，由不得我说个"不"字，我让他选一个小饭店，烧几个乡土菜，尤其要烧一碗"大白菜粉丝烩咸猪肉"，煮一盘"黑酱烧野生小杂鱼"，他也爽快地答应了。

　　第二天，我们如约而至。老板娘能说会道，动作麻利，既端盘子，又掌勺子。每上一道菜，都会介绍菜的来历和配料的出处。当一大碗热气腾腾的"大白菜粉丝烩咸肉"端上桌时，她兴奋地介绍道：大白菜是自家院里长的，没打药水、没上化肥，粉丝是地道的滨海山芋粉丝，咸肉还是腊肉呢。一盘"红烧杂鱼"端上来后，她又自豪地说："昂刺鱼、虎头鲨都是今早在灌溉总渠捕的，大酱烧的，鲜着呢。"一旁的老友也忙补充说："这是你专门关照的两个菜，小时候的味道，快尝尝。"听着老板娘绘声绘色地介绍，看着色香味俱佳的乡土菜，舌根下本能地开始向外输送着渴求，喉咙开始不停地渗出涎水，我忙抿起嘴咽了咽。脑海里也情不自禁地浮现儿时的往事。

在那物资极度匮乏的年代，农村家庭的饭桌上一般只有一菜一汤，咸菜就是自家田里长的韭菜、角子、茄子；汤不是白菜汤，就是南瓜、冬瓜汤，平常难得见到荤腥，吃猪肉要等到过年。过年买几斤肋条肉，待三十晚上"大白菜粉丝烧肉"，再买一个猪头腌好，等来亲戚和开春农忙时吃。那时也不理解大人的心情，只是翘首以待亲戚光临，到农忙割麦、栽秧时，主动去帮忙，渴望能吃到"大白菜粉丝烧咸肉"解解馋。那时的大白菜，上的猪脚粪，不打农药，锅一开就烂，肉的鲜味全浸在菜叶上，入口满嘴喷香，每每想起仍是唇齿留香。

取鱼，既是农村小孩的乐趣，也是不花钱就能改善家庭伙食的主要途径。那时，对我们未成年人来说，取鱼方法通常是三种：刮鱼、淘鱼、戽鱼。

刮鱼。夏天，吃过午饭，等大人午睡时，几个小伙伴赤着脚、穿短裤，光着上身，带上筛子、淘米箩子和水瓢，到水稻田的进、排水渠去刮小鱼小虾。进排水渠放完水、大人取完鱼后，只剩些水洼和坑塘，有水就有小鱼小虾。见到水洼，将筛子摆平，用水瓢一瓢一瓢把水往筛子里刮，水从筛眼漏掉，小鱼、小虾在筛面上又蹦又跳。取上来的小鱼多是柴根钉、肉罗汉，肉多、刺软，煮好后连头带尾一起吃，煞是解馋。

淌鱼。每到汛期，在一个排水渠通往大河的连接口，打一个坝埂蓄水，待大雨过后，渠里水高于河面，形成一定的落差时，在坝埂下方铺上柴箔子，套上网兜，然后在坝上开个缺口，让排水渠的水如瀑布一样往柴箔上淌，顺流而下的鱼就会身不由己地淌到网兜里。

戽鱼。就是用泥土将田间的进、排水渠拦腰截成段，把水桶用绳子扣起来，两个人一人站一边，拉着水桶戽水，直到将渠里的水戽干后，下去拿鱼。水要干时，能听见"扑通扑通"鱼跳声、戽鱼人的欢笑声，那景象像是忙过年。吃鱼没有取鱼乐，取鱼时由心神不定、害怕水下没有鱼，到水干鱼跳时的欣喜若狂，过程中充满了惊慌和惊喜，经历了辛苦和甘甜。

加工捕回家的鱼，是一次享受自己劳动成果的快乐体验。刮上来的鱼，一般都是小鱼小虾，数量少，回家洗干净后一锅煮；数量多，煮一部分，其余晒鱼干子，冬天，将鱼干子和黄豆、咸白菜熬成鱼汤冻，绝对是解馋下饭的美食。淌鱼和戽鱼取上来的鱼，基本上都是大鱼，数量多、品种多，第一顿吃的都是鳊参、昂刺、虎头鲨等杂鱼。煮鱼时，屋后掐几根小葱、摘两个辣椒，挖一块自家大麦做的黑酱，倒一铲子小榨豆油，随着麦秸草烧火的"叭叭"声，土灶铁锅和锅铲翻动鱼身的"叮当"碰撞声，屋内立马弥漫起葱花油盐掺半的鱼香味。当一盘有黄、黑、白几种色彩的红烧杂鱼端上桌时，那腾腾热气裹挟着诱人鲜香味直冲脑门，让你不由自主地眼里放着光、嘴里渗起水，装满一碗饭，便旁若无人地有滋有味地享受起来，那情景至今仍记忆犹新。

"来，再拣条整鱼放盘里"，老友的热情招呼声唤醒了我。又是一阵推杯换盏，天南海北，宾主尽欢。那天的一桌菜不可谓不丰盛，可饭后，我总是回味"大白菜粉丝烧咸肉""红烧野生杂鱼"那特有的醇香。舌根深处的美味，是儿时留下的深深烙印，是岁月带不走的浓浓乡情。

遥想童年家乡月

　　"月亮，在白莲花般的云朵里穿行，晚风吹来一阵阵快乐的歌声，我们坐在高高的谷堆旁边，听妈妈讲那过去的事情……"时近中秋，客居他乡，当朋友发来这首老歌，那轻灵飘逸的旋律、感人肺腑的歌词、婉转悠扬的歌声，瞬间将我的思绪带回家乡的月夜，带回月光下嬉戏的童年。

　　童年的月亮朦胧、神秘。我生长在农村。20世纪六七十年代，农村条件差，农民生活苦。在大跃进时期，父母常常起五更、睡半夜地劳作。上小学的我，每逢星期假日，不是背上篮子跟着大人拾麦穗，就是拿个空瓶子跟着大人去捉棉铃虫，为家里多挣几个工分。深夏初秋，尽管天气还很炎热，劳累一天的大人们，吃完晚饭后还是早早洗漱上床休息了。我和小伙伴们总是搬个小凳子，蹚着流水般的月光，去听老人讲故事。爱讲故事的老人，大家都叫他蒋四太爷，年逾八旬，白白的山羊胡子，光溜溜的头，白天、晚上都赤裸着上身，摇着大蒲扇。他肚子里似乎有讲不完的故事，什么妖魔鬼怪、绿林好汉，总是脱口而出。尤其讲那月亮里的嫦娥、玉兔，头头是道，绘声绘色，听得你喜不自禁。直到老人喊累了、困了，大家才依依不舍扛起小板凳回家。到家后，往屋前场地上浇几盆水降温，再搬两条长凳，取下一扇门板，搭一个简易床，在床边插上几根点燃的蒲黄绒熏蚊子。躺在床上，辗转难眠，满脑子都是月亮的故事，使你不由自主地瞪大双眼，凝望着天上圆圆的月亮遐想：月亮里那不规则、奇形怪状的斑块，看上去，就像吴刚在砍伐桂树，又像玉兔在捣药，也像嫦娥在广寒宫里翩翩起舞；人成仙了就能到月亮上去，到月亮上住哪、吃什么，到月亮上就不用做事、就能过上无忧无虑的生活吗？在冥思苦想中，头枕月光，怀揣美好，伴着蛙鸣蝉叫，渐渐地睡去……

中秋的月亮圆润、恬谧。中秋节，儿时也叫"八月半"。八月半吃月饼，是孩子们一年的期盼。在那个物资匮乏的年代，要吃上白面饼和馒头，就要等到每年的中秋节和春节。大人们哄哭闹的孩子，总是说："看天上月亮圆没圆，圆了就吃糖饼了！"月亮圆了，就能吃上月饼了，这成了儿时满满的期待。当天上有"凉月牙"时，每晚无数次地朝天上望，看月亮圆没圆。好容易盼到每月十五月圆时，总是围着大人要月饼吃，此时，大人们又说，不是每个月圆都有月饼吃，要到"八月半"才能吃到圆圆的、甜甜的月饼。

"八月半"，供销社有"洋"月饼卖，那是定量户口的城里人凭券购买的，农村人只能吃自家做的"土"月饼。做月饼的原料是小麦面粉，包的馅主要是自家长的韭菜、豇豆角，还有少许的红糖拌芝麻。红糖也是按人口计划供应的。

晚上包饼，是大人们最忙碌的时候，也是孩子们兴致盎然、跃跃欲试、忙中添乱的时候。不是抢着揉面团，就是争着拌饼馅，搞得脸上、头上都是面，活像个唱戏的小丑。炕饼，用的是土灶、铁锅。当袅袅炊烟升腾，缕缕清香飘溢，村庄上空弥漫着特有的中秋月饼味道时，早已嘴馋的孩子们便立刻撇下玩得正欢的游戏，箭一般地往家跑。看到冒"烟"的月饼，完全不理会大人"烫"的告诫声，抓起一块就狼吞虎咽地啃起来。

月光下玩耍快乐、惬意。那个年代的农村不通电，没有电视看，学生也没有家庭作业，只要晚上有"凉月子"，小伙伴们总是三个一群、五个一堆，在月光下别出心裁地玩耍。什么"斗鸡""丢蛋子""接龙接尾""刮腿"都玩过，最好玩的还是"躲躲找""捉特务"。尤其是中秋节，大人们忙于炕饼和收拾锅碗，小孩们更是撒野地玩耍。有一年的中秋节晚上，月亮睁着明亮的大眼，温和地凝望着村庄和田野，我率领几个小伙伴玩"捉特务"游戏。扮演特务的小伙伴，先爬上稻草堆，再爬上高高的桑树，我们围着草堆找，又爬上草堆顶拍打，就是不见他的踪影。正在纳闷时，一个眼尖的小伙伴大喊："他躲在树上。"我们几个随即冲下草堆，抱住树干使劲地摇，只听"扑通"一声，小伙伴掉到树下生产队的大粪坑里，吓得我们拔腿就跑。大人们闻讯赶来，七手八脚才将他捞起来。小伙伴们跑散了，我吓得不敢回家，一个人溜到家屋前的大洋边坐下。河面微风轻吹，月光清清悠悠，四周静悄悄的，偶有蛙鸣虫叫。世界仿佛只剩下我和月亮，我真想和月亮说说话，可又不知说什么，月亮也是一如往日地沉默。愣愣地坐着、默默地想着……恍惚中，耳边响起妈妈焦急地呼唤回家的声音。"回家父母会打我吗？""掉下粪坑的小伙伴父母找上门了吗？"我心里忐忑不安。苍茫大地上，水银般的月光，倾泻在路上、房上、身上。我忽然心里亮堂起来："月亮能以博大的胸怀包容纷繁的大地，父母也一定会包容我，邻居也会谅解我的！"温柔、亲切的月光，抚慰了我，鼓励着我。

我有了自信，来了精神。走在寂静的路上，月光朗润，心思清澈，沉闷的空气里流动着体贴的月光，暖心着、恬淡着……

春天里的童年趣事

阳春三月，草长莺飞。退休的我，本应漫步大自然，踏青赏景，可因为某些特殊原因，不得不宅家。窗外，柳绿花红、鸟声啁啾，就如汹涌春潮猛撞我封冻的心扉。思绪把我拉回童年，那春天里的"甜甜"趣事历历在目。

拔茅针尝鲜。在农村的沟、渠、堤埂边，都生长着茅草，农村人用它盖房子、搓绳。每年三四月份，茅草中央长出细长的嫩茎，外表由几片紫中泛绿的嫩叶包裹着，拔出来，一头粗、一头细，像农家妇女缝衣服的针，所以叫茅针。茅针是处于花蕾时期的花穗，剥开包裹着的外皮，就会露出白绒绒、亮莹莹的茅针肉。那是农村孩子的最爱。放学后，我们总是三五成群，一窝蜂地跑到沟堤、河埂上拔茅针。只见茅草地里有人蹲着，有人半伏着，有人干脆脸朝下趴在草地上，个个瞪大眼睛，凝神聚力掰开茅草，寻找着茅针。男同学迫不及待地边拔边吃，女同学小心翼翼将拔起的茅针一根根整理好，并用橡皮筋、红头绳捆起，放进口袋或书包里。没耐性的男生找不到茅针，就跑到女生面前要，不给，就到女生手里抢。一阵撒野折腾，满把、满口袋、满书包都是茅针。回家路上，大家取出鲜嫩、清甜的茅针，边享受、边玩耍。有的将吃完的茅针壳往女生头上放、朝衣领下灌；有的还玩起剪刀、石头、布和斗鸡等游戏赌茅针。欢愉的嬉闹声回荡在田野上，流淌一地。

掏蜜蜂解馋。春天来了，农家房前屋后盛开着金黄的油菜花、粉红的桃花和洁白的梨花，成群的野蜜蜂围着花朵翩翩起舞，"嗡嗡"歌唱。大人们站在朝阳的墙边懒洋洋地晒着太阳，小孩三五个结伴，贴伏在墙上心急火燎地忙着掏蜜蜂。当时，农村条件差，绝大多数农户住房的墙，都是在芦柴塘里挖的方块垡头垒起来的。垡头上有断了的芦柴，柴孔裸露在外，垡头之间都有缝隙，野蜜蜂采完花粉后，会毫不犹豫地钻到墙缝和柴孔的窝巢里吐蜜。孩子们两眼紧盯着朝墙边飞去的蜜蜂，发现它钻进巢里，猛地冲到墙下，迅速用手捂住巢口，然后慢慢散开手指，用小柴棒从指缝中伸进巢里搅拌。受惊吓的蜜蜂慌忙往外爬，待到巢口时，身旁的小伙伴快速用大拇指和食指熟练地将它捏住。逮住蜜蜂后，拔去蜜蜂屁股后面刺人的针，再轻轻挤压蜜蜂鼓鼓的肚子，晶莹、浓郁、溢着花粉清香的蜂蜜就流淌出来了。那个蜜，真可谓新鲜、原生态，芳香扑鼻、沾唇甘甜。在那个吃不到糖块的年代，这在孩子们眼里真是难得的美食。

挖芦桠止渴。芦桠，就是枯萎的芦柴根部在来年开春后，新长出来的嫩芽下埋在土里的部分，细嫩、多汁、甘

甜。那时，中午放学和下午上学时，常常到柴塘里挖芦桠
解渴。

　　挖芦桠，先要找到冒出水面的芦柴新芽，然后，脱掉鞋
子、裤子，卷起袖子，用手指顺着新芽往下挖，扒去围着芦
桠的烂泥，直到膀子够不着时，再用力拔起。洗净泥土的芦
桠，如盛夏的荷藕，枝节分明，润白似玉，咬一口，清香脆
甜，生津止渴。挖上来的芦桠，几个小伙伴坐在柴塘坝埂上平
均分配。挖得多，一人一根；挖得少，就掘断按节分；如果只
有一根芦桠，就一人一口轮流咬着吃。大家不争不吵，有滋有
味地分享着劳动果实。

　　童年的梦，五彩斑斓；童年的趣事，灿烂多姿。愿我们
都保持一颗童心，让人生没有阴霾、永远璀璨！

当年寒冬里的暖心事

冬日的一天，我在菜场碰到一位老大爷，只见他一会儿在五颜六色的蔬菜摊前徘徊；一会儿又在牛、羊、猪、鸡、鸭、鹅红白肉案前踱步，并不时摇头、叹息。

"怎么了，老爷子？"我以为他一定遇到了难事，关心地问。

"唉！满眼都是菜，看得你两眼发花，不晓得吃什么好！"

"哈哈……在为吃犯难呀！"

物质丰富、手中阔绰的今天，人们竟然为不知吃什么好而发愁！舌尖上的记忆，敏感、清晰。它不由得让我想起20世纪六七十年代，农村因粮食短缺人们整天为不知有什么能吃而操心劳神的情景，也在茫茫沉静的脑海中，勾起当年寒冬里暖心的趣事。

晒山芋干。那时候，山芋是农村人冬春季的主食。冬天因气温低，山芋易保存，可直接吃鲜山芋。春节后，就连地窖里的山芋都发芽、腐烂，所以家家户户都在冬天晒山芋干。

晒山芋干前，先要搭好晾晒山芋的架子。架子用木棍、向日葵秆绑成"井"字形，再系上一条条细绳，然后将用刀劈成松散手掌状的山芋挂在绳子上，任凭风吹日晒。我喜欢将劈好的山芋挂到架上。因为，挂山芋和洗山芋比，既不冻手，又轻松，还能吃到山芋的"肉子芯"。"肉子芯"是指刀横竖切开山芋的正中间部分，四面没有皮，嫩且甜。尤其是红心山芋，牙齿上下一嗑就断开，舌头一搅动，丝丝香甜溢满口腔，如同今天小孩吃的巧克力一样有滋有味。上学时，常常溜到挂山芋的架子边，偷偷摘几个红心山芋的"肉子芯"，带到学校和小伙伴分享。冬天，吃上一碗棒头糁子山芋干粥，就着鱼汤冻，简直就是一种享受。喝两口粥，嚼半根山芋干，在喉咙发干噎人时，挖一块鱼汤冻塞到嘴里，冷热交替、干湿融合，刚碰上舌头的鱼冻还没等溶化、咀嚼，"唧溜"一声穿喉入胃滑到肚里。从嘴里到肚里一路凉飕飕的，如同炎热的夏日，嘴里含着老棒冰，爽气、提神。

腌萝卜干。萝卜干是那个年代农村人冬、春季的主要咸菜。腌萝卜干，先要将萝卜切成条块状，然后再按比例加上盐以及五香、八角、大料等佐料。腌制一段时间后，再出卤晒干。切萝卜干是大人的事，我们小孩欢天喜地、忙前跑后，将萝卜运给大人切，再将切好的萝卜运到柴席上晾干水汽。当累得气喘吁吁站到大人面前时，马上会得到一根切好的萝卜"肉子芯"的奖励。待大人将晾好的萝卜运到缸里，拌上佐料需要踩压时，不用大人叫，我会麻利地脱掉鞋子，爬到缸里，像踩稻草堆、跳钢丝床一样，使劲地跳，直到大人怕缸跳坏了，连喊带骂不让跳时才停下来。萝卜干腌好脱卤晾晒时，自己会主动卷起袖子，从冰冷的盐水里将萝卜干捞起来，手冻得又红又肿也不叫一声苦。萝卜干捞出来后，又风风火火搬板凳、扛木棍，到屋前场地上搭晾晒架子，架子搭好，又一溜烟地跑进屋抱一捆柴箔子铺好，然后，将满桶水淋淋的萝卜干均匀地撒在上面。忙完了，忍不住拿起一个萝卜干，往淡而无味的馋猫嘴里一塞才了事。萝卜干腌好后，每次吃饭前，母亲都会抓上满满一盘，"呼呼"地喝着麦糁粥，就着"咯哩嘣脆"的萝卜干，不知不觉一碗粥就下肚了。

烤棒头花、逮麻雀。每当冬天下雪时，大人就取出铜火炉取暖。火炉圆形，有20多厘米高，直径有30多厘米宽，炉盖上有无数个圆孔。炉里放上燃烧后冒着火星的棒头穰、不时添加碎木屑，人将手或脚放炉盖上取暖。等大人不在家时，我和小伙伴翻出家里的棒头粒和黄豆，埋在炉子的火星堆里，烤棒头花和黄豆吃。大家趴在火炉旁，听着黄豆炸皮的"嗞嗞"声、棒头粒"呼呼"的爆裂声，闭着眼、凑着鼻子，闻着炉眼飘出的缕缕幽香，享受着快要到嘴的美食。

我们分吃着黑乎乎、半生不熟、但香气诱人的棒头花、黄豆。当发现门外雪地里，几只麻雀闪着贼亮亮的鼠眼，探头探脑、叽叽喳喳正往屋里瞧时，灵机一动，将门口大场上扫净一片雪，搬来一个晒粮食用的竹圆扁，用木棍将扁撑起一个面，扁下面撒些米和麦粒，再用细绳扣住木棍的底部，将绳拖到屋内，掩好门，从门缝里观察麻雀是否到扁里觅食，待麻雀全进到扁里后，拉动绳子，木棍倒下，扁扑下罩住麻雀。大家逮住麻雀，用线扣住麻雀的一条腿，大声吆喝着，吓得麻雀拼命地往前飞，我们拉着线使劲在后面追。绒絮般的雪花和着愉悦的笑声飘洒，皑皑雪地留下串串欢快的脚印⋯⋯

六垛漫笔

六垛，于1981年3月建乡，因其地理位置偏僻、经济发展滞后，群众收入不高，村容街貌较差。2001年6月撤乡后并入临海镇。我是地道的六垛人，在六垛生活了43年，经历了六垛建乡到撤乡的全过程。

因客居外地，多年未回六垛。深冬的一天，决定到老家探亲访友。

"你是我一片思乡的情，你是我童年最真的梦，你是我藏在心中的歌……"车内播放着优美的歌曲，那动人的歌词，正是我此时心情的写照。一踏上家乡的土地，陡感天蓝水绿，地新人亲，一切显得那么亲近、亲切，逢事都倍感欣喜、欣慰。

星丿镇成了新辟镇。卯酉河是临海镇和原六垛乡的交界。卯酉河桥北就是原六垛乡星辰村，横穿村里的省道陈李线在此呈"丿"状，在这"丿"状道路两侧，住有十多户人家，还有村部、棉花收购站、商店和小饭店。很有远见的乡领导，将这个小而偏的地方，起了个大而响的名字，叫星丿镇。我在六垛乡政府任职时，在村部会办过计划生育捉"大肚子"；"上河工"时，在小饭店吃过喷香的熏烧猪头肉，喝过爽神的"尖庄"酒。

车子开到卯酉河桥头，望着纵横南北东西、宽敞明亮的沥青大道，真不知该走哪条路了。带着猎奇的心理，索性沿路兜圈观光。只见道路两旁的白玉兰、香樟树、茶梅、杜鹃错落有致、交相映衬，造型新颖的路灯整齐有序、伟岸壮观，幢幢厂房新潮气派。原来这里是"现代高端纺织产业区"，入驻企业已达46家。

园区环境整洁、绿化秀美，机声隆隆、热气腾腾。站在这喧闹、沸腾的工业园区，目光在每个角落搜寻着，期盼能找到属于我记忆中的一隅之地，可事与愿违，原来的一切都已荡然无存。名不副实的星丿镇，现已成为名副其实的新开辟的纺染工业小镇。

繁盛的六垛闸口。六垛闸口，素有"鸡鸣醒三县，犬叫惊四邻"，和"小上海"之称。"鸡鸣醒三县"，因地处射阳县、滨海县和省属国营淮海农场三地交界处。"小上海"，缘于1958年苏北灌溉总渠开通后，苏联专家在总渠上援建了六垛闸，加上特殊的"十"字形地理位置，形成了一个自然的小街市，在方圆不到200米范围内，有旅社、澡堂、药店、理发店和钟表修理店，还有猪肉、豆腐、蔬菜、水果等摊位。而今的六垛闸口已和淮海农场场部、六垛居委会联成一体，形成颇具乡镇规模的"丰"字形六淮街。街道楼房鳞次栉比，林立的店铺里商品琳琅满目。绚丽的阳光洒在醒目的白墙青瓦的楼房上，涂抹在兴冲冲的红男绿女的身上。那插在店铺门口的五星红旗、那随风飘来"我和我的祖国"的激昂歌声、那粼粼而来的车、那川流不息的行人、那购物人恬淡惬意的笑脸，无不彰显小镇的繁华、照出居民的快乐和幸福。

富有新意的方言土语。生活在异地他乡，打交道的基本都是当地人，灌入耳朵的不是当地的方言就是普通话，由此，总感与人相处隔着一层膜。回到老家，听到老人叫你小名，儿时朋友喊你绰号，和你闲聊时的方言土语，都使你倍感温馨。

"过去忙得脚打屁股，还挣不到钱，吃不饱饭，现在在家大腿跷二腿也不愁吃和穿。"当我问儿时小伙伴现在生活情况时，他脱口而出的土语方言，是那么形象生动。"脚打屁股"，是指时间紧、事情多，走路带跑，脚后跟都打到屁股。"大腿跷二腿"，说明身心轻松，悠然闲适。过去，他们家人多地少，生活一直过得很艰难，人家中午吃干饭，他家喝稀粥。现在，他家有果园、鱼塘、猪场，住的是楼房。桌上还摆着半瓶"今世缘"酒，酒杯倒扣在瓶口上。看来，每天都得喝二两。

在聊到农村人情往来时，他得意扬扬地说："人情不是债、锅顶头上卖，过去农村哪家有个红白事，打肿脸充胖子，借钱、拿债，也得出人情。现在，小孩、老人过生日，参军、上大学、砌新房都请人吃饭，不但不收你钱，饭后还送给你个大礼包！"

．．．．．．．．．．．．

　他口若悬河，精气神十足，越说越来劲。我听得如醉如痴，越听越入迷……寒暄后，握手道别！

　我信步屋外，凝视脚下的土地，眺望广袤的田野，深深吸一口充满泥土芬芳的家乡的空气，由衷地感叹：换了人间！

"人走茶不凉"的六垛人

这段时间，久未谋面的老友终于能走出家门小聚。席间，曾在原六垛乡工作过的一位老领导，端起酒杯动情地说："我走过几个地方，也和不少人打过交道，从内心讲，还是六垛人讲义气、重感情。人走茶不凉！"作为地道的六垛人听后，浑身热乎乎的，不能喝酒的我，还是仰起脖子，来了个"一口闷"！"人走茶凉"是一句俗语，原意是，倒了一杯热茶招待客人，客人走后，时间长了，热茶也慢慢地凉了。寓意为当权的人离开岗位，攀附权贵的人看其没有利用价值了，就另眼相待，逐渐疏远，以此说明世态炎凉。社会上有这样薄情寡义的势利小人，但更多的是感情真挚、知恩图报的有情人。

六垛，环抱在"四海"之中：北临滨海（滨海县）、南靠临海（临海镇）、西邻淮海（淮海农场）、东接黄海。特殊的地理位置，铸就了六垛人特别的秉性：他们有滨海人的坦率、仗义；临海人的沉稳、精干；淮海人的刚毅、正直；并有黄海般的博大胸怀。他们做事执着、严谨，做人实在、真诚，具有"有话直说不耍阴，有难同当不离心"的天性，从而造就了"人走茶不凉"那份纯真的待人之道和"愿炕冷锅膛，不烧热灶子"的朴实情感。

承情不忘恩。六垛地面海拔平均只有1.2米，是全县有名的"锅底洼"。小雨受渍，大雨成涝，遇到连续阴雨天气，常颗粒无收。天下雨，人流泪，群众收入低、生活苦。要改变面貌，只有彻底解决水患问题。1981年3月，六垛公社成立，首任公社党委书记戴维康，工作有魄力，办事有能力，决策果断、敢于担当。他赤脚涉水实地考察后，做出了"构筑包圩挡外水，清沟理墒降内渍"的决策。当家人振臂一呼，坚毅、豪爽的六垛人群情激昂，积极响应。他们不怕出力流汗，就怕有劲使不出，空余力气守穷窝。全乡上下齐心协力，顶风冒雨，水中捞泥，沿条洋河、畚套河筑起60多公里长的大包圩，并沿包圩建起10多座大功率电排站，彻底改变了六垛地区建政以来"望天收"的现状，使昔日的"锅底洼"，变成了"棉粮仓"。从此，当地群众除种植传统的粮食、棉花外，还破天荒地种起了蔬菜、瓜果等经济作物。群众收入高了，生活好了，勤劳致富的精气神也足了。

吃水思源，喝酒感恩。重情重义的六垛人，一直念念不忘给他们带来福祉的戴书记，将他带领大伙筑起的"大包圩"，取名为"水上长城"。还编起赞颂他"丰功伟绩"的打油诗："六垛来了戴维康，雨涝灾害不再慌；沿河筑起大包圩，甩开膀子奔小康。"并在茶前饭后数说着、传颂着。戴维康后任射阳县委副书记，盐城市气象局局长。虽退休多年，至今许多六垛人还和他保持联系，常邀请他回故地走走看看。

成长不忘根。参天大树，离不开供养、支撑它成长的根。一个人发展进步，靠的是自身不懈的努力，也少不了他人的关怀和培养。有了身份和地位后，不忘帮过他的人，既是一个人的性格使然，更是其品行、素养的体现。诚实守信的六垛人，践行着自己的秉性。

左信，是原六垛乡初级中学的校长，品行端正、才华横溢，业绩突出，深受组织的信任和社会的好评。从六中（六垛初中）到六中（县第六中学），再到射中（射阳县初级中学）任校长，是令人羡慕的教育生涯"三级跳"；从偏远的乡镇，到繁华的县城，又是多少人梦寐以求的渴望和追求。职位在变，环境在变，社会知名度和影响力也在变，但他对事业的执着，对人的感情一直没有变，不管是昔日的同事、朋友，还是过去的邻里、乡亲找其办事，只要不违规触纪，总是有求必应，尽其所能。对曾经支持他工作、在他成长路上帮扶过的领导，无论其在职还是退休，总是一如既往地尊重，逢年过节不忘问候看望！

徐景宝，原六垛乡的渔政管理员，下海经商后，事业风生水起，蓬勃兴旺，企业规模不断扩大，经济效益连年攀升。发迹后，不忘关心、帮助过他的人，淋漓尽致地展现"树高千尺也忘不了根"的深情厚谊。令人动容，发人深省。

老年不失联。易逝的是青春，不老的是情缘。天性诚实的六垛人，总是把工作中产生的友谊、生活中结交的朋友，视为人生旅途中难得的风景，百般呵护、十分珍惜，时间再长，也不会遗忘。

退休后，我客居扬州，经常接到家乡老友张正飞邀请小聚的电话和信息，在得知我在扬州后，总是再三叮嘱："什么时候回来，第一时间告诉我。"尤其逢"五一""国庆""春节"等长假，预约不断。每当回射阳、去六垛，可谓"天天进饭店，中晚端酒杯"。原六垛乡政府机关工作的同事李育广，已年逾七旬，生活安逸，无事求人。但他每年多次请我和其他老领导、老同事小聚。专门到他乡下的家里，亲自动手，捞鱼、杀鸡、掏螃蟹黄招待。每次，又在席间约好下次小聚的时间、地点。深情厚谊，令人感动！

离岗离位不离心，无职无权却有情。这是我对六垛人为人之道的深切感受、由衷地感慨。人走茶凉，让人失望寒心；人走茶不凉，给人温暖和信心。六垛人凭借这份纯真质朴的秉性和始终不渝的初心，赢得了人们的认可和尊重。建设繁荣、富强的国家，营造和谐、美满的大家庭，需要弘扬传统美德，需要团结互助的人际环境。愿我们都做诚实守信，文明友善的人。

柴塘里长出的村庄

柴，也就是芦苇。柴塘，就是生长芦苇的池塘。柴塘长柴，何以长出了村庄呢？这不是痴人说梦，而是光天化日下的倩影——"五岸新村"！

五岸新村是临海镇五岸村的一个村民集中安置区，坐落于苏北灌溉总渠南堆脚下。

五岸村是我老家。父母去世后，我客居他乡，多年未归。今年五月，因儿时伙伴邀请，我回到阔别已久的家乡。下车后，我极力搜寻记忆中进村那条弯曲的小道和道旁身姿曼妙、左蹈右舞的芦柴。可映入眼帘的是宽阔敞亮的水泥路，道路两侧树影婆娑、绿草茵茵。我正怀疑自己的记忆，"五岸新村"蓝底白字路牌吸引了我，我信步而入。徒步不远，展现在眼前的是：整齐划一的楼房，清雅别致的路灯，草木掩映的广场……我简直不敢相信，几年前这里还是"芦花飞舞，雀叫蛙鸣"的柴塘啊！激荡的心情，扬起我沸腾的思绪。

五岸村在清朝雍正年间，因所产芦柴高大粗壮、红杆粉节，方圆几十里被清王朝标为皇滩，并成立苇荡营，在五岸庄设立管理芦荡事务的机构"五岸衙门"。苇荡营所产芦柴，全部上交朝廷，作为慈禧太后的花粉钱。生活在苇荡营的民众，靠帮衙门割运柴草、捞鱼摸蟹为生，生活清贫。新中国成立后，群众生产、生活条件有了很大改善，但由于沟河纵横、芦柴丛生，形成块块垛田。群众的住房大多仍然是就地取材的泥土墙、柴拍檐、草盖顶，简陋的柴草房就像做错事的农家孩童，躲藏在芦柴丛中。

我老家屋前是大洋，洋岸边长满芦柴，屋后就是现在的五岸新村，也是大片的柴塘。清晨开了门，满眼翠绿，满屋清香；夜晚关上门，风吹柴叶的"沙沙"声、水鸟归巢的"吱吱"声，如温柔甜美的催眠曲。难以忘怀：初春，蹚着冰凉的水，在春笋般的芦尖塘里捉泥鳅；仲夏，钻进柴棵，随着"啾啾""嘟嘟"的鸟鸣声，搜寻"獐鸡蛋""柴刮刮蛋"。更难忘的是晚秋，盛开的芦花，洁白、轻盈、柔美，玩累了的我们，沐浴夕阳余晖，围坐在柴塘边，听水牛低哞，看炊烟升腾……思绪随心所欲，尽情放飞！

由于历史原因和地理条件的限制，五岸村村民居住分散，住房结构简陋，房屋周围沟塘围抱，芦柴起伏，环境乱而差。有几个村民小组的部分村民，还居住在滨海县境内。为了响应党中央乡村振兴战略，新任村党支部书记徐勇，把改善村民居住条件、改变村容村貌，作为美丽乡村建设的一件大事对待。他和支部一班人，多次实地察看，反复选址论证，最终决定利用靠近省属淮海农场场部的优势，在毗邻场部的这块柴塘上填土造地，建一个有品位、有现代气息的新村。儿时伙伴刘明忠，从小就是个脑子活、主意多的"机灵鬼"，现在是当地小有名气的能工巧匠，他承担起填塘建房的任务，历经三年的艰辛，柴塘耸起排排楼房，"五岸新村"拔地而起。远看五岸新村似城市一隅，进入村里却是完全的现代化小区：楼上水、电、气俱全，楼下绿树成荫、花团锦簇。漫舞休闲广场，体育健身器械，既装扮了小区环境，又丰富了村民生活。党群服务中心、日用商品超市、卫生服务室等便民公益设施也都坐落村中。

"暖暖远人村，依依墟里烟。狗吠深巷中，鸡鸣桑树颠。"陶渊明诗中的村庄，是一幅淡雅清新、逸乐悠然的山水画。"五岸新村"虽不再有传统村庄的鸡鸣狗叫、袅袅炊烟，却处处呈现宁静祥和、幸福富足的生活气息。村民们一张张怡然自得的笑脸，洋溢着兴高采烈；一句句滚烫灼热的话语，流淌着心满意足。

"芦花白、芦花美，花絮满天飞……情和爱、花为媒，千里万里梦相随；莫忘故乡秋光好……"辞别儿时的伙伴，我耳边恍然响起雷佳演唱的《芦花美》！远去了，充满无限童趣、美妙遐想的芦柴塘；再见，生机勃勃、希冀满满的"五岸新村"！

射阳河水清又纯

2021年11月20日，风和日丽。县老新闻工作者委员会一行人乘坐水政执法艇，由射阳河闸自东向西，溯流而上进行采风活动。老新闻的笔杆子们聚精会神观察沿河两岸的旖旎风光；摄影协会的摄影师们操作"长枪短炮"，捕捉水陆空精彩瞬间。我在零距离感受大美射阳河风光的同时，注视起河面，看还有没有影响鱼资源和水环境的渔罾、鱼簖和网箱。

罾，是一个用化学丝线织成、用来捕鱼的网具。罾的面积大小，根据河面宽度而定。罾横跨河的两岸，四角用木桩或铁架固定，起降罾的钢丝绞绳连接到岸边的起吊架上。内河上的小罾由人工起降，射阳河上的大罾必须用机械才能起降。簖，也是用和罾同样的材料织成的捕鱼网具，它一般在河里围成长方形的口袋状，阵内横七竖八构成若干个网格，俗称"迷魂阵"。大小鱼只要进去，没有一个能出来。利用渔罾、鱼簖捕鱼，曾是内地渔民在射阳河里取鱼的主要方式，在我县境内的射阳河段面，单大罾就有15口，鱼簖随处可见。由于罾、簖网眼紧、密度小，大鱼、小鱼一网兜，加之，罾、簖数量多，鱼资源遭到一定的破坏，属于滥捕、酷捕行为，并对防汛排涝有一定的影响。网箱养鱼，对水环境污染严重，县水利、渔政部门虽每年都组织清理，但都是短期突击，缺乏长效管理机制。

记得2005年汛期，我在县政府办公室工作，为了泄洪排涝，县政府领导安排我牵头，组织水利、渔政、公安等部门人员，到射阳河清理渔罾、鱼簖和网箱养鱼。从射阳河闸开始一直清到射阳河、海河乡段河面。放眼望去，沿河深处网箱成匡连片，河边鱼簖林立，每隔四五公里的河面上还有一口蜘蛛网似的大罾，清理工作量大且复杂。始初强行清理时，养殖户撑着小木船，手持竹竿、木棍，从四面八方驶向我们小汽艇，那场景就像战场上短兵相接，甚是惊险。为不影响泄洪，并钝化矛盾，避免群体性事件的发生，我们不得不采取软硬兼施的办法：凡靠近河中心，确实影响泄洪的网箱、鱼簖必须清掉；对仅是出水的竹竿阻碍漂浮物的，割掉水上部分，由养殖户负责此水域不得出现水草和其他漂浮物；对泄洪没有影响的网箱、鱼簖暂时保留不动；河面上的大罾全部吊起，不得捕捞。此举暂时收到效果，但仅是头疼治头、脚痛治脚，治标不治本。时间不长，渔罾、鱼簖和网箱养鱼又死灰复燃。干部头疼、群众心疼。县有关部门也清楚地认识到，保护鱼资源、净化水环境，单凭刮旋风、搞突击，解决不了问题，虽采取了一系列措施，但都收效甚微。

这次采风，在几十公里的我县射阳河全境，竟然没有发现一个渔罾、鱼簖和网箱，深感意外，甚是欣喜。射阳河美景如画：河岸上，高高的树木倒映在绿绿的水中，显得恬静、幽美；明媚的冬阳下，小木船上，女划桨、男起网，兴高采烈地从片片丝网上取下活蹦乱跳的鲜鱼；成群结队的鸟儿，不是悠闲地在水面游弋，就是振翅引吭，在空中俯冲盘旋……射阳河水清又纯，就像一条玉带，清净透彻，碧波荡漾。我的心也随之清澈起来。经询问随行的水政执法人员方才得知，近年来县委、县政府和县水利部门，高度重视生态环境建设，秉承"绿水青山就是金山银山"的发展理念，全面推行河长制，层层落实责任，加大水环境整治。实行常态化保障经费投入，每年559万元骨干河道长效管护经费，列入县财政预算；多样化开展河湖巡查，建立"检察＋河长制"体系，及时处置涉河违法案件；社会化实施河湖保洁，建立有制度、有协议、有人员、有经费、有考核的长效管理机制，从而使全县境内所有河道都达到水清、草净、无罾、无簖、无网箱。

"呜……"水政执法艇汽笛长鸣，劈浪前行。射阳河，射阳人民的母亲河，愿你永远靓丽如初、魅力长存。

常回老家看看

老家，就是魂牵梦萦的故乡，也是温存惬意的老屋。

回老家，见老人，住老屋，会老友，温馨幸福。我的老家老人已故去，老屋也被政府征用。但我依然思念老家，也常回老家，因她是生我、养我的地方，那里还有骨肉至亲、真挚的朋友、和睦的乡邻。

我在老家原六垛乡工作生活了42年，直至2000年4月撤乡并镇，才依依不舍地离开了老家。

乡愁是割舍不下的牵挂，风筝线不时将我拉回老家。国庆假日，我又踏上回老家的路。焕然一新的面貌，让人精神振奋。车子驶过卯西河桥，就进入了原六垛乡境内。葱茏的常绿树簇拥的三角形地带上，巨大的电子屏幕上显示"盐城市现代高端纺织产业区欢迎你"的标语。

记忆中，紧邻卯西河边的星辰村，是沟河纵横的大片垛田，长期种植稻麦，后兴办起化工园区。可好景不长，因一起企业安全生产事故，化工园区转型兴办纺织染整产业园，园区变化可谓日新月异，短短几年时间，现发展为占地5平方公里、入园企业57家、年产值42亿元的"中国印染行业创新型示范园区"。朝东走去，塔吊高耸、机声隆隆，数幢厂房建设现场如火如荼；往西看，烟囱高耸、厂房林立、车进车出，让人提神振气、感慨万千。

穿过园区驶往六垛老街。眼前，宽敞明亮、界线清晰的沥青马路，造型别致、伟岸挺立的路灯，郁郁葱葱、错落有致的绿化带，令人赏心悦目、心旷神怡。亲昵的称呼，火热般温暖。车在老家所在地村口停下，熟悉的环境、熟悉的面孔，显得亲切、友好。遇到正在剥青豆仁的邻居张大爹，我疾步上前正要开口问好，他抬头便认出了我，兴奋地连叫我的小名，一双有力的大手紧紧地抓着我，笑哈哈地问这问那。"真是小亚子回来啦！""人家当干部了，还喊人家小名。""头发也白了，应该见孙子了……"张大爹的大嗓门，引来几个乡邻，他们围着我望着、说着。多年未见的乡里乡亲，还是那么直爽，直呼小名的亲切劲使我感到浑身热乎乎的，仿佛自己又回到了从前，回归到原点，顿感身心愉悦、精神焕发。

老家人就是这么质朴、纯真。凡从老家走出去的人，不管你在外边混得光鲜还是潦倒，无论你是经商大款、从政当官，还是在外漂泊打工的，老家人都不会嫌三拣四、另眼相看，既不会高攀你，更不会瞧不起你。他们不叫你什么长、什么总，还是直呼你小名，甚至喊你"大黑子""二赖子"这些忌讳的绰号。所以，在外想回老家的人，切莫有任何顾虑，你不必有衣锦还乡的成就感，也不必有无颜见江东父老的挫败感，即便你已不是当年的你，他们都会一如既往地接纳你、接待你！

儿时的伙伴，唤醒了童年的梦。到了老家，免不了走访老友，尤其是一起光身子长大的儿时朋友。他们身上都有你的故事，见面聊上几句就会翻倒出许多鲜活的趣事。我和童年的一个玩伴，漫步在洒满秋阳的田埂上，叙说着一起挑猪菜、起秧把，一起下河摸鱼、捉螃蟹的往事。当他提起我和他为了争抢骑上水牛背，在寒冷的冬天将他拽下河的事，虽然会心一笑，却感到丝丝内疚。他用手指梳理着自己的头发说："现在我开始染发了，以前认为染发是别人的事，真没想到自己也有这一天……"岁月催人老啊，在时光的长河里顺流而下，转眼自己也到岸边了。

老友见面，少不了老酒，一碰杯"咕噜"一口干掉半杯，甚至一杯。酒过三巡脸红脖子粗，说话忘了音量，举止有了英雄气，少了客套话，多了豪言壮语，还像一群没长大的孩子在顽皮打闹。

世界之大，只选择在某个地方睁开初始的眼，这是每个人与老家的缘分。在外的你，无论是为生计奔波，还是为事业打拼，切不可再做就地旋转的陀螺，在一而再、再而三的蹉跎中，错过回老家的时光。

常回家看看，那里有翘首以盼的老人；常回老家看看，那里收藏着美好，会给你欣喜，带来愉悦。

草泥垩田稻米香

国庆长假驾车回老家探亲。高速两侧，一望无际的水稻一片金黄，像波浪起伏的海洋；沉甸甸的稻穗，像害羞的村姑低头埋进叶片里；摇下车窗，凉爽的秋风麻利地送上稻谷的清香，沁人心脾。"水稻成熟了，很快就能吃上新米粥啦！"感叹之余，我情不自禁地对车上的妻子说。

"现在新米和陈米味道差不多。那年头新米粥，锅盖一掀，喷香！装碗里，马上一层油膜子，筷子一挑亮晃晃的。吮进嘴，滑溜溜、油腻腻、甜兮兮的，那才好吃呢！"妻子兴高采烈地回道，"馋了吧！过去水稻垩田的都是猪脚粪、草泥塘，长出来的稻米不香才怪呢！"

没想到我不在意的一句问话，竟打开了妻子怀旧的话匣子，尤其她提起的"草泥塘"，不由让我想起以前自制肥料的往事。

草泥塘，就是在坑塘里放上青草和淤泥拌匀发酵后，作为垩田的一种肥料。一般都在夏天搞，因为天气热、温度高，便捞水草、罱河泥，有利草腐烂发酵，提高肥效。

制作草泥塘看似简单，其实很有讲究。首先，在水稻田的田头路边，挖一个长方形的坑塘，塘要不浅不深。浅了，腐烂的肥水会白白流掉；深了，太阳光照不足，影响发酵。塘挖好后，就是罱河泥。罱泥，一条水泥船上三个人，一人撑船，两人轮流罱泥。罱泥用的泥罱子，木头柄，柄顶头装有铁皮制成的大夹子。制作草泥塘的泥必须是熟泥、黑泥，所以，罱泥都要到深水河里。罱上来的泥全部下到坑塘里，再加入水草、青草后，男男女女卷起裤腿赤着脚，像跳迪斯科一样将草全部踩入泥中，再用铁叉、钉耙反复翻倒拌匀后堆叠成垛，外面再用泥抹平封实。草泥塘经一夏高温捂闷，腐烂的草汁全部浸透在泥土里。再经过一个冬天的冻酥，春风一吹，泥土像发酵的面包，松软肥沃，栽秧前铺撒到秧田作基肥。

施过草泥塘作基肥并用青草揣过秧根的水稻成熟后，穗头大、颗粒饱满、米质香。"草泥垩田呱呱叫，出点力气不花钞。米香源自好水稻，农民眉开眼也笑。"当时流传的这首顺口溜，反映了草泥肥，肥了土地、香了稻米，道出了农民丰收后的喜悦心情！

现在，农村普遍推广秸草还田，培肥地力，提高粮食品质，所以我们还能吃到稠腻香甜的新米粥！

血脉亲缘缘不尽

　　得知高氏家族续修家谱消息后很高兴。盛世编史，旺族修谱，这是家族之大事、好事。可当我接到《高氏家谱》编委会邀请我担任副主任的通知时，不由诚惶诚恐起来，年龄轻、辈分小，高氏族史了解少，岂能胜任呢？好在有爷爷辈、德高望重的老校长高正启、文化局老局长高正俊担纲，有叔叔辈、才华横溢的中学校长出身的高仁杰任主编，我一颗悬着的心才得以放下。然而，因修家谱而激起的心潮却久久不能平静，让我浮想联翩……

　　寻根溯源，是素养。一个人能关爱自己的家庭、关心家族的来龙去脉，能对素未谋面的同族人热诚相待，定是一位重情重义、知恩图报、有素质和涵养的人。12月5日《高氏家谱》编委会一行7人，到盐阜地区高氏祖籍地滨海县木楼村考证，7人中有4人互不相识，然而，大家见面时却是一见如故，那热情劲像久别重逢的老友，似手足情深的亲人。午饭是爷爷辈的高正良在新港桥头饭店安排的，十多道菜中有本地的水牛肉、时令草羊肉、新鲜的推浪鱼，还有滨海地方特色菜"山芋团子"，并拿出农村人请客不常用的好酒。大家推杯换盏，好不热闹。散席时，主人还心急火燎地强塞给客人两大块形如石块的山芋粉。酒足饭饱后仍感余兴未尽，大家便急匆匆地前往滨海港镇木楼村。

首次踏上先祖居住过的土地，看到在废黄河堆上建起的幢幢别墅式的农房，纵横交错的沟河，宽阔敞亮的水泥乡村道路，使我原本凝重的心情瞬间朗润起来。几位高姓老人听说我们是来寻根问祖的，热情地迎上来搭讪，有的介绍高氏名人轶事，有的拉着我的胳膊，指着远方炊烟袅袅的人家告诉我那是祖上的居住地，有两位80多岁的老人放下正忙着的农活，带着我们跑到几里路外的麦田里寻找已去世400多年的先祖墓地……在我们准备告别返程时，乡亲们竭力挽留我们在那吃晚饭、喝杯酒，还动情地说："亲不亲族家人，我们血管里都流着高家的血！"纯真、质朴的语言，诚挚、炽热的感情，让你真切地感受到什么叫血浓于水，什么是血脉亲缘。

追忆故人，是责任。时光不驻，亲情长存。在悠悠岁月的长河里，都会留下亲人们一个个难忘的背影，传颂先烈们一件件荡气回肠的动人故事。"清明时节雨纷纷，路上行人欲断魂。"每年清明节，不问年龄大小、身份贵贱，不管居住在国内国外，城市乡村，人们都会乘飞机、坐高铁、跟大巴，从四面八方赶回祖籍地祭拜已故的亲人，以尽守孝道、传承亲情，铭刻记忆，启迪后人。

族人们会不约而同聚集在先祖祠堂，对故人，寄托一份哀思、献上敬祖报本的心愿；对生者，传递一份善意、增进一份情谊；对后人，留一份真诚、存一份美好。让家族更团结，使社会更和谐。

每年三月初三，世界各地华人代表汇聚河南黄帝故里，祭拜中华民族的祖先、华夏文明的传播者——黄帝。缅怀始祖功德，传承中华文化，增进血脉亲情，激励"炎黄子孙"热爱祖国，为中华民族的伟大复兴而团结奋斗。这些举动，既彰显精深义重的民族文化，又映现质朴真挚的家国情怀；既是缅怀的一种形式，更是责任的一种传递。

一份哀思一腔情

三月，乍暖还寒。连续几天的凄风冷雨，使我心情紧张起来，担心筹划已久才选定下来的给外公外婆迁墓的事再受影响。感谢天公作美，3月22日风和日丽、晴空万里，选定的好日子遇上好天气，真让我喜出望外，沉重的心情也顿时朗润起来。

外公外婆原葬的墓地因地势低洼，常浸泡在水里，姨母姨父们商议认为，现在每家日子都好过了，应该给他们换一个好环境，生前要尽孝，死后要尽义。他们的提议语重心长、寓意深刻，我们晚辈心领神会、积极响应。尽管迁墓当日是星期一，但退休的放下手里事，在职的也大多请了假，分别从扬州、泰州、滨海、射阳等地如约而至。

岁月如风，但带不走沉甸甸的记忆，因它倾注了满满的深情。我的外公名叫郭本俊，早年是小乡干部，后为教师。他待人宽厚、和蔼可亲，脸上总是挂着质朴的笑容，在当地是位德高望重、受人景仰的长者。外婆勤劳贤惠、面善心慈，人缘好，很受左邻右舍的喜爱。外婆先于外公去世，外公10年前以96岁高龄仙逝。他们生育了四个女儿，分别婚嫁滨海、射阳两地，现在有我们姨兄弟姐妹13人。外婆去世后，外公的生活起居都是七姨娘家悉心照料，为此她付出了太多的辛劳。七姨娘家搬到滨海县城后，外公随在当地的二姨娘家生活，直到临终。

二姨娘二姨父为人忠厚，待人热情，四个儿女，品行端正、勤劳上进，一家人和睦幸福。他们对外公关怀备至，有好吃好喝的都先给外公，使外公一直享受特别待遇，生活在心情愉悦、其乐融融的氛围里，这也是他得以长寿的原因之一。在二姨娘身患肠癌数十年，甚至在癌细胞转移的日子里，她和二姨父仍然一如既往地精心侍候着外公，直到外公安详地无疾而终。他们真心诚意的态度让我感叹，他们持之以恒的精神令我感慨，他们信守孝道不改的初心使我感动！从他们的言行中，让我懂得什么是品德、什么是道义，如何做人、怎样做事，他们是我学习的楷模！

思念无痕，却在心田里埋下亏欠的种子，因为那是时过境迁的不了情。"摇啊摇，摇到外婆桥……"每当听到央视这句广告词时，我都会不由自主地沉浸在童年时外婆外公给自己那无限的爱里，现在自己却深处无法弥补的深深自责中。外婆外公留给我的记忆，虽然朦胧零碎，却是藏匿于心，不可磨灭。

记得吃穿都愁的年头，要想吃好的，就到外婆家，这是我当年的祈求和期待。只要我去，外婆外公总是十分高兴，对我有求必应，想方设法变着花样弄好吃的给我，有了好吃的也就不想回家了。一次在外婆家，母亲和三姨娘收拾好东西准备带我回家，就在要跨出门槛的一刹那，我突然叫起肚子疼，外婆见状忙抱着我说："人不留人天留人，不要家去了！"现在我也说不清，当时是真的肚子疼，还是借故留下呢？还记得外婆生病在淮海农场医院做手术后住在我家，我到淮海农场小卖部买了一瓶糖水梨罐头，送给坐在床上的外婆，虽记不得外婆夸我的原话，但我很是兴奋、得意。还记得，外公到我家，父亲拉着我陪外公到淮海农场大礼堂看电影，在会堂门前的水果摊前，外公要掏钱买橘子给我吃，被父亲说我不吃橘子而回绝了。可我当时是多么渴望能吃到橘子啊，我不明白父亲是替外公省几个钱而说那样的话，当时很生气。还记得，我上高中，"开门办学"学工时，到靠近外公家的淮海农场三分场开拖拉机。我跑到外公家时，外公和七姨娘喜出望外，赶忙烧了四个鸡蛋茶，放了两勺子白砂糖，我一口气吃个精光……这些虽是陈年往事，可就像发生在昨天，我现在真想对他们说声"谢谢"，更想报答他们满满的情意，可他们都已成了远去的故人！

时光易逝，生者要常来常往、携手共进，因为我们是割舍不断的血脉亲情。迁墓仪式虽然短暂，形式也仅是鞠躬、献花，但意味深长、发人深省。因为，追思的虽是让我们感恩戴德的远去的"背影"，缅怀的也是不显眼的已经过去的点滴琐事，但带给我们的温暖和感动却历久弥新。它将激励我们弘扬其高尚的品质、可贵的精神，传承生生不息的世代亲情！

我们在村里的高姓本家饭店吃了丰盛的午餐，二姨父还从家里拿来陈酿。桌上大家掏心掏肺地无话不说，因为，我们是身上流淌着同一脉血的一家人。我们商定，以后兄弟姐妹平常不但要常联系、多走动，而且每年清明节都要集中祭奠外公、外婆。

　　对逝去的亲人供奉一片情意、寄托一份哀思，对健在的长辈献一份爱心、尽一份孝道，这是新时代的人们应该传承的文化和弘扬的美德，也是应该具备的基本的道德品质！

走在乡野的田埂上

　　孙子就读的学校西侧是大片的农田，田里黄绿相间，交相辉映，一派春意盎然。走，到田野去，闻闻泥土的芬芳，感受乡野的气息，我在催促着自己。走过石板桥，跨过排水沟，踏上了两边长满绿色植被的泥土田埂。

　　田野辽旷，田埂悠长。晴光朗朗下，草木青青，空气里弥漫着麦苗菜蔬的青涩和油菜花的清香，不由自主地来一次深呼吸，满口吸入的都是浓得化不开的春的芬芳。我索性闭起眼，感受农家田野的春天里特有的喧嚣：麦苗拔节的声音、微风吹过油菜花的声音、蜜蜂飞舞嗡嗡采蜜的声音、春燕和着春风呢喃的声音……我浸浴在这如画的诗境中遐想：想到自己童年跟着大人走在高低不平的田埂上下秧田拔草，到棉田捉虫子，在田旁挑猪菜，在田埂上追逐小伙伴而掉入水沟；劳累的社员坐在田埂上"吧嗒吧嗒"抽着旱烟袋，满脸皱纹绽开知足的笑容；生产队集体供饭时，大家坐在田埂上喝着绿豆粥、啃着大卷子，海阔天空地闲聊，忘记了苦和累……

"踏青啦！"正在沉思中，一个低沉浑厚的声音，像是熟人和老友在问候，我忙睁开眼，扭头望去，只见一位农人肩扛钉耙，急匆匆从我身边径直走过，等我反应过来，想报以同样的热情回他话时，他已走远了。或许，他并不需要我回答，他只是想表达他那份纯朴、热忱的心意而已。

我来到金黄一片的油菜花旁，一朵朵一串串小花成簇，容貌虽不惊人，但它蓬勃、喧腾，无意雕琢，在春风里恬淡安然，有着其他花无可比拟的清新自然美，昆虫蜂蝶蹁跹地加入，使田间焕发勃勃生机。在农村的春天里，油菜花一开，就有了一统天下的气势。走近麦田，麦子已经悄悄地拔节长高了，并褪去深沉老绿，换上充满活力的新绿，绿油油的叶片，在春风的伴随下，翩翩起舞。隔着麦田的那是什么植物呢？开花了，紫色影影绰绰。走近一看，原来是蚕豆花，花的外侧一片狭长的紫色花瓣像羽翼，内侧花瓣像一双眼睛，黑白分明，带着热情、喜悦的神态望着你，心里的惊喜如同点燃的烟花，瞬间升腾、绚烂。儿时放学后，常躲在蚕豆田里摘蚕豆吃，剥开外壳，随手将两个豆仁抹进嘴里，未老的生蚕豆，清新甜嫩，满嘴生津；有时将家里的半老蚕豆仁煮熟后，用针线一个个串起来，线的两头打个结，套在脖子上，就像粗粗的项链，想吃时，张开嘴咬几个。

在田埂上随意地走着，我眼前一亮，田埂的斜坡上，一簇簇绿绿的野草上沾满一朵朵小黄花，成摊连片、自由自在地在柔暖的春风里摇曳，无拘无束地在温煦的阳光下绽放，真是一处难得一见的自然景观。或是久居喧城闹市的缘故，见到这些野生小花，内心涌起少有的恬淡趣致与逍遥。

看完田里，目光又不由自主地扫描田边的河，数米宽的河面清清爽爽，没有水草，也没有垃圾漂浮物，不知名的水鸟，像是雕塑般静立水面，一只全身乌黑，满嘴金黄的野鸟，低着头、翘着尾巴在河边饮水，我停下脚步，举起手机，还没等点击拍摄，只听"嘟"的一声腾空而去，受到惊吓的鱼儿，打起水花，荡起阵阵涟漪。抬眼远看，河岸边有几位钓鱼人，在鸟窝静立的高高杨树下，面对着金黄的油菜花，悠闲地抽着烟，全神贯注地看着水面，一条黄狗端坐在主人身旁，两眼也随着主人紧盯着鱼竿。我慢慢地走近他们，生怕脚步声惊跑水下的鱼，惹得钓鱼人讨厌，好在他们发现了我，抬头看了看我后又去盯着河面。黄狗看到我后站起了身，那高大的身躯，吓得我立马呆立在原地，可能看我并无恶意，它摇起了尾巴，我这才放心地慢慢向他们靠近。

"鸟语花香，在此钓鱼真是好雅兴啊。"我学着先一位主动和我打招呼的农人，先开了口。

"春光无限美，不负好时光，你踏青赏景，雅兴也不错啊。"没指望他们搭理我，谁知还来了句文绉绉地回话。

"没事的人，就要外来走走跑跑，做自己想做的事，这样生活才充实，活着才有意义。"另一位钓鱼者头也不抬地说，像是自言自语，又像是对我说的，对他们同伴说的。

行走在乡野的田埂上，徜徉在阳光明媚、草木葱茏、生机盎然的春色里，只感到天空澄碧，空气清爽，大自然亲切、友好。

薅　秧

　　夏日清晨，太阳刚露出火红的脸，被唤醒后的大地便温暖起来。驾车行驶在铺满阳光的家乡乡村公路上，映入眼帘的蓝天白云，红花绿树，颇感新奇新鲜。路两侧绿缎似的秧田里，不时看到头戴草帽的农人，有的弯着腰、有的站着，手里拨拉着青禾，我知道他们在薅秧。

　　薅秧，就是给秧田除草。想当年，自己也没有少做薅秧活儿，每每想起，往昔又温馨重现。

　　每年盛夏，"夏管"是农村的主要农活，而给水稻薅秧，则是夏管中的重头戏。刚上高中的我，放暑假后的早上都想睡个懒觉，可总是被大人"快起来，趁早凉去薅秧"的吆喝声吵醒，只能打着哈欠、伸着懒腰，无精打采地跟着大人走下秧田。拔"闪亮苗"和"稗子"是薅秧的主要任务。闪亮苗，杆挺直、茎光滑、高挑，茎呈三角形，茎边锋锐如刀刃。闪亮苗一般都高出秧苗，在烈日的照射下，闪闪发亮，很容易被发现。闪亮苗好找，但不好拔，尤其是我们不懂要领的人，经常手指、掌心被划破。在大人手把手辅导下，才知道拔闪亮苗，要两只手配合，一只手扶住梢部，另一只手拽住根底部用叶子包住茎，再用力提起就行了。如果拽住闪亮苗的中上部往上拔，越使劲手越容易被划破。拔起的闪亮苗，随手折成团，放在脚底下，用力踩到秧根作肥料。稗子因耐旱、耐盐碱，分枝能力强，在疏松肥沃的秧田里长得很旺盛，直接影响秧苗生长和水稻产量。因稗子能吃，所以，拔除的成熟的稗子都舍不得扔掉，带回家放屋檐下暴晒，待凑足一定量，用榔头锤一锤，扬尽壳子，经石磨碾成粉，铁锅土灶炕成饼，那个香啊，半个庄子都能闻到。薅秧，空着手就行，看似轻松，其实又累又苦。盛夏骄阳似火，脸上被太阳烤得火辣辣的，脚下秧田水也变成了温水，上烤下蒸，热得人汗如雨下，加上不停地弯腰屈背，不一会儿就疲惫不堪。此时，才尝到农民苦、农活累的滋味。也真正体会到"锄禾日当午，汗滴禾下土。谁知盘中餐，粒粒皆辛苦"的深刻内涵。

薅秧，也有让人快乐和兴奋的事。我喜欢在秧田里捉螃蟹、逮鱼。那时候，大沟小河鱼、蟹很多，稻田放水时，鱼和蟹随流淌入稻田。稻田里的螃蟹，有的躲在秧棵荫凉下，捉它时要猫着腰、慢慢提起脚跟，轻轻用脚尖插入泥里，不让水发出声响，等到手能触摸到螃蟹时，出其不意地按住它，然后抓住它的盖子提起来；有的胆大的螃蟹，看到屹立在秧苗顶部的蜻蜓、蚂蚱时会浮出水面，顺着秧棵往上爬，容易被发现，更容易被抓住。抓到的螃蟹，用田埂上的巴根草捆起来，再用沟边的蒲叶把它们一个个的重叠垒扎成串，回家时提起来就走。秧田里逮鱼比较难，眼见巴掌大、亮晃晃的草鱼，在你脚旁翻个身、打个花，缓慢地在稻行间穿梭，你正要追上去抓它时，身后却响起大人的责怪声："要作死，秧全踩倒了！"不得不眼睁睁地看着鱼尾拨起的水纹渐渐远去。

逮到的鱼和螃蟹比较多时，到家后就将鱼和螃蟹一锅煮。每只螃蟹从蟹壳中间横竖一刀切成四块，酱缸里挑点黑酱，屋后菜园摘几个辣椒、掐把小葱，随着袅袅炊烟，锅屋里飘出的腾腾蒸汽中，裹挟着浓烈的鱼蟹醇香，诱得人馋涎欲滴。如果只有一两只螃蟹时，就捣碎成蟹渣炖鸡蛋，或放点盐腌下，当小菜吃，一样是饱餐解馋的美食。

太阳高了、毒了。青蛙从秧田跳到田埂上，又一个猛子扎到河里。再一个蹦跳端坐在荷叶上，喘着粗气、瞪着惊恐的灯泡眼。水蛇也被温热的秧田水逼得游到小路上，探头探脑一番后，划着优美的弧线，快速消失在路牙旁的草丛中。天太热了，大人不忍心，就让我喊几个伙伴到秧田旁的河里洗个澡。跳入河里的一刹那，真是如鱼得水，无师自通的蛙泳、仰泳、蝶泳都派上了用场。我们在水里追赶鸭子，吓得鸭子"嘎嘎"叫着，扑腾腾地飞着；我们又扎猛子在水下摸河蚌，头顶荷叶翻菱角、踩河藕，还到柴塘棵里找獐鸡、水咕嘟蛋。酣畅淋漓的一阵玩耍，只感到痛快、幸福。

太阳把自己的身影拉得老长，该回家了。我用上衣兜着洗澡取上来的河蚌、螺螺、鸟蛋等战利品，希冀满怀、大步流星。太阳火辣辣的，心却凉飕飕的。

愿有岁月可回首，不负时光、丰盈人生。

乡音土语慰乡愁

八月，瓜果飘香的季节。我站在院内石榴树下，饶有兴致地欣赏沐浴在金色阳光下的红红石榴果。

"亲乖乖，你们快来看，这树上柿子巴巴饼、滴溜大挂的，个个粉逗逗的、十里无双。"突然，院外传来"噼噼啪啪"炸小鞭似的说话声，乡音土语使我顿感亲切温馨。我连忙走出院子，只见几位妇女和小孩站在柿子树下，叽叽喳喳，指指点点。

"你家跟（今）年柿子大丰收啊！"一位五十开外的妇女指着柿子树对我说。

"听口音你是盐城滨海人吧？"我笑着问。

"逗的（对的），滨海振东的。听你口音也像滨海人。"

"我是射阳六垛人。"

"噢，怪不道口音一样呢，哈哈哈……"原来，她和我住在一个小区，也是来扬州帮忙带孙子的。

乡音是一个人出生地的DNA密码，土语也是一个人身上特有的胎记，无论你走到哪里，居住何方，只要一开口，无穷的语言魅力就会显现出生地的生活韵味。滨海振东和射阳六垛仅一渠之隔，都是同样的口音，说着相同的土语。出门在外，听到乡音土语，就如同见到家乡的亲朋，亲切感立马涌上心头，离家越远、时间越长、感受就越深。这位女士的乡音土语，犹如久旱逢甘霖，涌起我思乡的情愫，让我想起许多有关乡音土语的人和事。

　　"十里无双"这个土语，是好和漂亮的意思。最早这个词是儿时听我奶奶说过。一天，邻居送来几个煮熟的玉米棒子，奶奶高兴地连声说："哎哟喂，这棒头长得不丑，一个虫窝眼子没得，十里无双的。"当时，对十里无双是哪四个字都不懂，奶奶又不识字，只说是好话。村上有人家娶媳妇了，我们几个小伙伴跑去看新娘子时，边跳边喊："十里无双，十里无双"，直到新郎官给我们发了喜糖才作罢。在那个年代的夏天，捞鱼摸虾是农村孩子最快乐的事，因为可以洗澡玩耍，且玩起来没个谱，等到天黑要回家时，才发现摸的鱼虾太少。到家后，大人喜滋滋地接过鱼篓，当看到只有一点点鱼虾时，操着土语，劈头盖脸地数落起来："活勒主（没出息）、现人眼睛（难看），肯定去哪兵流尸了（洗澡）。"自己虽然还没完全听懂这些土语的意思，但看他眼神和语气，知道他们嫌少、生气了。儿时有两个和我玩得特别好的伙伴，都有一个土语绰号，一个叫"二半调子"（做事反复无常、见风使舵），一个叫"花头精"（歪主意多）。俗话说，从小看大，现在他们的性格和所作所为，还真名副其实。

家乡的土语丰富多彩、生动形象。人们针对自然事物和社会上的人和事，创造了许多弘扬正气、抨击陋习的词汇。如，对不通情理的人，斩钉截铁一个字"嘟（音）"；对毫无根据、乱说别人坏话的人，也毫不留情称他"瞎嚼蛆"；称没能力、没出息的人是"没翘"；对做事盲目、漏洞百出的人，叫他"麻里木轴（音）"；把固执己见，总和别人唱反调的人，称作"二聊子"等等。还创造了许多脍炙人口、寓意深刻的歇后语。如，作风不实，联系群众少的人是"豇豆角子下切面——定汤定水"；称搞虚假、做花架子的人是"麻虾戴斗篷——假充大头虾"；对既要出成绩、又不愿实干的人，称之"驼子跌跟斗——两头够不着"等等。

"少小离家老大回，乡音未改鬓毛衰。"我离开老家射阳六垛在外地工作、生活已二十多年，但我身上烙满了家乡的印记，血液里流淌的永远是家乡的血，从我嘴里出去的每个字词都带有浓烈的家乡基因，乡音土语已经成了我的符号、我的代码。

身在他乡、心系故乡。听乡音、说土语，可慰乡愁。

老家门前的河码头

老家门前有条名叫大洋的河，河南岸是成匡连片的粮田，河北岸是沿河而居的农家。树木葱茏、蒲苇繁茂的河岸边，点缀着一个个形式多样的河码头，那是上演农家风情的舞台。

那个年代，农村经济差，农民生活困难，码头都是因地制宜、因陋就简。码头有大有小、质地有好有丑。多数码头呈台阶式，根据河岸到水面的落差，相应挖几级台阶，最下面一级台阶贴近水面。有的在每级台面上撒些碎砖石子，有的在最底层放块石块或水泥预制板；也有的码头是平铺式，用四到六根洋槐树棍作基柱，二到三根树棍作横梁，用铁钉封死，上面再铺上细木棒，用铁丝缠紧，从岸上直接铺到水面。我老家邻居门前的河码头就是棍棒做的，根基牢固、板面结实、用水方便，可同时容纳六个人用水。因码头大、水深，它吸引左邻右舍的男女老少。农家的河码头虽没有塔吊林立的海港码头那么壮观，也没有人头攒动、高耸云天的游轮码头那么豪华，但展现的是农家恬美生活的缩影，流淌着庄户人质朴纯真的情感。

码头是心旷神怡的观景台，伸入河面四米多长，站在码头上，就像踩着竹筏漂浮在水面。甘甜清澈的河水倒映着蓝天白云，蓬蓬勃勃的芦苇倩影在水下婆娑摇曳；荷叶、菱角叶弥漫，成群结队的鱼儿在水下摇头摆尾；红蜻蜓飞立在荷茎上，翠绿的青蛙从这片荷叶又跳到那片荷叶上。在延绵曲折的河面、垂柳飘拂的绿荫深处，偶尔会飘来一只采菱桶，上面端坐着一位村姑，她一边用手轻轻地划着水，一边翻转碧绿的菱角叶，轻巧地摘下一颗颗红红的菱角。我喜欢在码头上看老鸦捕鱼。小小渔船上的玩鸦人，用脚板敲打着船体，随着有板有眼清亮的"咣咣"声，站立船舷的老鸦，像战士听到冲锋号，一个个"扑通扑通"跳进水里，钻入水底。不一会儿，一个个嘴里叼着大小不一的鱼兴高采烈地游向主人。待主人取下它嘴里的大鱼，再奖励它条小鱼后，便又心满意足、精神抖擞地捉鱼去了。

码头是各显其能的展示台。河码头上早早晚晚像走马灯似的人来人往。不是男人早上挑吃水，晚上挑浇菜水，就是女人淘米洗菜、洗衣裳。劳动回来的姑娘，为了爽快，也会端个面盆打水梳妆。沈二爷挑水有绝活，打水时，扁担上的两个桶不离肩，站在码头上头一低、腰一弯，左右手几乎同时将两只水桶按下灌满水，然后抬头直腰扬长而去；李家姑娘会哼两句淮戏，占住码头的小伙子，非要她唱一段才肯让位子给她；人称百事通的张奶奶，村上哪家生了孩子，几斤几两、是男是女，哪家儿子某月某日带媳妇，没有她不知道的，在码头上总是滔滔不绝、有问必答。码头上、岸上，站满喜气洋洋的庄户人，他们不慌不忙地清洗着，不急不躁地等候着，忘记了烦恼，忘记了劳累，笑声堆满码头，愉悦流淌满河。

码头是洗澡玩耍的大跳台。在偏僻的农村，夏季是男孩子的季节，他们把码头当跳台，常三五成群脱去衣服，"扑通扑通"地跳入河里玩耍。比赛扎猛子是那时必玩的项目，参加比赛的人列队站在码头上，一个接一个跳入水中，看谁在水下憋气长、潜得远，谁就是第一名，奖励菱角或河蚌。有的胆小怕呛水，不敢在码头上跳，就直接站在水里，扶着码头，手捏着鼻子，头往下一闷，撅起屁股，活像捉鱼的老鸦。大人们站在岸上抽烟、闲聊。偶尔会有多事的家长，脱掉脚上一只鞋抓在手上，站在河对岸等着上岸的顽童。

老家已没有了老屋，但我因事回家乡时，总会到魂牵梦萦的老家门前的河码头边闲走，听码头人家鸡鸣狗叫，看河里水鸟嬉戏、鱼儿沉浮，赏对岸倒映在河里的晚霞和农人与牛的身影，闻袅袅炊烟送来的农家诱人的饭香，这份恬淡的趣致与逍遥，困居喧城岂能感受得到呢？

总渠之水天上来

傍晚，我伫立在总渠入海口的六垛闸上，看着水，望着天。一轮血红的残阳徐徐在西边落下，金黄色的霞光在波光粼粼的河面上跳跃着，翻滚着；几只水鸟驮着阳光，在水面滑翔；轻轻晃动的渔船打破河面的平静，水波向远方舞动开去，融入霞光铺就的天际。此景不由我心头萌生出"落霞与孤鹜齐飞，秋水共长天一色"和"黄河之水天上来，奔流到海不复回"的意境，感觉总渠之水也来自遥远的天上，来自神秘而美丽的银河。

总渠，就是闻名遐迩的苏北灌溉总渠。她是新中国成立初期治水史上的奇迹。我的老家五岸村，就坐落在总渠入海口的六垛闸下。总渠水滋养了我、总渠河里蕴藏着我欢乐的笑声、总渠堤上印烙过我撒野的足迹。

苏北灌溉总渠位于淮河下游，西起洪泽湖边的高良涧闸，东至原六垛乡的扁担港，全长168公里。苏北灌溉总渠的建成，使淮河桀骜不驯的洪水，乖顺地入海。

自黄河夺淮后，淮河失去自己的入海口，像一个游荡在苏北里下河大地上的幽灵，数百年来给淮河两岸的百姓带来深重灾难。1931年8月发生的淮河大洪水，里下河地区一片汪洋，低洼地区平均水深1.5米以上，3个多月水才退去，14万多人被洪水淹死。国民党政府不顾人民死活，既不发粮赈灾，也不安置灾民，导致370多万人死于洪灾之后的饥荒与疾病。刚成立的新中国，国民经济千疮百孔，毛主席审时度势地发出"一定要把淮河修好"的指示。1950年7月水利部召开第二次治淮会议，决定开挖苏北灌溉总渠。1951年11月，总渠工程全线开工。

　　来自淮阴、盐城、南通、扬州等专区数十个县119万民工会战在治淮工地上。工程沿线"人字式""桥洞式"工棚密布，到处红旗招展，人声鼎沸。在群情激昂的工程誓师大会上，倡议书、请战书、决心书雪片似飞向主席台，民工们喊出了他们的心声："我们如今翻了身，也要让淮河翻个身。"他们用最原始的铁锹、泥兜、柳筐、木轮车等工具，向最宏伟的水利工程宣战。开工不久，天寒地冻，土层冻得如铁板坚硬，民工们毫不畏惧，他们在冻土层上用镐子凿开一条缝，然后把扁担、木棍插入缝中用力往上撬，撬开的冻土块有二三百公斤重。冻土问题解决了，可积雪封堤，上下坡太滑，土运不上去。民工们用铁锹铲去积雪，铺上稻草的办法解决了路滑的问题。施工中还经常遇到淤泥塘，泥块不成形，铁锹不好挖，筐、车无法装的情况。民工们不顾冷和脏，脱掉外裤，跳入泥塘打堰戽水，逐段剥离。在会战中，涌现出许多可歌可泣的人和事。有位妇女队长名叫梁秀英，她找到分配工程的领导说："现在是新社会，男女平等了，土方和男同志一样分，少一方我也不答应。"她带领一帮妇女，根据运土远近、挖土难易、爬坡高低等情况，适时调整人员、灵活组合劳动力，使工程做得既快又好。她作为治淮模范，受到国家政务院的嘉奖和领导的接见。

1952年5月，苏北灌溉总渠工程全部竣工，一条集灌溉、排涝、航运、发电等多项功能的综合性人工"天河"诞生了，沿线360多万亩耕地旱涝保收。1952年10月，参加亚洲及太平洋区域和平会议的加拿大、美国、日本、越南、泰国、马来西亚等国代表61人，连续四天参观了苏北灌溉总渠和配套设施后，连连称赞："中国共产党伟大，中国人民勤劳、勇敢、光荣！"

家乡通上总渠水，旱地改水田，破天荒种上水稻。春天，浸水后的土地如一面明亮的镜子，引来无数白鹭梳妆蹈舞；夏天，秧苗随水生长、应水拔节，蛙声唱起丰收的歌谣；秋天，田野一片金黄，低垂的稻穗得意地摇晃着脑袋，当黄灿灿的稻把摊满场地时，庄稼人的脸上荡起幸福的涟漪。有位赶牛打场的老农，抑制不住自己喜悦的心情，甩响鞭子，用淮剧自由调即兴唱起流传至今的歌谣：

总渠水自天上来，贫苦大众乐开怀。共产党是大青天，人民利益摆在先。

梦回故乡

"夕阳河边走，举目望苍穹，袅袅炊烟飘来了思乡愁。多少回朝夕晨暮思念着你哟，清清河水是我流淌的泪……"《望乡》那真情的歌词、优美的旋律让多少人心潮澎湃夜不能寐。是啊，故乡就是一块磁石，她让人魂牵梦萦；思乡的情愫就像翻倒的五味瓶，搅得人心神不宁。这不，自接到故乡老友让我回乡参加他老父亲100岁寿诞邀请后，竟在临行前夜的梦里就回到了故乡。

在梦里，我看到翠绿的蒜田里，人们低头弯腰抢拔蒜苗，公路上运载蒜苗的卡车、拖拉机川流不息，保鲜库门前人头攒动，蒜农们卸载出售忙个不停，自带的饭盒里，蒜苗烧肉飘溢着诱人的香味。梦中，我又来到头厂村，冒雨和村组干部一起在棉田里清沟理墒，中午时，棉田主人执意拖拉我到他家品尝米酒。大家用吃饭碗盛酒，浓浓米酒清香扑鼻，入口绵甜醇厚。来一口、干一碗，喝得我烂醉如泥……

射阳县原六垛乡就是我的故乡。邀请我参加他老父100岁寿诞的老友的老家在头厂村，我已有20多年没有再踏上头厂这片土地了。自从退休后寄居扬州，故乡与我渐行渐远，多少熟悉眷恋过的事物被遗忘在身后，只有思绪抚慰我的视线和内心。

9月30日，风和日丽，我梦想成真从扬州驾车驶回渴望已久的故乡。一路上我竭力搜索回放着家乡的美好，碧波荡漾的苏北灌溉总渠，像一条细滑剔透的白丝绸经六垛扁担港飘入滔滔黄海，一艘艘渔船伴随翱翔的海鸥驶入深海；座座银白色大棚里培育的红膏中华绒螯蟹苗畅销全国十多个省市；翠嫩爽口的"青龙牌"大蒜苗是都市人餐桌上的美食，蒜头中标志质量好坏的可溶性固形物含量位列全国之首；香醇绵甜的"射阳大米"是中国地理标志产品；规模化、现代化饲养的本地土种黑猪供不应求；雄伟壮观的六垛闸下人工扳罾趣取凤尾鱼、烟波浩瀚的入海水道泄洪时排山倒海般的湍流，已成当地知名的游玩景点；五岸衙门、扁担港的传说等历史遗存引人入胜、令人遐想。头厂村海门、启东人较多，他们质朴勤劳，农艺精湛，种田和绣花一样讲究。每家每户都有酿造"老白酒"的绝活。老白酒也就是用糯米做出来的米酒。酒为乳白色，清亮透明，甜而不腻，有一股糯米的醇香和植物的清香，回味无穷。酿造米酒是老百姓庆祝丰收，体现生活美满幸福的一种传统习俗。走进村头庄尾，每当空气中弥漫着浓郁的米酒醇香，不是意味着丰收的五谷已登场，就是意味着快过年了。

"到六垛境内了。"随车同行的妻子提醒我。放眼望去：工业园区里厂房林立，塔吊高耸。前往头厂村的泥泞土路变成了双车道宽敞油亮的沥青路，原来杂草丛生的路边现在树绿花红；白墙灰瓦的农家楼房鳞次栉比，块块农田稻浪金黄；农家门前不再是垒起的草堆，平坦的水泥场地上停放着崭新的轿车；村头粮食烘干厂房新潮气派，路边收割机、卡车随处可见；农人不再是愁眉苦脸，而是春风满面，欢快的脚步中裹挟着幸福，"你好""欢迎常来"等文明用语不绝于耳，村庄美了、田野欢了、农人笑了。回乡就像一趟秋天的旅行，清新、明媚、惬意。

绿荫村道清凉静谧，似乎我们到了一个从未见过的地方，满眼都是新的，已分不清哪条路可通往老友家。忽然我眼前一亮，那霞光铺就的水泥路两边飘扬的国旗，不就是指引前行的路标吗？顺着国旗引领的路，我们很快就到了老友家门口。飘动的气球、壮丽的拱门、沸腾的人群、喧天的声乐，让人置身在欢乐、愉悦的海洋中。我们拜见了百岁寿星，只见他红光满面、神采奕奕、思路清晰、谈吐如流。我们欣赏了百岁寿星以身说史给村干部和党员上的特别党课的录像，聆听了"百姓名嘴""江苏好人"张同祥热情洋溢介绍寿星的事迹，感动、深省、催人奋进。祝寿的人们怀着深爱故土的质朴情怀和对朋友的执着情义，从南京、苏州、扬州、盐城等地汇聚一堂，大家兴致勃勃、畅所欲言，谈得最多的是思乡之情，感慨最深的是故乡的变化，爱恋、憧憬、兴奋在杯盏交错中流淌，件件往事引发的串串笑声跌落在酒杯里，漾起酒花朵朵……

"我用爱画一个温柔可爱的你，让我在梦中无数次见到你。梦你的时候我不愿醒来，只为把你画在我心里。"故乡，永远是游子心中一幅无与伦比、永不褪色的水彩画。

画意诗情春满院

金秋十月，应著名农民画家王复军的多次相邀，我来到了位于射阳经济开发区陈洋办事处的"王复军农民画院"。一阵寒暄后，我便迫不及待，兴致勃勃地欣赏起他的农民画。

画院有三间门面房，院墙上挂的、桌上放的、地上摆的都是五彩缤纷的农民画。那一幅幅细腻、别致、灵动并散发着浓郁泥土气息的农民画，就像秋天的累累硕果你挤我拥、争先恐后地奔跑着来到你面前。置身画室，犹如来到鲜花盛开的村庄，来到秋实芬芳的田野。

我和王复军是老相识、老朋友了。我们都是原六垛乡人，我任六垛乡分管科教文卫副乡长时，他是六垛乡文化站站长。1982年我和时任县委党史办主任周其高就采访过王复军，为他写的《大地为师》的人物通讯发表在《盐阜大众报》上，并收录县《闪光的足迹》一书。对王复军，我算是知根知底的。

画 "痴"

王复军今年76岁，18岁就开始画农民画，至今已58个年头了。因他执着沉迷于画画，当地人送他一个绰号，叫"画痴"。

1958年，读小学的王复军因会画画，常被公社抽去画壁画，人称"十三拳高"的小画家。王复军小学毕业后，因家庭人口多，负担重，便回家参加生产队劳动。他被"大干快上"热火朝天的劳动场面所感染，觉得画画只有和农民与土地连上感情，才会有源源不断的创作题材，才能有所收获。从此，他在劳动中细心观察社员们劳动的动作形态，休息时就坐在田头用柴棒、树枝当笔，大地当纸，画劳动工具和各种庄稼，画人物肖像。吃饭时，想到感人的劳动场景，就用筷子沾汤在桌上画；晚上他在床上铺好废报纸，在灰暗的煤油灯下不停地画，父母让他节省点煤油让弟妹读书，他就睡在床上在脑海里继续画。大队开展学习"英雄人物"活动，他画了董存瑞、黄继光、雷锋等十六幅英雄肖像，大队书记看后很高兴，让他去布置大队文化室，并让他在大队部和农户住房墙上画壁画。

那年代农民生活艰苦，他家是吃了上顿愁下顿，妻子到娘家借30块钱回来买粮度日，王复军花12块钱买粮，用18块钱买了画壁画用的石灰、颜料，妻子气得回了娘家。王复军也顾不上妻子的感受，一头扎进壁画创作中。他为了不耽误参加生产队劳动，夏天中午冒着高温，头戴斗篷，光着上身画，一个多月时间，生产队52户社员家家墙上都画上了壁画。他没要集体一分工，没收社员一分钱，自己脸晒黑了，身上皮晒脱了，仍然"痴"心不改。

画　师

正当王复军立志学画，热心画壁画时，县文化馆举办业余美术爱好者创作学习班，真是久旱逢喜雨，口渴遇上送水人。15天的专业学习，开阔了他的艺术视野，绘画技法有了一定的提高。回家后，他把学到的东西，先在壁画中运用起来。他任生产队会计时，在自家墙上画了《一分钱掰成两半花》的壁画，还主动地为本大队200多户乡邻画上了壁画。

画技逐渐成熟的王复军敏锐地觉察到，画家要有画家的风格，艺术来源于生活，自己是农民，应该画农民画。明确定位和该走的道路后，他跑到乡里新华书店，买了农民画册，订了多种农民画报，认真看，仔细想，做什么，画什么，经过反复探索，终于绘出了一幅比较称心的农民画——《公社春早》。啊，好一幅美丽的春耕图！《公社春早》在1974年5月23日盐城地区美术、摄影、书法、印章展览会中展览并获奖。此时的王复军高兴极了，画兴也更浓了。1978年创作的《售新棉》，又被中国美术馆收藏。鼓舞一次比一次大，绘画技艺一次比一次好。王复军画如泉涌，陆续创作了《沸腾的工地》《还是共产党领导好》《芝麻开花节节高》《黄海前哨联访日》等近百幅作品，有40多幅都被省和南京军区举办的美术展览选中，并有18幅作品参加全国农民画展。1984年4月，中国美术家协会江苏分会正式吸收王复军为会员。王复军的农民画创作在农村的两个文明建设中发挥着积极作用，六垛乡党委出台了鼓励农民画创作的意见，全乡有近百人参加王复军农民画创作学习班，掀起了农民画创作的热潮。

改革开放的春风吹得农村面貌日新月异，农民生活水平蒸蒸日上，特别是乡村振兴战略实施后，王复军的创作热情更加高涨。他不顾年高体弱，一边自己搞创作，一边热心地辅导全县农民画爱好者搞创作，并于2002年成立了王复军农民画院。为了更好地利用自己的一技之长，发挥引领、示范带头作用，更好地辅导全县农民画爱好者创作，2017年，他又将画院迁到了靠县城的开发区陈洋办事处，为带领技艺传承、带强产业发展、带动群众致富，发挥了积极作用。

到2022年王复军共创作农民画4000多幅，有600多幅作品参加国家、省级美术展览，16幅作品获国家级美展金奖，有38幅作品被中国美术馆、中国农业博物馆收藏，有200多幅作品被美国、日本、马来西亚、澳大利亚、法国等14个国家的国际友人收藏。王复军农民画院共培训全县农民画作者800多人，现有58人正常在画院创作，他们的作品有1186幅，被县委县政府作为地方特色礼品赠送给国内外友人。射阳县被国家文化部门命名为"中国民间绘画画乡"。王复军也当选为中国当代农民画研究会常务副会长，荣获中国现代民间绘画"画乡优秀辅导员"称号，被江苏省委组织部、江苏省发改委等6个部门授予江苏省乡土人才"三带"名人，盐城市十佳工艺大师。他的事迹被制作成专题片在江苏卫视、香港凤凰卫视播放。江苏省各级领导都曾到王复军农民画院视察。中国农业博物馆馆长张力军率5名专家专程到王复军农民画院考察后动情地说："王复军的农民画，特点鲜明、功底深厚、历史跨度大，反映了各个时期的农耕文化，是全国农民画的精品，王复军是全国农民画乡的杰出代表。"

画 诗

王复军不善言辞，他用画笔语言描绘新农村、赞美新生活、讴歌新时代。他的画无论是清新淡雅的，还是浓墨重彩的，都鲜活生动，诗意盎然。他的每一幅画就是一首感情充沛的诗、一篇激情四射的抒情散文、一首旋律悠扬的歌。

驻足王复军的画作前，一种诗情画意，春风拂面感油然而生。《绿树掩映金光道》这幅画的面面是：路面宽阔油亮，车辆来往穿梭；路旁林海苍茫，花红柳绿，白鹭栖息枝头；空中直升机翱翔蓝天，迷人的彩色大地尽收眼底。在《高举旗帜向前进》的画面上，一位身强体壮的男子手挥棒槌，使出全身力气敲打着红身黄面的大鼓；数个身着绿衣的男子，围着大鼓歪扭着身子，抖动一对红绣球逗引着狮子；一群身着粉红衣服的妇女，手持绸带，随着鼓点迈着潇洒的舞步；一队青年吼着号子，舞起的彩龙似腾云驾雾穿梭在嬉闹人群的头顶和身边。看着画，自己仿佛置身在锣鼓喧天，尘土飞扬，声乐齐鸣的热闹非凡的现场。

徜徉王复军农民画院，精品佳作纷呈，令你目不暇接，心潮澎湃。临别时，仍意犹未尽。我对王复军说："你已功成名就，年龄也大了，该歇歇了。"他却拉着我的手说："新时代新事多，创作题材也多，趁现在能跑能动多画几幅。你下次来，一定会看到我获国家级金奖的新作品。"

不满足的人，愿你取得更大的成功！

买个太阳不下山

　　春日的一个雨后清晨，我驾车将孙子送到校门口，紧盯他远去的背影，直到他走进校园后，才如释重负地松了一口气。汽车欢快地奔驰在城郊的宽阔大道上，窗外，初升的太阳，犹如刚被雨水冲洗般红艳欲滴，沐浴在绯红霞光下的翠绿的麦苗、黄灿灿的菜花，显得更加生机勃勃、楚楚动人；青青草坪上怒放的海棠花，镀上金辉后，分外绚丽灿烂；长长的柳丝，在春风的梳理下，轻柔飘逸，尤为妩媚妖娆……我尽情地欣赏着盎然的春色。"……能不能愿昼夜吉祥，愿用家财万贯，买个太阳不下山。"此时，车内音响送来黄安演唱的歌曲《样样红》，一句"买个太阳不下山"，不由使我触景生情，思绪万千……

　　太阳，光明的使者、生命的守护神。大地有了太阳，万物才能生长；人类有了太阳，生存才有希望。朝阳，就如青春少年样样红，光芒四射，魅力无限。人的心态，不就是照亮人生道路上的太阳吗？！天有阴晴，月有圆缺，人会高兴、沮丧。心态影响情绪，情绪影响行为。健康、乐观的心态，犹如朝阳，清新敞亮，使人精神振奋、兴致勃勃，哪怕是黄昏的夕阳，照样火红璀璨，使你焕发青春，给你充实快乐的生活，继而心想事成。心态失衡，使人精神萎靡，面临的是无限的失落，甚至是无尽的痛苦，有人还可能一蹶不振，继而沉沦。

　　退休是人生面临的一道坎，也是检测心态是否健康、人生的太阳能否不落山的关键时段。2018年，我退休了，领到了一本暗红色的退休证。证内页一张纸上，只有姓名、参加工作时间、工作单位和职务，以及退休时间等内容，20来个字，就给自己的政治生涯画上了句号。望着退休证，我又找出绿色封面的工作证，看着证上朝气蓬勃、生龙活虎的年轻时的照片，眼前浮现起自己跌跌撞撞走过的坎坷不平的人生道路，看到了自己坚持不懈、砥砺前行的奋发身影，想到了自己从一个乡机关的农民身份的打工者，一步一个脚印地成长为这个乡的乡长，并能到县政府工作，参与处理和制定若干涉及全县社会稳定和经济发展的具体工作和决策，现在要走下唱戏的舞台，走上拿铲掌勺的锅台，不免有些失落、伤感。此时，在和自己同期退休的人员中，有的为体现自己的价值、发挥所长，自己创业或到私企工作，也有人一味追逐利益，陷入债潭，不可自拔，甚至有的人因整天无所事事，借酒消愁，情绪低沉忧郁。自己以后的路怎么走，日子如何过，一时也感到茫然无措。经过冷静地思考后认为，退休只是组织上安排你退去职务，在家休息，每月按时按点给你充裕的生活费，让你衣食无忧，自由自在地享受晚年生活。这是组织上的照顾和关爱。宅家，想做事时，随时可做自己工作期间想做而做不了的事；想玩时，约一帮驴友在春暖花开日，自驾出游，随心所欲，天南地北任逍遥；想喝酒时，找几个老友在茶香弥漫、乐声袅袅中打牌掼蛋，敞怀痛饮、对酒当歌；烦闷时，逗一逗天真可爱的小孙子，在他的喜怒中绽开笑脸，享受快乐。这些，过去连做梦都未梦到的美事和福分，又何乐而不为呢？于是，我心安理得地选择宅家，心甘情愿地帮妻子买菜，接送孙子上下学，闲时，打理小院子花草，并挤时间看书读报，学写散文。退休四年来，每天重复做着几件事，不但不感到单调、枯燥，反而觉得充实、快乐，尤其感到高兴的是，退休前不会写文学作品，现在，不但出了《大地的怀想》散文集，而且另一部《大地的恋歌》散文集也即将问世。去年，我还荣幸地成为作家队伍中的一员。

买个太阳不可能，让太阳不下山也不现实，但在人生的道路上，我们该走什么样的路，如何走，以什么样的心态适应社会、迎合环境、面对生活，这是我们每个人都能把握和做到的。心有阳光，一路芬芳。生活就像一面镜子，你苦着脸对它，它就苦着脸对你，你若笑着对它，它就笑着对你，只有把内心调适到宁静与清澈的状态，你才会发现生活多美好，人生很精彩。家有黄金满屋，不如精神十足，要看淡金钱、看轻职位，看透人生、看重健康。用家财万贯，买个太阳不落山，太阳不落山，世界永远光明美好。用一颗素心，奠定一个积极乐观、纯净清澈的心态，不让人生的太阳落山，这样，再长再坎坷的人生路，都将是阳光普照、灿烂辉煌的。

卖白果的老奶奶

卖白果的老奶奶，戴着口罩和彩色毛线帽、身穿蓝布棉袄、黑布棉裤，双手插入袖筒，蜷缩在墙角处。面前摆放的篮子里有几斤带壳的白果，倚着篮边的纸板上写着"正宗泰兴白果"。她没有高声叫卖，只是不声不响，默默地坐着，静静地看着路过的每一个行人，仿佛是在用目光呼唤着客人。

白果，正宗泰兴白果？我喜出望外地停在老奶奶的小摊前。白果，具有润肺解毒、镇咳化痰等功效。泰兴是全国白果之乡，果仁晶莹剔透、糯软香甜。前几天妻子咳嗽，叮嘱我上菜场买几斤白果。连日来，我跑了三个菜场，眼睛看酸了也没发现有白果卖，路上偶遇卖白果的老奶奶，真有得来全不费工夫之感，甚是高兴。

闲聊中得知，老奶奶家在泰兴乡下，屋后长了两棵白果树。白果采摘时，就住在扬州城里的儿子家，在靠近家的路边卖白果。细看老奶奶的摊子，仅有的一个篮子里，有几斤带壳的白果，每斤3块钱；地上还有3、4斤剥去壳子的白果仁，每斤8元。白果好吃壳难剥。我毫不犹豫地买了两斤去壳的白果仁。回家后,妻子看到买到了白果,而且是去壳的,也很高兴,让我快去再买几斤。我又火急火燎地跑去,将地上仅有的剥壳白果仁全买了。我站在原地,看看袋中的白果仁,又望望地上篮子里的带壳白果,老奶奶似乎看出我还想买的心思,忙说:"你是不是还想买白果仁呢?""是的,可您没有了。"我答道。"没事,你要多少,我回去后晚上给你剥,明天早上我还在这里等你来拿。"她说。"你将篮子里的全剥给我,我明早过来拿。"我高兴地说。"说话算数噢!"老奶奶如释重负地说了一句,提起篮子,消失在巷子深处,我也满怀期待地回家。

第二天早上,天气很冷。在去取白果的路上,心想:卖白果的老奶奶能信守承诺,为10多元钱专门剥白果吗?天这么冷,会蹲在那挨冻等我吗?我不由担心起来。然而,当我拐过巷角,老远就看到墙角处,那戴口罩和彩色毛线帽、身穿蓝布棉袄、黑色棉裤,双手插在袖筒里的卖白果的老奶奶,只是身子转了个方向,朝着我昨天离去的方向望着。原来,她早就在这等我了,不由我心头涌起一股暖流。

"天太冷,您怎么来这么早呀!"我关心地问她。

"不冷。我怕来迟了,让你着急,耽误你办事。"她竟然在为我着想。

"白果壳怎么去掉的呀?昨晚一定剥了很长时间吧!"我好奇地问。

"我和老头子,用小锤子一颗一颗敲出来的,边看电视边剥，也快。"她轻松地说着，并用手做敲打动作。

"您真讲诚信，为您点赞。"

"为人处事，最起码的一条，就是说话算数。"

"说话算数！"昨天她也说过这句话。既是说给我听，让我说话算数，她剥好的白果，我必须要买去。同时也表明她说话是算数的，答应为我剥白果，一定会做到。老人家地道质朴的一句"说话算数"，掷地有声，让我回味许久，感慨不已！

新剥的5斤多白果仁，我二话没说全买了，付完钱，道了谢，忙往菜场去买菜。"老板、老板！"我走出老远了，身后突然响起她急切的呼喊声，我赶忙转回身。"钱没给吗？还是给少了？"我正纳闷时，她已跑到我身边。"老板，我忘记说了，白果仁可以炒菜、可以煨汤。冰糖炖白果，止咳化痰，效果好呢！白果好吃，但不能多吃，大人一天最多不能超过20粒，小孩不超过5粒，5岁以下的一粒也不能吃。要记住呀！回去告诉家里人啊！"她气喘吁吁地说完，挥了挥手后，又急匆匆地走了。老奶奶的言行，让我不由得眼前一亮，深深地被她的善良和真诚所感动。怀着感激和敬佩的心情，我凝望着老奶奶渐渐远去的背影，目送她直到消失在巷子的尽头……

不屈的猫咪

　　阳春三月的一个清晨，我起身后准备到庭院小花园里，欣赏群芳争艳的美景。刚要下楼，发现一只黑白相间的大花猫静静地蹲在石榴树下，仰着头，紧盯着灰暗暗、光滑滑的树枝，那专注、执着的神情，立刻勾起我藏匿于心的猫摘石榴的往事。

　　看到猫摘石榴，纯属偶然。

　　去年伏天的一个午后，我站在阳台上凝望院子里的石榴树。那红红的石榴，犹如颗颗晶莹剔透的玛瑙，镶嵌在墨绿的枝叶上……突然，在浓密的枝叶下，发现一截黑白相间的尾巴在动，我以为是喜鹊或其他什么鸟的尾巴，可凝神细看，那尾巴呈圆形，且会弯曲，我甚感诧异！

　　"扑通""喵呜"，随着一声响，一声叫，一颗石榴从树上跌落地面，一只小花猫"噗"地从树上腾空而下，直扑滚动的石榴。伴随着一连串的猫叫声，一只小黄猫和一只小黑猫敏捷地从树上跳下，扑向石榴。落地的石榴已开裂，在三只小猫左抓右扒下皮开肉绽，白白的腔腔，露出红红的石榴籽，小猫咪有的伸出舌头，快速舔着；有的歪着头，微闭着眼，呼噜呼噜，有滋有味地咀嚼着石榴籽。

看得入神的我，又听到一声沉闷嘶哑的猫叫。在院门口，一只大黑猫正歪着头朝小猫集结的方向吼叫着。大黑猫毛发脏乱，肋骨凸突，肚皮松弛，它拉长身子，两条后腿蹬得笔直，绷得很紧的两只前爪搭在我放花盆的老树根上，全身上下满是树屑。看得出，它正在扒树皮，被小猫们的叫声惊停。

我怕大黑猫再使劲会将树根上的花盆打碎，忙拍打阳台上的窗户，使劲吆喝；三只小猫听到我的吆喝声，竖起耳朵、昂起头，摆出欲跑的架势；而大黑猫只是扭过头，瞪着两只绿宝石似的眼睛怒视着我。我扬起握紧的拳头，假装向它扔东西，小猫咪们撒腿朝院外跑去。大黑猫却从容淡定、纹丝不动，龇牙咧嘴、声色俱厉发出吼叫。我不得不走下阳台来到院子里，大黑猫先是倒退几步，然后才很不情愿走出院外。

我坐在阳台的躺椅上，刚才上演的"猫戏"，令我心潮起伏、久久不能平静。

我知道，这四只猫是一家子。大黑猫是三只小猫的妈妈，它们的主人是小区物业。小区运营时，物业公司专门买回几只猫投入小区捕鼠。不知是猫忠于职守，还是小区常喷洒农药，小区里的老鼠少了、没了。疲惫、瘦弱的猫，开始登堂入室，光顾了左邻右舍，又经常到我家的院子里，不是在菜田里刨刨土，就是挨个扒拉大小花盆，渴望能找到充饥的食物。一次，大黑猫带着三只小猫来到院子里，它们步履轻飘，尤其那凄怆的叫声和乞求的眼神，仿佛在哀求："太饿了，给点吃的吧！"那情景，就是铁石心肠的人，也会动容施舍。

从此，在院子石榴树下，我放了个瓷盆，每天一大碗荤汤拌饭，每次都被猫吃个精光。大黑猫一家习以为常，天天光顾，还引来了其他猫。小区物业知道了，贴出告示，要求业主不要给猫喂食。猫有现成的饭食吃，就会变懒、发胖，不捉老鼠了，小区就会鼠灾为患。我只好狠狠心，给猫断食。从那以后，虽然每天都见到它们熟悉的身影、听到亲切的叫声，也只能熟视无睹、无动于衷。猫的身体明显没有以前壮实了，叫声也没有以前欢快。可没想到，为了生存，它们竟然爬上石榴树摘石榴、扒树皮屑充饥。

猫捉老鼠，是上天赋予的本能；猫摘石榴，是为了适应后天变化的环境。它们似乎懂得墨守成规、不思进取，甚至贪图享受，就会坐以待毙。生活在尘世中的人们，应该受到启迪！

春风吹来满园红

　　我家住一楼，有一个温馨雅致的庭院，还有一个怡情悦性的小花园。花园里有芍药、牡丹、梅花、海棠、茶花、月季等10多个花卉品种，还有一棵遮阴蔽日的杏子树。回老家过春节前，特地到花园里走了走、看了看，杏树枝丫光秃秃、蜷缩着赤裸裸的身子，花草形如枯槁、悄无声息，花园寂静、萧瑟。可当我在正月初六拖着疲惫的身子回到家时，映入眼帘的是花园里的一片红，她像一壶醒神的茗茶、又像一杯令人兴奋的白酒，顿时使我来了精神，疾步来到花园。

　　殷红杏花傲蓝天。朵朵杏花蕾，像是涂了咖啡的树上又沾满了粒粒红豆，密匝匝，殷殷红，在明晃晃的阳光下，泛着油亮亮的光。缕缕幽香，不浓不淡，微风轻拂，满径芳香。不知名的小鸟围着杏树打圈圈，一会儿东、一会儿西，一会儿高、一会儿低，兴奋得"叽叽喳喳"叫个不停，飞落枝头后欢快地摇摆着尾巴，又慌慌张张地四处观望着。少许盛开的杏花，像炸开的爆米花，殷红的外衣包裹着膨出的洁白的花朵，在湛蓝天空的衬托下，犹如飘浮着的朵朵白云。

火红茶花美如霞。茶花满树花苞，有闭着的，像害羞掩面的村姑；有半绽的，像涂着唇膏嫣然微笑的少女；有层层叠叠、尽情怒放于枝头的，像熊熊燃烧的火焰，又似夕阳西下时迸发出来的灿烂的晚霞，婀娜多姿、熠熠生辉。散发出清幽芬芳的香气，沁人肺腑。不知疲倦的蜜蜂在花朵上方不停地抖振着翅膀凝视着花朵，像在尽情欣赏妩媚的花容，又像在犹豫是否该落在这妖艳欲滴的花瓣上，只是一个劲儿"嗡嗡"地叫着、"吟吟"地唱着。

紫红芍药喜煞人。芍药虽未盛开出绚烂的花朵，但通体大紫大红耸立在绿油油、软绵绵的麦冬草上的身姿，就像身着紫红旗袍的模特屹立在T台的绿地毯上，耀人眼目、扣人心弦。一根根茎杆肆意灵动、清新娇嫩；一颗颗叶片如钓似月、低头沉吟。在微风轻悄悄掠过茎叶的瞬间，我仿佛看到低矮绿色的茎顶、叶腋下，盛开出朵朵花形妩媚、花色艳丽的芍药花，玫瑰红的花瓣丝滑如绸缎、簇拥着娇艳的金色的花蕊，袭人的芳香令人心旷神怡。

左瞧瞧，右看看，深感花园里的花草都已耐不住寂寞，争先恐后地跑出来赶热闹了：清新秀丽的海棠不甘示弱地盛情绽放成锦绣一团；活泼洒脱的月季也鼓足勇气飘荡起深红的片片枫叶般的嫩叶；雍容华贵的牡丹大大咧咧地秀出鲜红的新芽一簇；还有春梅、樱桃、寿桃……也都你不让我不让你地泛起朵朵红苞来赶趟子、凑份子，她们在庭院里欢呼着、跳跃着。"等闲识得东风面，万紫千红总是春。""春色满园关不住，一枝红杏出墙来。"我沉醉在古人颂美春天的意境中，身"陷"在红霞满园、芬芳四溢的庭院里……

睦邻花香

我家有两棵果树，一棵石榴树长在院子里，一棵杏子树长在院墙外。初秋的一天，我站在院子里，望着翠绿枝叶映掩下的红红石榴，不由想起院外杏花璀璨时，邻居们欢呼雀跃的场景。

院外的杏树，原也长在有围墙的院子里，已有30多年树龄了，粗壮、敦实的树干，撑起无数个长满层层叠叠叶片的枝条，投下蘑菇形偌大的绿荫。每到3月初，虽然还透着寒气，杏树旁的石榴树还赤身蜷缩着身子时，杏树就怒放着洁白淡雅的花朵，把一身豪气泼洒给早春。风和日丽，我坐在院内的凉亭里，泡上一杯"绿杨春"，静静地看，细细地听，默默地品。翩翩起舞的蝴蝶，或展开双翅围着花朵打圈圈，或闭合翅膀屹立杏花枝头打蹬蹬；嗡嗡嘤嘤的蜜蜂，忽上忽下，忽左忽右，浅吟低唱。缓缓春风，轻轻送来花的幽香，小院里洋溢着醉人的春色，令你目不暇接、心旷神怡。

"春色满园关不住，一枝红杏出墙来。"清幽芬芳的杏花香气，招来了蜂蝶，也引来了左邻右舍和路人。他们站在院墙外，扶着铁门栏栅往里看，那惊奇的眼神，欣喜的笑脸，甜蜜的赞语，不得不让你打开门，请他们进院欣赏、拍照。看着邻里、路人渴望近距离观赏杏花的神态和热爱自然、亲近自然的热情，我顿时觉得，不该将"美"关在这狭小的天地里，应该将杏树移到院门外，不设防，让迷人的花容展现在众人面前，将醉人的花香送给邻里，使更多的人更直接地享受"红杏闹春"带来的欢愉快乐。去年12月份，我下决心将杏树由院内移到院外。两层楼高的杏树，如何移呢？邻居们跑过来帮我出主意，想办法，并帮忙移栽。他们从建筑工地上找来大吊车，吊树时，有的帮忙扶稳树干，有的挥锹挖土，有的提桶浇水。欢声笑语，热烈祥和。虽然室外寒风阵阵，我心里却是春意融融！为表达谢意，我请他们小聚，邻居们兴高采烈第一次聚在一起打牌、吃茶、喝酒。自那次小聚，邻居们心照不宣地达成了闲时聚会的约定。六个家庭，自然而然地每隔两个月左右轮流做东小聚一次。大家在一起，海阔天空侃大山，东南西北拉家常，有说不完的话，笑不够的事。真有"不是一家人，胜似一家亲"之感！

移到院外的杏树，在四周低矮的绿树丛中，可谓鹤立鸡群。它不但成活了，而且枝繁叶茂。今年3月份杏树如期开花，初露的蓓蕾，似粒粒红豆沾满枝头；绽放的杏花，洁白如玉，肆意盛开，嫣然微笑；凋谢的花瓣，随风轻舞，地面犹如积一层厚厚的霜雪……

"桃花烂漫杏花稀，春色撩人不忍违。"在杏花盛开的日子里，邻居和路人都不由自主、不约而同前来观赏。他们不再隔着围墙眺望了，而是随心所欲、全方位地直接跑到杏树下，有的摘下眼镜观花蕊，有的凑上鼻子闻花香，有的喜不自禁地掏出手机忙自拍，有的手舞足蹈相互打闹抢镜头……嘻嘻哈哈，指手画脚，那兴奋劲就像杏树是他（她）们家的，杏花是为他（她）们开的。看到大家乐乎乎的，我的心里也美滋滋的！

"老高，我们要送给你一面锦旗。"对门邻居吴总打趣地说。

"怎么个说法？"我惊愕地望着他。

"你自己花钱，给我们小区增添一景，让我们春天赏花、夏天吃果，得感谢你呀！"

"你做了件公益事，为邻居们做了个好样子，应该点赞！""睦邻一九"微信群主老袁也竖起了大拇指。

"哈哈哈……"杏树下荡起的欢快笑声，和着风吹树叶的"沙沙"声，奏响了一曲和谐的乐章。

"邻里好、赛金宝"，远亲不如近邻。邻里关系，正如杏树上雪白的花朵和翠绿的枝叶，在共同拥有的主干上，相依相偎，相辅相成，形成亲密、和谐的整体，从而笑傲每一场风雨，喜迎每一个艳阳。和谐社会大家庭的建设，需要每一个和睦小家庭和团结友善的邻里共同参与营造！

遥想蔷薇红

初春，乍暖还寒，绿叶、红花还不是这个时节的主色调。午后，柔柔的阳光洒在身上，暖暖的，站在自家小院门口，看到围墙上的蔷薇枝藤上密密麻麻地冒出红豆似的芽儿，嫩嫩的、柔柔的，泛着油彩般光泽，似乎挤碰一下就会滴出鲜活的红汁来。蔷薇花！我忽然想念蔷薇花的紫红了。我兴致勃勃地绕着围墙转，盯着蔷薇藤蔓看。恍惚中，满眼的红芽瞬间变成满墙绚丽灿烂的蔷薇花，红似火焰，紫如烟云。

我家住一楼，有个温馨的小院。在院墙边有个自己打理的小花园，内有牡丹、芍药、海棠、茶花等10多种花卉，院门朝南的围墙边栽了两棵蔷薇。说起蔷薇，还有段弄假成真的趣事。

院子围墙上面是黑铁铸艺的栅栏，下面是砖砌的实墙。起初，看到邻居家围墙上蔷薇花开得蓬蓬勃勃，红红火火，很是心动。便到花卉市场，也想买两棵蔷薇栽于围墙边，既遮挡墙体，又能看见绿色、闻到花香。可是，跑了市场上所有摊点，都没有蔷薇卖，正感失望时，一个卖花姑娘热情地向我推荐起欧月，说欧月爬墙比蔷薇还好，枝藤生长快，花朵大、花形美、花味香，只是价格比蔷薇贵。我被她说动了，只要好，价格贵一点无妨。买回两棵欧月，小心翼翼地栽在墙根下。来年，欧月开花了，花为紫红色，花朵一簇一团，花瓣层层叠叠，但怎么看都不像月季花，后经专业人士甄别，就是蔷薇。歪打正着，还是买到了期待的蔷薇。想来，卖花姑娘不是无意把蔷薇当月季，就是有心想多卖几个钱，而我却是"踏破铁鞋无觅处，得来全不费工夫"。

刚栽下的蔷薇总是一副弱不禁风的样子，然而，在没有特别的肥料，没有调配的花土，没有精心栽培，任由其自由生长的状况下，蔷薇却如女大十八变，一年一个样。两年时间，竟然枝繁叶茂，花团锦簇，缠缠绕绕的藤蔓把朝南一面的围墙遮得严严实实。第三年后，繁茂的枝藤又环绕起西面的围墙，去年，密密匝匝的枝藤又翻过院门，顺着栅栏一路向东攀爬，恣意蔓延到邻居家的围墙上。不久，邻居家也将满墙芬芳了。

经冬的蔷薇叶凋藤枯，枝条疏懒地从栅栏上垂下，无精打采地缠绕在围墙边，此时的状貌可谓是萎靡不振，暮气沉沉。春节后，随着春风和暖，春雨飘洒，蔷薇在其他名贵花卉还没有从冬日的慵懒沉睡中醒来时，已无声无息地伸展它们的胳膊，扭动它们的腰肢，舒活起它们的筋骨。

最早从枝丫间探出头来的是红红的尖儿，胆小得躲藏在三角形的尖刺下，随着春风一吹，春雨一浇，麻利地扯下包裹的红头巾，神气地露出绿色的外衣，待到暮春初夏，翠绿的叶子长全时，蔷薇花就大大咧咧地开了。盛开的蔷薇花像一位少女，洋溢着青春的气息，绽放紫红的花朵，层层叠叠的花瓣，红中透紫，紫中泛粉，亦如荡开的涟漪，又似迷你的笑窝，怒放着属于自己的美丽。清幽、淡雅的花香，远远就钻进你的鼻腔，那是纯自然的沁人心脾的香气。满墙怒放的蔷薇花，让人不由自主地联想一串形容词——流泉、飞瀑，热烈、豪放……"不摇香已乱，无风花自飞。"蔷薇花，给人带来梦幻般的视觉盛宴，不但我整个人凌乱了，左邻右舍和过往路人，也都心潮澎湃地蜂拥在墙檐花下，凝视仰望，拍下繁花累累的瀑布与河流，并乐于同框。

"蔷薇蔷薇处处开，青春青春处处在，挡不住的春风吹进胸怀……"我爱蔷薇，爱这个挨挨挤挤簇拥在一起共同追逐清风的集体；我喜欢蔷薇，喜欢这个为缤纷春色而协力奋进的团队。

墙外那桃树

三月，是桃花的季节。自家院墙外的桃树在春风的抚摸下，灰暗的枝条上，散落着繁星似的花苞正羞答答地裸露出粉红的笑脸，似有"千呼万唤始出来，犹抱琵琶半遮面"之势。想来，在暖阳的沐浴下，它不日将绚烂至极，像一把火点燃春天。

院墙外有两棵桃树，一棵是水蜜桃，一棵是油桃。两棵桃树还是两年前，我请昔日的老同事，从新圩镇精选来的。桃园的老板告诉我，两棵树都是优良品种，水蜜桃肉嫩汁多，油桃单个可长半斤左右。他还热心地教我栽种和管理知识。桃树栽下去的当年，两棵树都相继开了花，只是花少，且都在树的下部，因根四周有冬青树包围，桃子因光照差，未成熟就脱落了。去年，桃花闹哄哄地一个劲绽放，花色粉红，单瓣（单瓣花才结果；重瓣花，好看，不结桃）。盛开的桃花，花形端庄匀称，娴静幽雅，花香醇正幽远，闻着养人、怡心、爽神。到了草木葱茏的五月，嫩绿的枝叶丛中，星星点点地缀着毛茸茸的果子，甚是可爱。桃子要成熟时，白里透红，清香阵阵。家人喜欢，外人也喜欢，常有路人跑来欣赏，临走时不忘摘一个放鼻上闻着；大人喜欢，小孩也喜欢，吵着闹着要爷爷、奶奶把桃子摘给他；人喜欢，鸟儿也喜欢，总有先熟的桃子成了鸟儿的美食。在院墙外，我不但栽了桃树，还有杏树、柿树、樱桃和无花果，不设栅栏、不套网，任由路人欣赏、采摘，也任由鸟儿光顾觅食。当看到鸟儿摇头晃脑得意地吃着，又心神不定、东张西望时，真想告诉它："放心吃吧，没人赶你。""种瓜得瓜，种豆得豆"，我这个种果树的人，只图个情趣。

每当采摘桃子的时候，我总会想起儿时"偷桃"的趣事。那时候，农村小孩没有水果吃，家里长的桃子或梨都是上街卖钱贴补家用，要想吃桃子，只有到外面找。一次，我们几个小伙伴放学后玩捉迷藏，有人躲到一棵桃树上，任凭怎么喊叫他，就是不答应，当费尽心思发现他后，他正躺在树枝上吃桃子。大家喜出望外，一哄而上开始摘桃子。口袋放不下，就往书包里装，直到听到主人的叫骂声后，才心有不甘地拼命逃跑。跑到一个墙角处，大家开始吃桃子，有的将桃子到河边搓洗干净后，用牙齿一块一块地啃去皮，然后才有滋有味，一点一点享受果肉；有的干脆把桃子在自己衣袖上擦两下，就开始贪婪地大口咬起来。我喜欢吃开裂有缝的桃子，咧开的桃子都熟透了，在裂缝处用手一扒，桃子就成两瓣，一瓣白白的桃肉中有一块殷红的窝塘，另一瓣桃肉中卧躺着暗红的桃核。粉嫩的桃肉，饱满的汁水，带着幽幽清香直扑鼻翼，将桃肉送到唇边时，舌根下早已渗满了口水，猛咬一口，半边桃子下嘴一大半，那酸酸甜甜的汁水如细流从舌尖一直润泽到胸口。至今想起，仍馋涎欲滴。

　　暖意融融的阳光下，春风呢喃，鸟儿啾啾。我静静地伫立在桃树前，凝视那半绽的花朵，不由想起了宋代汪藻的诗："桃花嫣然出篱笑，似开未开最有情。"此时无声胜有声，犹如含情脉脉的少女，又似闺中待嫁的新娘。想到不久就盛情绽放的桃花，我又想起唐代诗人吴融"满树如娇烂漫红，万枝丹彩灼春融。"的诗句，那妩媚的花形、艳丽的花色，那轻盈飘逸的花瓣、清新优雅的花香，是春天真正的原声，是春到浓处醉人的原声。我还想起陶渊明的桃花源，桃花源是人间期盼的仙境，桃源生活令人寻觅追求。怀一颗素心，我微微闭起双眼，感到自己正置身于一幅岁月静好的人间胜景中，享受着无比的幸福祥和。当下，我们无忧无虑地生活在和谐、安稳的社会中，又何尝不是生活在桃花源呢！

月季花和晚饭花

　　我家院子门前有两棵花，左侧一棵月季花，右侧一棵晚饭花。月季花，枝叶扶疏，郁郁葱葱，是我6年前从花木市场买回来的。卖花的人说，它属欧月品种，花朵多、花形大、花姿美，名贵着呢！刚买回来时，单枝清瘦，不到1米高，现在已有2米多高，有10多根岔枝，树冠直径有1米多，生机勃勃。这棵月季不知是个急性子还是爱抢风头，初春，在人们还没有感到暖意，别人家月季叶子还没有长全时，它就心急火燎地孕育出报春的花蕾。随着春风劲吹，阳光雨露，转眼间就肆无忌惮、大大咧咧地绽放出深红色的花朵，花大如盘、艳如绸缎、灿若红霞，煞是好看。花开最盛期，有几十朵花，娇媚的花瓣，簇拥着金黄的花蕊，不但招来蝶舞蜂吟，还吸引健身的、路过的行人和左邻右舍跑来驻足欣赏。他们围着花上下打量、左看右瞧，兴致盎然地品头论足，夸她"雍容华贵""婀娜多姿""飘逸潇洒"，随后不是拍照、就是录像。

晚饭花，根粗叶浓茎秆弯弯曲曲，枝藤缠缠绕绕，尤其那杆节，就像风湿病人突出的畸形关节。围墙的右边原来长的都是晚饭花，影响了花下生长的麦冬草。春上，我忍痛将层出不穷的晚饭花拔掉，但还是在门口留下一棵，因它那浓郁的芳香令我不舍，我尤其欣赏她那敦厚的品性。

晚饭花生长旺盛，偌大的空间，使单棵晚饭花发疯似的长有1米多高，横七竖八的枝条上满是密匝匝的绿叶，繁星般的紫红色花朵，像小喇叭似的整齐划一朝天吹着。晚饭花花朵白天闭合，夜晚才绽放。每当曙光初现，鲜润、饱满、尽情绽放的晚饭花，犹如情窦初开的少女见到了梦想中的白马王子，羞怯地遮掩俊秀的脸庞，慢慢地闭合。太阳越升越高，阳光越来越强时，它掩蔽起美丽的花容，留给人的外形如同揉皱的紫色纸团。在人们接二连三、兴高采烈地欣赏月季，赞美月季时，一旁的晚饭花无动于衷，一副事不关己的样子。当看完月季花的人们转身来看它，说其弓腰弯背、花形丑陋，然而它处之泰然、不为所动。而当黄昏来临，晚饭花如同熟睡中的士兵，突然听到了集结号令，立马精神抖擞，齐刷刷地打开花屏，露出鲜艳艳的笑脸，散发出浓浓的芳香。行路人老远就能闻到沁人心脾的香味，循香而来，虽看不见灿烂的花容，但缕缕清雅的幽香，已让人心旷神怡、陶醉不已。"晚饭花"花如其名，不慕名、不虚荣，在不起眼处奉献着芬芳。

每每听到赏花人对月季花的赞美，对晚饭花蔑视的话语时，我心里总是酸溜溜的。我也时常站在院门口的两棵花之间，静静地赏、细细地品、慢慢地想。月季花确实美丽、大气，但总有自以为是、洋洋得意之嫌，显得张扬、高调，尤其那浑身尖刺，像在告诫人："敢碰我瞧瞧，有你好受的！"再看晚饭花，寂寂无闻、朴素典雅、风韵独特，显得沉稳、矜持。月季花张扬高调，是它自恃有风姿绰约、鲜艳绚丽的风采和不甘寂寞、爱出风头的秉性而为之吗？还是晚饭花不在光天化日下显耀自己，是其没有靓丽的容貌，缺乏自信呢？我以为，晚饭花不但有妩媚的容颜，更有月季花无法比拟的博取人心、令人心醉的芬芳。她心甘情愿地在漆黑的夜晚，在无人喝彩捧场的寂寞环境下，让自己绚丽多彩的芳姿点缀在寥廓的夜空，把幽幽馨香奉献给静谧的世界，这是她高风峻节的品性之所在。

做人，应学晚饭花质朴、低调的品格；做事，更要像晚饭花那样执着、务实！

院外飘来嬉笑声

"嘻……嘻……这里，你也和我抢镜头啊！"，一位女士轻柔的话声里带着"埋怨"。

"哈……哈……好，这次让你先照！"又一位女士爽朗的笑语中透着"自信"。

初夏的一个清晨，一阵欢愉的嬉笑声，伴着啁啾的鸟鸣，随着和煦的晨风，从院外飘进屋内。正在晨读的我，忙走到阳光房，循声望去，只见4个中年男女，正在院门口纵情绽放的欧月下，摆着造型，轮流照相。此情景，让我想起妻子对我讲过的一句话："我家院门口，都快成景点了！"

我家住在一楼，有个温馨的院子。院内有凉亭，有石榴树、山楂树和苹果树。院外有个自己打造的小花园，园内有牡丹、芍药、海棠、茶花、梅花等20多个品种的花卉，还有一棵有几十年树龄的老杏树。树下有一圆形的石桌和四个石凳。在院门的左侧，有一颗"红龙"月季和一棵会变色的欧月；在院门右侧，也对应长了棵"红龙"月季和两棵爬满院墙的蔷薇。小花园西侧过道上，是数米悬挂累累葡萄的绿色廊架。

　　暮春初夏，小院内外，繁花似锦，蜂鸣蝶舞。院门口"红龙"月季花朵连连，形似圆盘，层层叠叠，如片片丹霞，似件件红锦；变色欧月，花形妖媚、婀娜多姿，花色犹如变幻的万花筒，先黄、后橙、再红，艳丽夺目；院墙上密密匝匝的蔷薇花枝缠绕在栅栏上，绵延成10多米长的紫色花廊，在墙头飘漾成一道道花瀑，微风轻拂，满径芳香。

　　院墙边小花园里，绣球，脸盆大小的花盘，挤挤挨挨缀满枝头，绚丽多彩，惊心动魄；粉红的杜鹃、紫红的木槿，枝叶互牵，笑脸相迎，肆意绚烂成一片花海。姹紫嫣红、风姿绰约的花群，散发出清新、亲切的馨香，和着杏树上的鸟鸣，随风扬拂，轻叩耳膜，窜入肺腑，让人心头的浮躁消匿无形……

　　院子门前，有一条宽阔的人行道，每天行人不断。有急匆匆赶路的，有快步健身的，还有悠闲散步的。每当走到院门口，不是放缓脚步、侧目而视，就是快步走上前、注目凝望。一位年近八旬的老爹爹散步累了，坐在杏树下的石凳上，不时抬头仰望树上黄澄澄的杏子，扭头看看娇艳的月季，锦簇的蔷薇。看到我后，满是皱纹的脸上堆满了兴奋的笑容说："借坐这边享受一下。嘿，满眼绿叶、黄果、红花，小院子打理得真不错！"一位快步健身的70多岁老奶奶对我说："你家的会变颜色的月季花太好看了，我没看过，冬天让我剪两个枝好吗？"在得到肯定的回答后，拱手连声说谢谢。

　　只要我站在院门口，或在小花园里打理，总要回答左邻右舍和行人有关花的询问。一天晚饭后，我开院门准备外出跑步，一对中年夫妇牵着一条狗，正在院门口赏花，看到我后忙说："我是这个小区一期的，听邻居介绍，说你家院子搞得很漂亮，白天上班没时间来，晚上特地来看看！"随后，夫妻俩不是问花的品种，就是问花的修剪、浇水、施肥、用药等问题。我逐一回答后，他们才满意离去。

望着他们远去的背影，看着眼前千姿百态的花朵，我不由得感慨万千：花草之美，美在这份葱茏，美在这份生命；养花之乐，乐在这份情绪，乐在这份性情；养花之人，怀着一份素心，存留着一份美好！

愿我们都拥有花开的心态，享受花样的生活！

家有小院能怡情

　　小院门前的月季花开得蓬蓬勃勃、如锦似缎；月季花旁小花园里的绣球花也开得娇艳欲滴、缤纷烂漫；雪白淡雅的茉莉花清香幽远、超凡脱俗……鲜花的幽香飘满了整个院子，也惊艳了路人的目光。院门口不时叽叽喳喳，嘻嘻哈哈，大人们指手画脚，对着花品头论足，孩子们扯拽着大人吵闹着要采摘花朵，他（她）们俨然成了小院的一道风景。

　　当时买一楼的房子很是犹豫，因为高层楼房最顶层和一层，总会遇到意想不到的烦心事。明知有弊端，可我还是坚持买一楼的房子，主要是价格便宜，量力而行，但最看重的还是一楼有个院子，那院子给我无限遐想，让我看到五彩缤纷的世界。

　　如何打理这个院子，确实让我费了一番心思。房子在城中，院子要有城市元素；我来自农村，院子必须有乡土气息。思来想去，我在院子西角造了一个凉亭，亭里有凳子和桌子，在亭旁栽了棵有几十年树龄的石榴树；在院子东侧专辟一块作菜地；院子北侧摆放休闲石凳；院西侧是多盆多种的花卉；院中间是一大盆睡莲。院墙外长了一棵也有几十年树龄的杏树，树下园子里栽种了牡丹、芍药、绣球、海棠10多种花卉。院子的门檐和围墙上，爬满了缠缠绵绵的蔷薇。经过自己的一番折腾，有意无意中，将小院打造成集"菜园""果园""花园""公园"于一体的"四合院"。

自从有了这个"四合院"，我退休后的生活，就变得多彩、有趣，心情也随之充实、愉悦，精神也变得充沛、饱满。

春天来了，小院喧嚣、闹腾。院外杏树沾满红豆似的花苞，院墙上的蔷薇也冒出绿绿的新芽，院内菜园里的韭菜也带着娇羞的浅黄，仿佛一掐就流出鲜活的汁水。随着春意渐浓，墙内外各种花竞相开放：牡丹紫、海棠粉、月季红，我徜徉在绿树下，穿梭在鲜花间，嗅着浓烈、清新的香气。蹲在绿油油的菜地旁，恍惚中看到摇头晃脑的辣椒苗"腾腾"在长高，听到西红柿苗上淡黄的小花"滋滋"开放的声音，我咀嚼出春天的味道。

夏日的小院，热烈，红火。走出空调房，置身自然环境下，顿感夏风温暖而不炙热，亲昵又不黏糊，在绿荫如盖的石榴树下，显得清新爽身。泡一杯惬意满满的绿茶，斜倚在凉亭柱上，翻几页感兴趣的书，看会儿远方友人发来的微信，听着树上不知疲倦的小鸟的吟唱，仰望青翠如玉，枝叶掩映下喇叭形的火红的石榴花，品一口溢着清香的茶水，恍然有"采菊东篱下，悠然见南山"之感。在雨日，悠然地坐在亭子里，任何事都不做，什么事也不想，呆呆地聆听雨打亭顶那"滴答滴答"声，数着亭檐上滚落脚下的雨滴，任凭随风飘拂的雨线泼洒在自己脸颊。此刻，仿佛自己的心灵正在接受雨水洗涤，什么烦恼、寂寞都随雨水流逝。知足、感恩，愉悦，一切的美好都随着雨水回流心田……

秋风瑟瑟时，菜地里挂满枝头的辣椒由墨绿转为暗红，随风跳跃、舞动；小灯笼似的深红的石榴，在茂密的枝叶中探头探脑；门外墙檐处的月季，那伸向院内的枝头上一朵火红的花，就像夜幕下的一盏熊熊燃烧的火炬；杏树、石榴树上鸟儿婉转的对鸣，随风扬拂，轻叩我的耳膜，耳闻目睹，让我心头的安静变得有形。

冬天的小院，依旧温暖、温馨。一缕晨曦透过树枝洒入院子，就如揉碎了的金子，闪烁着晶莹的光辉，分外耀眼。披着霞光，在院里伸伸懒腰、踢踢腿，喝一杯温开水后，拿起扫帚，扫去满院的落叶，挖去菜地里的残根，整理花去叶落的败枝。翻开的土壤里洋溢着浓郁的泥土芬芳，剪开的枝藤中，蕴藏着活力，储蓄着美好。执着、坚韧的它们，不久又将迎来一个郁郁葱葱的春天。

有个小院真好，它既能养性，又能怡情。"几时归去，作个闲人。对一张琴、一壶酒、一溪云。"人至暮年，不妨寻一静处，或开辟一块心田，卸下包袱，丢弃奢望，着眼未来，轻装慢行。把昨天的名利，当烟云飘散，将往昔的忧伤，作流水逝去，静看花开花落、云卷云舒，在宁静中邂逅幸福，活出精彩无憾的每一天。

亲情的呼唤

中秋节后的一个中午，天气如伏天闷热。我戴着太阳帽、穿着防晒衣，汗流浃背地疾步走向红绿灯等待区。

"爹爹①……爹爹……"突然，有个熟悉的声音在呼喊，我连忙转身回望，却没有发现人。

"爹爹，快上车！"我左侧又响起急促的呼喊声。随声望去，只见孙子摇下车窗边喊边招手要我上车。

"马上到家了，你们走吧。"我既惊又喜，挥手让他先走。

"天太热了，快上来吧。"孙子着急地催着我。马上就是绿灯了，为不妨碍后边车辆通行，也不让他再着急，我赶忙向车跑去，他已早早打开车门在等着我了。

"看，浑身尽是汗。"他摸着我的衣服心疼地说。"走过马路就到家了"我解释着。"天太热，上车凉快些。"他那

---

① 方言"爷爷"。

急切的神情，暖心的话语，不由让我心头一热。

原来他妈妈刚带他接种完疫苗，过了这个红绿灯就到他家小区了。他是个懂礼貌、有爱心的孩子，自己坐车，不忍心见我跑路。其实，他在车上叫我一声，或摆摆手打个招呼也就行了，然而，哪怕几步远的路，也要我坐上车后他心才安稳，他的言行，着实让我感动。由此，我想起一件往事。前年，射阳老家有几位朋友来扬州，晚上吃饭时，一盘点心端上了桌，他高兴得拿起筷子站起来，我以为他会先夹一个到自己的碗里，谁知他却将夹起的点心给左侧的妈妈，后又夹起一个放到右侧爸爸的碗里，我看在眼里喜在心头。老家朋友也高兴地说："不错、不错，一个小男生，看到好吃的，首先想到爸爸妈妈，真的不容易！"

孙子今年14周岁，出生在射阳。因他爸妈都在扬州工作，我和妻子在射阳上班，为方便照顾他，就让他在射阳上了幼儿园。我边上班，边负责接来送去。节假日不是陪他玩游戏，就是带他去超市里的儿童乐园。晚上睡觉前，他都要我讲故事给他听，起先还能搜肠刮肚讲些"乌鸦喝水""龟兔赛跑"等寓言童话故事，随着他听故事瘾越来越大，我不得不买来《安徒生童话故事集》《一千零一夜》等故事照本宣科，直到他心满意足，甜甜地进入梦乡。他到扬州上小学，我在行政部门退居二线后，被县国企聘用，为更好地照顾他学习，只好中途辞职到扬州继续照顾他，我俩的感情也在亲密接触、友好相处中日渐增深。

我和孙子有个约定，他认真地读好书，我积极地写文章。我在他小学期间，出本书送给他，上初中、高中时再各出一本书送给他，以此来相互鼓励。为此，我忙里偷闲，有感而发地写一些散文、随笔，发表在省市报刊和网络平台上，并收集整理，分别在他小学三年级和初一时出版了《大地的声音》《大地的怀想》两本书。明年下半年他就要考高中，我也计划在明年上半年再出本散文集送给他，兑现承诺，激励其奋发向上。孙子也很上进，在上小学期间，就在《扬州晚报》上发表了《翩翩起舞的丹顶鹤》《我的弟弟"小屁屁"》等文章。看来，我们祖孙俩都钟情于读书，共同的兴趣爱好也进一步加深了我俩的感情。

在行驶的车流中，孙子看到我并呼喊我，看似是一件发生在家庭中的寻常小事，但在社会这个大家庭中却是件大事、好事。社会上时有抛弃亲生残疾儿女、不赡养父母、虐待老人等道德沦丧的现象发生，令人揪心、担心。孙子呼唤我，他的举动既是亲情的表达，更是素养的体现。从小看大，从他的举止中我欣喜地看到新时代青少年的品德和修养，看到了国家的未来和希望。人，因具备美德而美好；国家，因充满美德而和谐。和谐社会需要正能量，美好生活呼唤着亲情。博大精深的中华传统美德，需要我们一代又一代的后来人传承和弘扬。

弟弟让虾的故事

弟弟让虾给哥哥吃的故事，就发生在我们家两个外孙子身上。这不由得让我想起孔融让梨的故事，暗自思忖，细细品味，深感有意思、有意义。

大外孙今年14周岁，小外孙才4周岁。10月30日是星期六，也是上初中的大外孙子回家吃晚饭的日子，我照例外加两个菜，其中有个清水大虾。中午吃虾子时，我笑着对小外孙说，别全吃了，留几个给哥哥晚上吃。"好的，留10个给哥哥。"他立马爽快地说。晚上吃饭时，妈妈试探性地先剥一个虾子给哥哥，然后故意问他吃不吃虾："吃，先给哥哥吃10个虾。"他没有忘记中午的承诺。一向关爱弟弟的哥哥对他说："10个我吃不了，你吃吧。""哥哥先吃，吃剩下的再给我吃。"弟弟不假思索地说。此语一出，全家惊诧。

现在的小孩，家庭生活条件优越，往往挑吃选穿，有许多独生子女家庭，因娇生惯养，小孩自私、任性，唯我独尊。没想到他一个4岁的幼儿，看到好吃的东西，不但没有开口要，更没有动手拿，而是说话算数，兑现许诺，哥哥吃剩下来给他，哪怕一个不剩。他那大方的语调、大气的神态、礼让的举动，真让我们既感意外，又感惊喜，也很欣慰。

优良的品德是言传身教的结晶。家庭是社会的细胞，家庭生活环境的优劣，父母言行举止是否得当，很大程度上影响着孩子的健康成长。我大外孙也是个懂礼貌、有爱心和孝心的孩子。记得他在扬州上幼儿园大班时，一次，一直带着他的外婆要回射阳办事，他哭着，抱着外婆的腿不让走，那个撕心裂肺的哭声，令人动容。后来在他爸爸妈妈哄劝下，他放开紧抱大腿的双手，边哭边从自己的小书包里，掏出几个他在射阳太阳城地摊上套圈套来的瓷器动物玩具，使劲地往外婆包里放，那场景真让我感动。现在懂事的小外孙子和他哥哥一样，到我们家来，老远就"爹爹、奶奶"地叫着，临走时不忘说声"再见"。离开他家时总是嘱咐"走好，下次再来哟。"给他们夹菜或买东西，他们都会说声"谢谢"，我们看在眼里，喜在心上。孩子们这些可贵的言行，都和他爸爸、妈妈从小对他们的教育有关，尤其和他爸爸的言行密切联系。他爸爸只要见到我们首先亲热地叫声"爸妈"，临上班打招呼、下班回来呼唤你，只要我们出门，左一句"爸妈，走好"右一句"爸妈，慢点"，令人感到温暖。父母天天如此的言行，两个孩子看在眼里，记在心上，长期的耳濡目染，他们也自觉地养成了"礼貌待人、关爱他人"的良好习惯，传承了做人的基本品德。

深厚的感情，是潜移默化的结果。弟弟对哥哥的好，源自哥哥平常对他的呵护与关爱。小弟弟出生后，哥哥不但不嫉妒他，还非常喜欢他。咿呀学语时，哥哥放学后就跑去逗他、抱他；会走路会叫哥哥时，更是高兴地带他看风景、玩游戏；哥哥看电视正在兴头上，弟弟来后要看他喜爱的节目，哥哥总是有求必应，哪怕被弟弟欺负得掉眼泪，事后仍陪他玩这玩那；吃饭时，哥哥总是将好吃的往弟弟碗里夹。弟弟上幼儿园后，哥哥对他的好，变成有原则的关爱，不再一味迁就他，有时教育他还有模有样。一次弟弟因心情不好，对我说话粗声粗气，被哥哥训得双手立正，眼泪汪汪。我心疼小外孙，让他不要再训了。大外孙说："我一定要让他自己认识到做错了才行。"弟弟似乎理解哥哥的良苦用心，哥哥每次批评教育他后，不但不生气、远离他，反而跟哥哥贴得更紧了。夜里要跟哥哥睡觉，爸爸接哥哥下晚自习，他说想哥哥了，非要一起去。你来我往的日积月累，增进了相互间的友谊，加深了彼此感情，在爱意满满、其乐融融的家庭环境里，哥俩亲密无间、快快乐乐。

　　一件小事，能看出一个人的品行；一句不经意的话，能折射出纷繁的内心世界。4岁的孔融在一盘有大有小的梨中，选一个最小的给自己，大的让给哥哥。他心胸宽阔，志存高远，对有利于他人的事，能为他人所想，实属不易。小外孙子让虾给哥哥，精神境界虽没有孔融让梨那么崇高、伟大，但在利益面前，懂得尊重他人，知晓礼仪谦让，也难能可贵。家庭需要和睦，人与人需要和气，社会需要和谐，愿人间多有孔融让梨的故事，愿社会处处充满爱心。

背影后的身影

　　哥哥身穿蓝白相间的校服，红领巾下的书包鼓鼓的、沉沉的，他昂头挺胸、步履坚实；弟弟拉着哥哥的手，仰望着哥哥，神态里充满羡慕和敬仰。这是一张只有我两个外孙子背影的照片。看到这张照片时，我喜不自禁，感慨万端：孙子们长大了、长高了，不久的将来就成人、成材了！恍惚中，我仿佛看到两个孙子在床上嗷嗷哭闹、在地上翻滚跌爬着呼喊"爸爸妈妈""爹爹奶奶"；透过孙子们的背影，我仿佛又看到了脸色疲惫，头发花白，每天忙忙碌碌的妻子的身影。

　　大外孙出生在射阳，产假后，他妈妈就到扬州上班了，抚育孙子的担子就落在我妻子的身上。带孙子是个苦活、累活、脏活，甚至是吃力不讨好的活。

　　外孙子出生后一直吃奶粉，喂奶次数多且时间不固定，尤其是冬天深更半夜，劳累一天正睡在兴头上，孙子哭闹要吃奶，妻子总是迷迷糊糊地爬起来，下床冲好奶，坐在床上闭着眼喂他，孙子睡了，妻子刚躺下眯一会儿，又被他的哭闹声叫起，一夜多次，妻子只能抱着孙子坐在床上打瞌睡。我看她太累了，起身换她，她却说："你也没睡好，你休息吧，明天还要上班。"有时在我坚持下，孩子给了我，可我刚抱过来，小孙子好像知道换人了，哭声更大，闹得更凶。她又无奈地接过去："还是给我吧，你们男人哪会哄呀！"

她有高血压病，加上夜里睡眠不好，早上起来眼睛总是红红的、头也晕乎乎，但白天洗衣、拖地、买菜、做饭，忙不完的家务事还要她做，中午为了不睡午觉做家务，她就一杯一杯地喝咖啡提神，有几次眩晕靠扶着墙和床柜才没有跌倒。我多次劝她请个保姆，减轻负担。她总说："保姆哪有自己做得好，再说，请保姆要花钱，我挨挨就过去了。"

妻子会织毛衣，穿她亲手织的毛衣，贴身、暖和。孙子出生后，她每天都抽空为孙子织毛衣，从春秋穿的轻薄背心，到冬天穿的长袖厚实毛衣，式样新颖、五颜六色，织毛衣成了她家务事后、睡觉前必做的事。她眼睛不好，经常疼痛难忍，北京同仁医院、上海五官科医院都去诊治过，现在每天都要点数次、多种的眼药水。医生也叮嘱，不要用眼过度，防止眼底出血。然而，给孙子们织起毛衣来，她什么都不顾。夏天，坐在树荫下，电风扇旁织；冬天，蹲在墙角暖阳下，围在取暖器旁织；晚上坐在被窝里将不能穿的旧毛衣扯下再织。一年四季，一天到晚都能看到她织毛衣的身影。织得眼睛疼了，头晕站不起身，走路直打晃，我是又疼惜、又生气，多次劝她说："不要太辛苦，到商场去买两件好了。""你钱多呢！商场东西多贵呀。"她说。"网上便宜，那就到网上买几件算了。"我又说。"便宜没好货，网上衣服只是好看，质量不行。"她又答道。"那以后就买新毛线织，不要再劳神费事拆旧毛衣了。""你又说外行话了，新毛线有气味，对小孩呼吸道不好。"我真是服了她，再怎么说，她都有话回，但细细想想，她的话还都说在理上。

妻子还烧得一手好菜。过去，家里请客，从买菜、配料、烹调，都是她一人操作，有条不紊。小炒、红烧、煲汤、清蒸每样都得心应手。她做出的菜，品尝过的人，都会竖起大拇指。为使孙子们吃出好胃口，食材她大都让农村亲戚从家捎上来，菜上粘着泥、淌着露水，特新鲜，鸡蛋也都是农家散养的草鸡生的蛋。做菜时，盐和味精放得很少。我说："你这样做菜小孙子们会觉得没味，不愿吃的。"她说："养生你应该比我懂啊！盐多对血压不好，味精多对味觉不好，口味淡点，对他们身体好。"孙子们吃的包子、馄饨、水饺，都是她亲自做，叫她到超市买，省得费事。她说：自己做，干净、放心。她做的菜都是荤素搭配，品种一星期每天不一样，孙子们吃她烧的菜，总是津津有味。五岁的小孙子，你夹块肉给他，他大声嚷着："我要青菜，奶奶烧的青菜最好吃。"

我久久地、深情地凝望着照片：孙子们真的长大了、长高了；我又想到了妻子，她真的变老了、变矮了……

"小淘气"碰上好运气

"神了""绝了",这是人们对出乎意料的稀奇事的赞语。"无巧不成书",也是人们对疑惑不解的新鲜事而常说的俗话。近期,我家小孙子高梓宸做了件让我们喜出望外的事,不由想起这些赞语和俗话。

2021年,高梓宸三周岁,活泼顽皮,善于动脑。"因为""但是",是他回答你问题的口头禅。7月10日傍晚,他的奶奶忙着做晚饭,我在院子里给花草浇水。一个人玩腻了的他,嘟着小嘴跑进厨房,使劲拖拽奶奶陪他玩"奥特曼"。奶奶着急做饭,不答应陪他又闹得不可开交,只好拿来手机,找到老家邻居吴晓容的名字对他说:"你和吴阿姨视频,告诉她,我们和阳阳哥哥回去后到她家玩呢。""好吧!"他喜滋滋地接过手机,蹦蹦跳跳地跑开了。

心急火燎的奶奶又去忙晚饭了。可没安稳多久,他又跑进厨房大声喊:"奶奶,好啦!""好了,谢谢你呀!"奶奶炒着菜,头也没回地答道。"不客气!"他礼貌地回敬一句后，不再纠缠奶奶，自己高高兴兴去玩"奥特曼"了。

奶奶忙好晚饭，坐到床边看手机，发现有一条未读信息，打开一看，是射阳的朋友吴晓容发来的，信息内容是三个字："啥意思？"什么啥意思？奶奶一脸茫然地翻看信息，疑惑中她发现是自己发了一条信息给吴晓容。她更惊愕了，不但自己没发，压根自己就不会发。"高梓宸，你发信息给吴阿姨了吗？"奶奶好奇地问。"对的！"他拨拉着"奥特曼"，头也不抬随口答道。奶奶半信半疑地看完信息后，跑到阳台喊我快回家。我一头雾水地跑回来，她笑嘻嘻地对我说："你快来看，高梓宸会发信息啦！""怎么可能？他又不认识字！""你来看呀！"

我赶忙接过手机看起来："我要回去了，洋洋。不不不，回家到你家玩呢，王阿姨，你太爱，你听不到呀。听到了吗？我们刚才在气呀。再见！"看完信息我也深感诧异，此信息除中间有一部分文不对题外，其他内容"要回去了，洋洋，到你家玩！"基本上将奶奶要他和吴阿姨讲话的主要内容都表达了，最后还不忘说声再见。

吴晓容是我老家的老邻居，虽然现在我们都已离开原来居住的小区，但还有联系和往来。她一家待人热情、真诚，我们常请她丈夫陈师傅帮忙修理灯具和电器，他也总是有求必应。大孙子戴彦丞(小名阳阳)出生在射阳，一直到5岁后去扬州上幼儿园中班。他和吴阿姨有个约定：每年暑假都到她家玩。他信守承诺，每年都去，吴阿姨每次也都盛情款待。吴晓容对我妻子知根知底，但看到这条洋夹土、半生不熟的信息，感到很意外，难怪她发出"啥意思"的疑问。如果她知道信息是三岁高梓宸发的，我想，她一定会感到新鲜、惊叹。

　　看完信息后，我和妻子好长一段时间沉浸在欣喜中。一个不认识汉字、不会拼音、不懂英语，连一句完整话都说不全的三龄童，怎么就能发出既能表达意思，又有头有尾的文字信息呢？是"智慧过人""绝顶聪明"吗？看来，还是"小淘气"碰上了"好运气"！

晒在衣架上的幸福

"不要发愣了，快把咸肉拿到院子里挂起来晒。"清晨，冬天的阳光柔柔的，照在人身上暖暖的。我站在阳光房里，正感受暖阳带来的惬意时，就听到妻子不耐烦的叫声，我快步到屋内将几块咸肉迅速地拎到院子里，有序地挂在晾衣架上。望着白晃晃、油亮亮的咸猪肉，我好像又闻到童年"饭锅头上炖咸肉"的醇香。

我的童年，是物质极度匮乏的年代，日常三顿饭都吃不饱，且主食都以大麦糁、山芋为主，逢年过节才能吃到猪肉。那年头，农村人家基本上都会养一头猪过年，猪的品种都是本地的土种黑猪，喂的是麦糠、野菜、山芋藤和主人家的饭锅脚水，猪肉鲜美嫩香。临近春节时，你无意地走在村头庄尾，不时会听到猪的嚎叫声，那是庄户人家最开心的事：杀年猪。一般人家杀猪的猪下水（猪内脏），留下自家过年吃，猪头腌制晒好后，挂在屋梁上，待日后享用，其他的猪肉都卖掉补贴家用。没养猪的人家，都会到杀猪人家将少则几斤、多则十多斤肉买回家过年。过年的肉吃一半，留一半腌咸肉，待开春后用来招待亲戚，或者农忙时给做重活的劳力加强营养。家底殷实的人家，杀一头猪，卖半边，留半边家里腌咸肉，令人羡慕、感叹。那时买肉都是选连肥带瘦的，有时还专拣肥肉多的买，因为肥肉解馋、过瘾。

腌肉，在当时很普遍，因为那时没有冰箱，鲜肉不好保存，且过年时买的肉多，如果家里杀猪，肉留的就更多，唯一保存的办法就是腌咸肉。腌肉技术很简单，就是把肉里里外外用盐擦一遍，然后上下叠摆放入盆或缸里，待半个月后，将肉捞出来，用粗线绳穿起来，挂在屋檐下晾晒，直到鲜红的肉变成酱黑色，咸肉就晒好了。饭锅头炖咸肉，是操作方便的家常菜，就是将咸肉切成片，倒入葱花油盐的锅内爆炒一下，装在盘子里，加点咸菜，再放在煮饭的锅里蒸。随着秆草噼啪响，土灶铁锅弥漫在腾腾的蒸汽里，饭的清香裹着肉的醇香，诱得人直咽口水。饭好了，肉也熟了，锅盖一掀，喷香扑鼻。炖好的咸肉，肥肉嫩，瘦肉硬，往往都挑肥肉吃，一碗米和糁子饭，就着咸肉，很快就扒拉下肚了。

现在腌咸肉，不是买不到猪肉而储存，市场上猪肉要多少有多少，想买哪个部位的肉都有。也不是没有保鲜猪肉的器具，现在每个家庭都有大容量的冰箱，有的还有冰柜，就是买一头猪，存上个一年半载都没有问题。现在腌肉，主要是怀旧，心心念念那饭锅头炖咸肉特殊的味、特有的香，调调"馋虫"、开开胃。再就是，现在人怕"三高"，都不再吃肥肉了，买肉都挑瘦肉买，瘦肉上的肥肉又舍不得扔了，就把它剥下来腌咸肉，既不浪费，又能刺激味蕾，诱人下饭。妻子现在腌咸肉，也不再是传统的用盐腌制，而是与时俱进，学电视"养生堂"节目中介绍的做法，将肉放在酱油里泡一会儿后，放冰箱里冷藏三天，再放屋外太阳下暴晒三天，就可蒸着或者炒着吃了。现在的人保健意识强，知道常吃腌制品对身体不好，每次家里炖咸肉，同时还烧一碗新鲜的红烧肉，但望着明晃晃、嫩活活的咸肥肉，我总是不由自主地将筷子往咸肉盘里伸，夹起一块往嘴里送时，心里又念叨：不能多吃，仅此一块。可是，没有三块是停不下来的。说真的，咸肉就是香，现在饭店里，还有青蒜炒咸肉、大白菜烧腊肉的菜呢。

衣架上晾晒的不仅仅是咸肉，也是晾晒着好日子，晾晒着幸福。

并不遥远的祝福

　　初冬的一天，老班长召集同学聚会，临去前，我又不由自主地看了看高中同学留言簿。同学小聚每年也有几次，但大家见面后，仍像久别重逢，紧握双手寒暄不止，相互拥抱仔细端详。

　　席间，少不了问长叙短，叫着绰号，诉说趣闻逸事，笑声阵阵、话语连连、其乐融融的氛围里，我的脑海又呈现毕业前夕，大家相互道别的场景，想起同学留言簿上的赠言："望你在三大革命运动中经受考验，顶住狂风恶浪，虚心向贫下中农学习，在新的征途上为实现自己的理想而奋斗！""在农村广阔的天地里，以阶级斗争为纲，为把我们大队建成大寨式大队贡献一切！"……这些祝福的话语，虽与当下不合拍，但在43年前却是那么朴实无华、灼热真挚。字里行间，无不渗透情真意切的殷殷期盼，无不显现血脉至亲的谆谆嘱咐。

　　我们是76届高中毕业生，当时，实行"走出去、请进来""学工、学农、学军"的开门办学模式。学校邀请在旧社会被"三座大山"压迫过的老贫农到学校给我们上"忆苦思甜"课。老贫农身穿破破烂烂的衣裤,头戴破洞连连的草帽,手拿讨饭用的水瓢和打狗棍,声泪俱下地诉说在旧社会饱受地主老财剥削的血泪史。课后吃由豆饼和野菜做的忆苦思甜饭,上了一堂生动的"不忘阶级苦,牢记血泪仇"的政治课。

学农时,我们一起上河工,到二垛大队参加春季水利建设大会战。个子高、力气大的男同学带大锹挖土方,女同学和力气小的男生挑泥兜、抬筐运土。学校发劳动手册,记载劳动表现,作为评定三好生和学期家庭报告评语的依据。十几岁的学生扛不住挖锹、挑泥的体力劳动,半天不到,腰酸背痛,浑身发瘫。熬到开午饭,带队的赵老师问做饭的仇亚生同学中午吃什么,在知道只有韭菜炒辣椒、青菜豆腐汤后,他操着浓重苏州口音打趣地说:"伙食不错嘛!10个菜呀!"同学们听说有这么多菜,争先恐后往屋里挤,个个伸长脖子往锅台和桌上看,在得知"韭菜(9个)加白菜(1个)"的真相后,屋外响起"唉""嘘"的叹息声。

特殊的年代,同学们结下特别的感情。不一样的学习环境奠定了一种追求锦绣前程、美好生活的信念。毕业时,同学们拿出笔记本,相互传递,写下一句句炽热的祝福语,寄托一份份纯真的期望。

毕业后,我们都作为回乡知青参加生产队劳动。一次,我和社员一起下趟栽秧,只见我左右的两位妇女手起秧落,横竖成行，不一会儿就把我包了"饺子"，而且我栽的秧东倒西歪。身后不时传来她们的笑声，自己很是羞愧，真想爬上岸一走了之。当我想起"虚心接受贫下中农再教育"的同学赠言时，冷静下来，不但把秧栽到头，上岸后还诚心地向社员请教栽秧的技术。国家恢复高考后，有同学考上中专学校，自己却名落孙山；有的同学参军去了部队，自己又没过体检关。望着一个个"出息"的同学，再看看自己的状况，一度情绪低落，寻不到出路。当看到同学留言簿上"挫折面前不气馁，美丽彩霞雨后升！"的赠言时，滚烫的话语如冬日里的暖阳，融化了心田的冰雪，增添我奋进的勇气。我利用手中的笔，把在生产劳动中涌现出的先进人和事，以及改革开放后农村发生的新变化，写成新闻稿件在媒体上发表。由此，走上公社新闻报道员、乡党委秘书的岗位，之后又考了国家干部，由一个农民成长为一名乡长、县政府部门干部。

43年，在人生的长河中也不可谓短暂。不觉间，眼角已荡起波纹，鬓角也留下霜痕。然而，同学的祝福，却像昨天聚会散场时的嘱咐，又如今天重逢时的问候。那是因为：同学，是上苍安排有缘人的一次邂逅；同学情，是血脉亲情之外，最纯粹、高洁的友情；同学的祝福，是发自肺腑的心声表达！

卖菜的小夫妻

这对卖菜的小夫妻，年龄大约都在30岁左右，男的理个小平头，女的扎着马尾辫，胖墩墩的身材肉嘟嘟的脸，怎么看都像姐弟俩。他们每天精气神儿十足，见人笑嘻嘻地一句"老板早"，菜摊前总是像排队一样站满买菜的男男女女。

我和卖菜的小夫妻不熟，连他们的姓名都不知道，初次去买菜，也是看他们摊前人多而去凑热闹的，买过一次后，感到他们菜在许多方面与众不同，经营也有许多特别之处。首先是菜品种全，什么青菜、花菜、包菜、生菜、番茄、药芹、河藕等20多种菜品，选择余地大，省得东跑西颠的；其次，他们的菜新鲜水灵、不掺杂、不泡水；再就是菜不短秤，还少收钱，如果是5元4角，那4角就不要了。

人们都说第一印象很重要，我对这对小夫妻卖菜第一印象就是热情、热心。我退休后才开始跑菜场，买菜从不问价格，只顾看菜颜色是否好看，常常把浸过水的，甚至泡过药水的老菜买回去，为此，没少挨妻子念叨，被她说得连菜场都怕去，到菜场也不知道买什么菜好。第一次随大流到小夫妻菜摊上买菜时，小老板笑眯眯地迎上来说："老板好，想买点什么菜？我们家的菜都是自己家田里长的，你看这青菜、萝卜都是早上才拔的，上面还有露水呢。"老板热乎乎的话，说得我心里暖洋洋的。"那你给我推荐一下，买哪两种菜。"我说。

"好的。你看这青菜根子高、棵子大，是露天长的栽菜，栽菜经霜后，锅一开就烂，口感好；旁边的青菜根子小、有点矮，它是懒菜，虽然也是露天长的，但口感差。这个药芹是空心的，叶嫩、茎脆，实心的药芹筋多、塞牙……"老板绘声绘色的介绍，真让我眼界大开，我毫不犹豫地买了一大袋青菜和药芹，回家品尝后，真如他所说，很好吃，妻子也夸我现在会买菜了，令人听了很是高兴。一来二去，对买菜，我心里还真有了谱，也有了底气。

小夫妻的菜摊上，总有切开的蔬菜摆在那：半边番茄裸露出的粉红的内瓤，鲜艳欲滴；雪白的荷藕断面，温润如玉；圆圆的大白萝卜，汁丰水盛；让人看了，就心动，想买。"你们将它们切开是向顾客做宣传吧？"我指着切开的蔬菜说。"对的。顾客买菜有许多顾虑，常问是不是转基因呀，农药残留超不超标呀等等。转基因番茄外形不规则，里面是空心，内瓤没有粉；藕不能看外表白不白，越白问题越大，那都是用药水漂白的，好藕外表黄、微黑，切开后有粘丝；白萝卜时间放长了，会黑心。我切开让顾客看，说给他们听，免得担心。"老板娘像个植物专家，说得有板有眼，眉飞色舞。"你们怎么不把青菜的栽菜和懒菜掺一起卖呢,这样不是多卖钱吗?"我笑着有意说。"那不能,如果以次充好,赚昧良心的钱,晚上睡不着觉。分开来卖,顾客自己选,这样我们心里踏实。"老板娘随口一句话,如春风拂面,让人神清气爽。

有一次,我看到老板一手拎着菜,一手扶着一位老人往外走。"是你家亲戚吗?"我问。"不是。他家住菜场对面楼上,家里没人,我把他送到家。"他说。我到菜摊上选好菜,正要叫老板娘过秤,只听老板娘和对面一位拄着拐杖的残疾老人说话:"我给您个电话号码,您下次不要再跑来了,要买什么菜,打个电话就行,我们给您送到家。您放心,不另外收您钱,免费送。"残疾老人十分感动,双手合十连说谢谢。老板娘轻声细语,就像山间流淌的小溪般清澈明亮,令我肃然起敬。我付完钱正要出菜场,看到老板气喘吁吁地回来了,他把手送到嘴边哈着气,笑眯眯地望着老婆。"冷吧!"老板娘也冲他笑了笑。"你们这样跑来跑去,不是又累又影响生意吗?"我忽然想起什么,转过身和他们聊起来。"没事。我们农村人没什么文化,但有的是力气,做不了大事,帮一点小忙还行。再说我们站的多,跑得少,只当锻炼身体。"老板笑嘻嘻地说。"要说不影响生意是假话,但与人方便与己方便,我们现在还年轻,苦钱①的日子长呢。"老板娘头也不抬,边收拢着菜,边接过话头说。三九

---

① 云南方言辛苦地挣钱。

天寒彻的心，在听了小夫妻一席话后的瞬间，因感动而温暖
起来……

　　卖菜的小夫妻，菜好，人品好，人缘也好。

下饭的"小菜"

　　快过年了，买些扬州特产回老家时馈赠亲友。当提着沉甸甸的"扬州三和四美酱菜"时，我情不自禁地想起儿时下饭的"小菜"。

　　在老家六垛附近，把就粥吃的菜叫"小菜"。如"萝卜干""小瓜干""咸菜"等。那年头，主食是黑乎乎、硬碴碴的大麦糁子，中午常常是大麦糁子饭，早晚是大麦糁子粥。每当看到稀薄糁子粥，明知是它养活了自己，还会埋怨"倒头糁子粥"，气归气，粥还得喝。没端碗前，总是先朝桌上瞄一眼，看有什么小菜。当看到"炒蚕豆"，尤其是"黄豆煮肉罗汉"时，那真是两眼放光，不要说一碗糁子粥，两碗也放不下筷子。

　　夏秋天的农村，小菜品种多。有自家菜地里长的"小瓜""萝卜""青菜"，野外采挖的"苦苦菜""盐蒿菜"等，都可做成下饭的小菜。最常吃的是小瓜菜和萝卜丝，方便，简单。农村人劳动强度大，晚上从田里回家后，腰酸腿疼，总想尽快吃点洗洗后好休息。这边女的将中午剩下的饭，用开水一泡。男的到菜地里摘根小瓜洗净，削去瓜蒂，用菜刀从瓜的一头劈下去，掏出瓜瓢，然后将洗净后的小瓜切成月牙形的瓜片，再洒点盐，用手揉搓几下，拍两瓣大蒜拌匀，一盘绿白相间、清脆爽口的小瓜菜就做好了。

记得一次，我和几个小伙伴发疯似的一阵顽皮后，口干舌苦，看到一块小瓜田，准备"偷"几条小瓜解渴。一起玩的伙伴瞿小三说："那田是我家的，我带你们去摘。"我们一窝蜂涌进瓜田，每人摘一条小瓜，正要离开，只见瞿小三家母亲边追边喊："小三子，你要作死了！那小瓜是留给你爸削瓜菜的，快丢下来。"好不容易摘的，怎么可能丢下呢？我们拿着小瓜，拔腿就跑，任凭他妈在身后不停地喊叫。虽是童年趣事，却记忆犹新、回味无穷。

深冬初春，因气候寒冷，蔬菜长不起来，那时更没有像现在的塑料大棚一样能长反季节蔬菜，"萝卜干""腌寒菜"，还有"炒蚕豆""炒盐豆（黄豆）"担当起"小菜"的主角。在秋天，萝卜、青菜收获的季节，每家每户都忙腌萝卜干和咸菜，准备冬春的"小菜"。腌萝卜干时，先将萝卜洗净，切成条状，然后散放在芦柴茷子上让太阳晒，萝卜条晒至变软后，倒入大桶内拌好盐和五香、八角，再封入缸内，待半个月左右就可开封了。腌青菜的工艺和腌萝卜差不多，只是封存时间比萝卜干要长点。腌好的萝卜干和咸菜，香脆爽口。喝一口粥，咬一口萝卜干，或夹一块咸菜，咸淡在口中交融，舌根生津，回味悠长。一碗糁子粥，不知不觉就滑下肚了。上高中时，常看到住校生端着饭盒，打开家里带来的，装着萝卜干等小菜的玻璃瓶，相互分享，有滋有味地喝着粥，宿舍内只听"咯嘣咯嘣"咀嚼萝卜干的清脆声和"呼呼"的喝粥声。有时，同学间开玩笑，将别的同学藏在被子里、枕头下的用油炒过的萝卜干、黄豆煮小鱼，偷偷拿出来分着吃掉，又将空瓶子放回原处，然后再去叫小菜的主人吃饭。当看到主人发现装小菜的空瓶后的哭笑不得的模样时，大家忍不住发出开心的笑声。家里偶尔也炒蚕豆做小菜，改善一下伙食。炒蚕豆不但下饭，还当饱。炒蚕豆，就是把炒熟的蚕豆放进锅里煮，煮得不烂不硬时，加点盐，拍两个大蒜瓣一拌，一盘香喷喷的炒蚕豆就好了。现在的饭店里，还有炒蚕豆的冷盘。

小菜，也是现代人们的生活必需品。只不过，再也不为食材苦恼了。菜场、超市一年四季都有各式各样新鲜的蔬菜，随时想吃随时做。如不会做，或没时间做，酱黄瓜、酱萝卜，腌大蒜、腌泡菜……咸的、甜的、辣的、五香的，散装零售的、瓶装罐头的，超市里应有尽有。但我还是想念自家田里现摘，亲人现做，那带着泥土芬芳和亲人手温的地道的乡土"小菜"。

卖蚕豆的大叔

不知从什么时候起，我到菜场买菜时，总喜欢往说话中听、面容慈善的卖菜人摊上跑。因为我相信"相由心生"的说法。面容姣好的人心肠就好，心肠好的人就不会卖浸过水、甚至泡过药水的菜。买他们的菜，踏实、心安。为此，我还深有体会地写了《卖菜的小夫妻》《卖白果的老奶奶》两篇文章，今天我又被一位卖蚕豆的大叔的言行所感动，有必要赞美其美德。

卖蚕豆的人四十多岁的年纪，国字脸，浓眉大眼、仪表堂堂。以我的年龄他应该叫我叔叔，称他叔叔，是因"叔叔"是广称、也是敬称。

前几天，我到他摊上买菜，他忙得应接不暇，我耐心地等着，无意地看着。此时，我对面一位看上去有80多岁的老人的异常行为引起我的注意。只见他将手里一盒牛奶拎起来左看看、右瞧瞧，放下后又拎起来，并不时朝卖蚕豆大叔脸上望着，皱纹满满的脸上因激动而涨成古铜色，显得局促不安、犹豫不决。不一会儿，他像是下了决心似的，吃力地将牛奶提起，往卖蚕豆的摊上一放，转身就走，卖蚕豆的大叔见状，慌忙放下手里的活，提起牛奶就往老人手里塞，边塞边说："老太爷，您怎么来了？您快把牛奶拎回去，我是不会要您东西的。"老人边用颤抖的手推着牛奶，边用嘶哑的声音说："收下吧，一点心意。"几番推让，最后还是老人提着牛奶走了，边走边念叨着："好人，好人啊。"看着眼前的一切，我思忖着老人应该是卖蚕豆的亲戚，如是亲戚，老人临走时为什么又念叨卖蚕豆的大叔是"好人"？我有点纳闷。

"老板，你和刚才那位老人是什么关系啊？"等到我买菜时，我趁机问他。

"没得关系。"他边给我抓菜边说。

"那他送你牛奶干吗？你怎么不收呢？"我索性追问到底。

"老爹爹身患重病，说蚕豆壳熬汤喝能治这个病，要我每天将剥下的蚕豆壳都留给他。他身体不好，又拿不动，我菜摊子小，剥的豆壳又多，菜场管理人员又不让放过道，有两次他们直接将豆壳扔垃圾桶了，还警告我，再放就处罚我。现在，我只好将剥好的豆壳放我休息的凳子上，等收市回家时，再绕点路送到他家里去。每次去，他都过意不去，总要送东西给我，这不，昨天在他家要给我牛奶，今天又送到门市来了。"卖蚕豆大叔不但没嫌我话多，还和盘托出事情的来龙去脉。

"你帮了他的忙，他这是在回报你呀。"我说。

"举手之劳，又不是什么大事。再说，哪有做点事，都想别人回报呢？"他答道。

卖蚕豆大叔的言行，不由我想起一件往事：一位老人不慎摔倒，挣扎着爬不起来，几个路过的行人却视而不见。两事相比，感慨不已。卖蚕豆大叔所做的事，看似微不足道、单纯、简朴，却反映一个人的思想境界和道德情操。一个素不相识的人，请他办件对他没有好处，只有劳累，甚至带来意想不到的麻烦事情时，却一口承诺，不但言而有信、想方设法留住豆壳，还不顾劳累和繁忙的家务，每天都将豆壳送到老人的家里，不求回报，把自己能做的小事，看成是能帮人治病救人的大事。此举可圈可点，值得弘扬。

我喜欢吃蚕豆，蚕豆烧蒜苗、蚕豆米蛋花汤、盐水蚕豆都是时令下饭菜。有几次要买点蚕豆尝尝鲜而未能如愿，原因是妻子总是说："现在蚕豆都是大棚或外地运来的，不但价钱贵，还不好吃。等本地露天蚕豆上市再买。"

"老板，蚕豆仁和带壳的蚕豆怎么卖呀？"

"剥好的蚕豆仁11元1斤，豆荚10元钱3斤。"

"你将托盘里剥好的蚕豆仁全称给我。"我不知怎么了，今天有了非买蚕豆不可的冲动，是被卖蚕豆大叔的言行感染了吗？是觉得多买点蚕豆仁，生病的老人就能多得点蚕豆壳，卖蚕豆大叔也能多点收入吗？看来是的。别人见我一下子买了4斤多蚕豆仁，忙问我蚕豆粉不粉、好不好吃。"粉着呢，很好吃。"我又不知怎么了，竟然脱口而出，其实自己也是第一次买。

今天没有买蚕豆吃的计划，一下子买了几斤，担心回去后遭妻子埋怨。到家后，妻子看我买了这么多蚕豆仁，感到很惊讶，忙追问我蚕豆仁多少钱一斤、豆荚多少钱一斤，当知道价格后，她数落我说："不会过日子的人一下就看出来了，买豆荚划算啊，一斤豆荚能剥半斤豆仁，可以省一半钱呢！"

"剥豆仁费工夫，很辛苦的。"我说。

"我在家又没什么事，剥豆仁活儿又不重，再说也不是天天剥。"她答道。

当我讲了事情的全部经过后，她笑眯眯地说："原来是这样啊，卖蚕豆大叔真是好人。以后你就到他摊上买蚕豆仁，也学好人、做好事！"

听着妻子的话，我的心真如久旱逢甘雨般滋润……

绣球花开话绣球

繁花似锦的五月，自家院子门口的绣球花也随大流、像爆米花似地炸开了，开得大大咧咧、旁若无人、肆无忌惮。大如菜盘的花朵挤挤挨挨缀满枝头，娇艳欲滴、缤纷烂漫，美得惊心动魄，令人心旷神怡，浮想联翩。

绣球花是一种草本植物，它冬天落叶，春天再生。叶片光滑肥厚，呈椭圆形，叶边有较粗的锯齿。花型像绣球，绣球花由此而得名。绣球花有蓝色、红色、白色、紫色等，每棵有多枝茎秆，花开在茎顶，一棵可开30多朵花，婀娜多姿，华美富丽，很有观赏性。

看到绣球花，我想起了绣球。绣球，是用彩绸做成的一个球状吉祥物，也是定情信物。球上绘有梅、兰、竹、菊等花卉和龙、凤等动物图案。记得，儿时在烈日炎炎的老槐树下、凉风习习的小河边的月光里，总喜欢听白胡子蒋四太爷讲稀奇古怪的故事，其中就有抛绣球招婚的故事。说是古代达官贵人家的千金小姐，待到谈婚论嫁时，为了选如意郎君，家里人会择定一个良辰吉日，让求婚者集中在绣楼下，楼上姑娘抛下绣球，谁抢到这个绣球，谁就成了这个姑娘的丈夫。一般姑娘会看准意中人，然后把绣球抛到他身上，以便让他捡到。在楼下抢绣球的人中，不乏门不当户不对的平民，到此来看热闹、碰运气，期待命运之神能降到自己身上。当故事里说到穷书生意外得到绣球时，心里也跟着高兴，就像自己得到绣球一样兴奋。在电影《刘三姐》中，看到岸上的刘三姐，将手中的绣球抛向船上的阿牛哥，使一对有情人终成眷属后，喜悦之情也油然而生。对绣球留下的印记是浪漫、美满，温馨、美好。

走上社会工作多年后，孤陋寡闻的我，才知道自然界还有一种花叫绣球。看过绣球花的人，神气活现地介绍它容貌如何如何娇艳、妩媚，身姿如何如何别具一格、风姿绰约，香气如何如何与众不同、奇特迷人。并说扬州瘦西湖的绣球，与琼花驰名、雍容华贵、无与伦比。夸花的人眉飞色舞，说得天花乱坠，听得我心旌荡漾，如痴如醉，竟不由自主地有一句没一句地附和着夸花人，好像自己早已熟悉绣球花的模样、了解绣球花的习性一样。我曾极力想象绣球花的美丽，将自己有生以来见过的最漂亮的花，如花城昆明的山茶花、花国荷兰的郁金香，逐一往绣球身上装扮，甚至将留存的所有花的美好，统统堆积在绣球身上。绣球花真有那么美吗？我曾在梦里到过瘦西湖，看到了梦寐以求的绣球花。绣球花五花八门，色彩斑斓，令人目不暇接。绣球花真的很美，美若花仙……

我到扬州生活后，还未到绣球盛花期，就迫不及待地到瘦西湖和其他几个公园一睹绣球芳容。"人间四月芳菲尽",绣球绝对是五月当仁不让的主角。扬州的绣球品种多,花色美,名不虚传。宝蓝、玫红、粉紫五彩缤纷,开得兴致淋漓、如火如荼。那一捧一捧的球状花,端庄匀称、娴静幽雅,热烈中不失质朴;花香,清而不浊、醇正幽远,芬芳中自有风骨,在钻蓝的天空下,摆开阵势,一心一意地绽放着。我好像对它们很熟,视觉一下子被牵绊住,愣愣地看着它们,那些花儿也好像在哪见过我,频频点头,甜甜地笑着,对我发出亲切的馨香。

看过绣球花,竟如抽烟、掼蛋般上了瘾,我不得不在自家小院的花园内栽了粉红、深蓝两棵绣球来过过瘾。每当初春绣球枯藤泛绿,暮春含苞待放,初夏娇羞张望时,都静心品味,尽情欣赏。待其激情绽放时,幽幽馨香让我陶醉,张扬、活泼的生命力令我感动。站在花前品一杯香茗,看花儿的笑脸,听蜂蝶吟唱,深呼吸一口气,在鼻腔搅动回味一番,再闭眼轻呼出去,瞬间忘了烦恼,忘了时间,只感受当下的美好……

栖歇的"蝴蝶"

近日，在收拾阳台时，准备给一台老式人工操作的"蝴蝶"牌缝纫机挪挪位置。看它身蒙灰褐色的布，悄无声息靠在墙边，犹如远离芬芳花丛、隐遁在枯萎的枝藤下栖歇的蝴蝶；又像终日辛劳的老人，拖着疲惫的身子，正沉沉地酣睡。我竟不忍心动它，怕打扰它难得的睡眠，怕惊醒它甜美的梦。

20世纪七十年代农村，人们的穿着简单、朴素，男人基本上都是穿中山装，女人穿的是大翻领轻便装，颜色不是青色就是灰色，看上去老气又缺乏生气。每个庄上都有几户有缝纫机并会做衣服的人家。那时候是计划经济，做衣服的布凭布票供应。有缝纫机的人家除做自家人的衣服外，还帮亲戚、朋友、邻居做衣服，但从不收工钱。做衣服的人家过意不去，不是送点鸡蛋、自家长的瓜菜，就是家里煮鱼、烧肉时装一碗端一盘过去，答谢人情。有缝纫机的人家在村里很有人缘，地里收庄稼了，常有人主动跑过去帮忙，出门遇见人，不是被人

"大婶好""大奶好"热情地叫着，就是关切地问："早饭吃了吗，没吃到我家吃。""天热吧，到我家歇歇喝口茶。"体面风光得让人从心眼里羡慕。

那时候，年轻人结婚讲究"三转一响"。"三转"是永久或凤凰牌自行车、蝴蝶或蜜蜂牌缝纫机、钟山或海鸥牌手表，"一响"就是红灯或燕舞牌收音机。我结婚时，只有钟山表、蝴蝶牌缝纫机和红星收音机"两转一响"，蝴蝶牌缝纫机还是妻子娘家的嫁妆。妻子在娘家就会缝缝补补，有了自己的缝纫机后，如虎添翼，常向老裁缝请教，自己又买了有关裁剪方面的书自学，一般缝制活儿都能做。妻子年轻时，家里的缝纫机就没闲过，每天早晚，都听到缝纫机清脆悦耳的"嗒嗒"声，好像"蝴蝶"在她身边翩翩起舞。印象中，妻子缝纫机用得最多的是做小孩衣服、制成人睡衣，或是打鞋垫、缝尿布、做被套床单等。年纪大了，条件好了，缝纫机用得也少了，但小孙子们的尿布都是她亲手缝制的。家里人怕她辛苦，不让她做，她坚持说："缝纫机和旧被单都是现成的，陈布制作的尿布环保，不伤宝宝屁股。"家里换了家具，床变宽大了，原来的铺垫被子嫌小了，被套都是她用旧床单改缝的。每当看到她不慌不忙地坐在缝纫机边，我就兴致勃勃地站在一旁看着，就像欣赏蝴蝶恋花那样专注。只见她熟练地将精细的缝纫线从微小的针孔里穿过后，麻利地将一块块裁剪的布理顺铺入针尖下，左手扳一下转轮，随即双脚上下踩动缝纫机踏板，自下而上的皮带拉动转轮，"嗒嗒嗒……"缝纫机针线飞速上下穿梭，如同忙碌的蝴蝶忽上忽下穿越在花丛中。眨眼间，零碎的布块变成整体连片的布面，散乱的条纹、缺角少瓣的花朵变成有形的美丽图案，婴儿短衫、短裤、鞋垫、枕巾、被套、睡衣，像变魔术似的不时从"蝴蝶"身上飘下。我由衷感叹起"蝴蝶"的神奇本领和妻子的高超技艺。

现在，经济条件好了，人们腰包鼓起来了，没有人再买缝纫机在家做衣服了，想买什么衣服都到商场任意选，或在网上买好坐在家里等人送。缝纫机"退休"了，过去的缝纫生活已成念想，但妻子把她的缝纫机还当个宝，专门安排在光线好、阳光足的阳台的南侧。冬天，清晨第一缕阳光洒在缝纫机上，柔柔的、光灿灿的，满是温馨、惬意。我曾和妻子商议将缝纫机挪个位置，放我电脑桌。可妻子说，缝纫机也辛苦一辈子了，没有功劳有苦劳，就让它享受享受暖阳带来的美好吧。最后妻子同意，缝纫机仍放原处，将机头放倒，变成桌子，让我看看书、写写稿。

缝纫机，钟山表都已成了老物件。缝纫机还能启动，但已拼接不了往事中美好记忆的碎片；钟表再定格，也留不住日后无情飞逝的时光。

人到晚年，容易伤感，也易怀旧，常念想童年的稚嫩、少年的天真，有时候因为一个物件，有时候因为一首歌。"等到秋风起，秋叶落成堆，能陪你一起枯萎也无悔。"触景生情，我想起了庞龙演唱的《两只蝴蝶》了……

浓烈的酒　火热的情

　　反复无常的变化，让我回乡的路变得遥远悠长，让我思乡的梦变得妙幻奇特。6月中旬，全省可以自由流动后，我迫不及待地回到了梦寐以求的故乡，见到了久违的同乡、同学和同事。久别的人相遇，少不了嘘寒问暖，更免不了推杯换盏。至于酒，我既不恋、更不贪，但每一次饭局，都是一场足酒。因为，当对方端起酒杯，情意切切地请你共饮，甚至小心翼翼端着酒杯来到你身边，拳拳真情，发自肺腑，岂能无动于衷呢？"舔一舔、情意浅，一口闷、感情深。"对此，我总是有请必应，尽量而为。想起回乡参与的几场酒局，至今仍回味无穷。

　　同乡酒，瓶里流出的是悠悠乡愁。到家第一天，我就被几位儿时的老友"绑架"到我走出的那个村庄的小饭店。小饭店坐落在村东头一片绿树丛中，是本村一对农民小夫妻在家里开的。门前是宽阔的水泥路，路南是一望无际的绿油油的水稻田；屋后是一大片荷塘，荷花开了，有蜻蜓立枝头，也有蜻蜓在点水；塘边几棵老柳树歪斜着身子，吃力地把柳枝抛向远方，引得鱼儿不时荡起涟漪；岸边的田园里，红辣椒、紫茄子、黄香瓜、青白菜，挨挨挤挤、生机勃勃。我跨过水泥路，走到水稻田边，眺望绿波起伏的茫茫稻海，清新的禾苗芬芳，沁人心脾。这里曾是自己流淌过辛劳汗水、酸楚泪水的地方，是吃上喷香白米饭、尽情享受自己劳动成果带来无限喜悦的地方。忘不了，鸡叫头遍就蹚水在秧池里起秧把、挑秧把、布秧把；忘不了，顶着烈日，大汗淋漓地在秧田里拔除"闪亮苗"；忘不了，在声声蛙鸣和狗叫声中，拖着疲惫的身子，披着月光推开家门……

老友叫吃饭了，我带着不尽的思绪来到农家饭店。桌上已端上热气腾腾的新鲜的农家土菜：丝瓜烧小公鸡、小葱炖鸡蛋、角子烧肉、红烧泥鳅、韭菜炒辣椒等满满一桌菜，都是童年的记忆，妈妈的味道。大家用吃饭碗，斟满绵甜醇厚的"老白酒（自产的糯米酒）"，他叫我小名，我喊他绰号，争抢叙述儿时的趣闻轶事，嬉笑声、碰碗声一片。品酒叙旧之际，门前路上不时有小轿车驶过，我瞄一眼窗外，发现一位老农头戴斗篷、肩挂鞭子，正牵着耕牛漫步在洒满日落余晖的石板桥上。我忙掏出手机，拍下这难得的画面，好好消磨和品尝这缤纷的每一寸时光。我知道，自己的乡愁又漫上来了。

同事酒，杯杯彰显同甘共苦的手足深情。在乡下喝酒时，偶遇曾在镇里工作过的同事，隔天，他又热情地安排了一场老同事欢聚宴。大部分同事多年未见，有的已十多年没见面了，组织饭局的同事拿出了高度陈年老酒，"但使主人能醉客，不知何处是他乡"。"酒逢知己千杯少"。主人盛情，客人领情。大家推杯交盏，开怀畅饮，推心置腹，无话不说。忆往事、叙旧情，气氛热烈，其乐融融。想起当时工作时的所在镇，财政紧张，工作压力大，但工作环境好，人际关系亲。曾记得，在防汛排涝中，大家顶着风雨、争先恐后地往水流湍急的决口处冲；在收取农村工作中难上加难的"两上缴"时，炎炎烈日的树荫下、杂草丛生的田埂边、生火做饭的灶头旁，都留下他们互帮互助做群众工作的身影。有的同事累得生病了，其他同事放弃休息日帮他完成手中的工作；有的同事在村里工作到深夜，严寒的冬天，不慎将电瓶车开进了沟渠，闻讯的同事半夜起身送去换洗衣服，帮他推车步行十多里路回到镇里……许多感人的陈年旧事，历历在目，犹如昨天。"酒不醉人人自醉"，这份纯洁、真挚的同事间的友情，岂能不在酒中体现呢？又岂能不珍惜且永远珍藏呢？！

在老家，连续几天地喝酒，引起食道反流，促发了自己的老胃病，不得不买"胃药"解决问题。每当胃疼时，我就开始责怪酒，可这能怪酒吗？现代的人说："酒是粮食精，越喝越年轻。"喝酒，可以怡情养性；古人更是因酒而思想奔放，情感激越。李白斗酒诗百篇，苏轼把酒问青天，欲乘风归去。"劝君更尽一杯酒，西出阳关无故人。""尊中有美酒，胸次无尘事。"王羲之还在"流觞曲水""一觞一咏"中，收获了"叹人生之须臾，感宇宙之无穷"的人生哲理。酒是灵感和情感的催化剂。

　　酒，炽热似火；情，真挚朴实。欢聚时适量喝点酒，重逢"醉"美记忆。人间自有真情在，愿这份真情让社会充满人情味，使生活变得更美好。

院内有棵石榴树

院内有棵石榴树，枝繁叶茂，苍翠欲滴。初夏榴花似火、酷暑硕果累累。

石榴，又称"中华神果"。在民间，还寓意家庭多子多福，生活美满幸福。买房那年的初春，为美化小院子，我专门从花卉市场买回这棵已有几十年树龄的老石榴树。栽树那天，大吊车将它从墙外吊入院内时，引来左邻右舍，他们帮我浇水，培土。树栽完毕，卖树的老板嘱咐几句管护要领后，我牵挂的心随即悬吊在半空。每天总是心神不宁地来到树下，上瞧下瞧，左看右看，看树根土是否发白要浇水、看树上枝丫是否泛青发芽。十天半月、一个月两个月，院墙外的杏树早已花开满枝头，可石榴树还是无动于衷、悄无声息。

"你天天看就能把树看发芽了？你急它不急，时间没到呢。"妻子的话唤醒了我。是啊，心急吃不了热豆腐，人讲规矩，自然界也有规律，待条件成熟了，它自然会发芽、开花、结果的。

等待的日子最难熬，充满憧憬的等待时光又是甜蜜的。我在等待石榴树成活的那一天，等待枝繁叶茂、鸟语花香的那一天。这一天终于在最美人间四月天来了。灰暗的枝干上，布满了透亮、鲜活的嫩芽。随着春风吹拂，春雨抚摸，嫩芽很快昂首挺胸成绿叶，并肆意成繁华、丰盛的浓荫，枝叶兴奋地在烈日下大声喧哗着。小鸟来了，唱起悦耳的歌声；火红的石榴花开了，给绿色主宰的世界送来一片明亮；石榴果在一天天长大，我一天天看着它由青涩到暗红、由鸡蛋大到拳头大，它们在碧绿的枝叶丛中端坐、竖立、斜侧、低垂，颗颗似玛瑙般红艳诱人。石榴树献出它积蓄一年的芳华，引得我思绪万千。想当年，儿时在农村只吃过毛茸茸的桃子和硬梆梆的梨子，没看过石榴，更没尝过石榴。现在满树灯笼似的石榴就挂在眼前，岂能无动于衷？我随手摘下一颗石榴，缓缓掰开，满腹晶莹剔透的石榴籽，像一颗颗红宝石，又像一粒粒红珍珠，抠一粒入口，一缕甘甜的细流从舌尖润泽到胸口。

蓬蓬勃勃的石榴树正对着我的书桌，只要我一抬头，就会看到翠绿的树冠。看书、写作累了，我会凝神注目看一会儿石榴树，让树叶的绿色滋润眼睛。当看到枝蔓在摇曳、叶片在舞动时，顿感草木有情，灵动的绿色带来无限的希望，让我疲惫的身心得以慰藉。

每当心情烦闷时，我也会盯着石榴树出神、遐想。石榴树的每根枝丫虽然弯弯曲曲，但它从不埋怨自己的出生，不悲观自己的生长环境，而是不顾一切地肩负起无数枝叶的使命，不遗余力地向上攀升。它让我想到人的成长，生活的沧桑。在人生路上，每个人都会经历风雨坎坷。工作上会遭受挫折，生活中也会遇到困难。你计较，就会背上包袱，且愈背愈重；你淡然待之，它就是人生长河里涌起的波涛、激起的浪花，会瞬间消失。石榴树常年遭受风吹雨打，霜雪肆虐，但仍在炎炎烈日下绽开火红的花朵，奉献甘甜的果实，与其相比，我们又有什么不能释怀呢？每每想来，抚平了思绪、忘记了烦恼，从而心怀释然、自在无忧。

院内有棵石榴树，美了环境，明亮了心境。

顽强的葡萄

　　院墙外有一棵葡萄，延绵数米长的枝蔓上，翠绿的叶子在习习秋风中飘拂。一会儿叶边颤颤地抖动，就像挥膀扭腰、神采奕奕的广场舞大妈手中舞动的彩扇；一会儿叶子又翻转身子背面朝天，就像顽皮的孩童在翻筋斗。那神气活现的劲儿，看得我热血沸腾。真不敢相信，一年前葡萄曾蒙受生死劫难，如今却枝繁叶茂，生机勃勃。它真是棵顽强的葡萄。

　　这棵葡萄还是入住新房子前为美化小院环境而从花卉市场买回来的。卖葡萄苗的人夸它品种好、长得快、品质好、无籽甘甜，说得我心花怒放。回来后，我将它栽在院子的外墙根。正如卖苗人所说，葡萄苗长得很快，冬天栽下去还是又瘦又黑的枯枝，春风一吹，黝黑的枝节上就冒出了浅黄的嫩芽，隔三岔五再去看它时，就如雨后春笋腾腾地长，叶子长大了，变绿了，藤蔓长长了，变粗了。俗话说女大十八变，我看它有十九变。孙悟空有腾云驾雾、上天入地七十二变，我看它有随机应变、日新月异七十三变。这不，我因事外出几天，发现她的枝蔓四处攀越，有的气喘吁吁已爬上了围墙，高傲的头弯弯绕绕直勾蓝天，连喘气的声音似乎都能听到；有的够不着围墙就顺势躺在地上打着滚，将枝蔓伸向四方。为改善它的生长环境，我想用木棒、竹竿搭个架子，又怕把她打扮丑了，也怕路人说不美观。于是，我专门从网上买回绿色塑钢专用葡萄架，经过一番看图操作，在闲置的过道上，终于给葡萄搭起一个宽一米多、长四米多的称心如意的架子。我小心翼翼地将葡萄的每根枝条取下，抬上，专心致志地将藤蔓理顺，并用塑料丝带系好，上有发展空间，下能漏空挂果。走在枝叶苍翠、绿荫蔽日的葡萄走廊里，心里喜滋滋的。

可好景不长，还未等到葡萄挂果，社区搞文明城市环境整治，要拆掉葡萄架。文明创建必须无条件服从和配合。临拆前，我站在葡萄架下，上下左右、前前后后，反复看、仔细瞧，觉得葡萄架不但不影响美观，而且还有画龙点睛的效果，但个人意见只能保留。我和他们协商，等我将葡萄架上的枝条理顺下来后，自己将架子拆了。谁知，第二天早上买菜回来，葡萄架已被一帮急性子的人强行拉倒了，满架的葡萄枝叶在烈日下已萎靡不振，散发出萧索的气息，光秃秃的葡萄主干伤痕累累，撕裂的灰白伤口向外渗淌着黏液，像是血又像是泪。我的心情一下子暗淡下来。原想就此把葡萄残根挖掉，转念想来，葡萄树也是有生命的，它想活，想活得潇洒，活得精彩，也想为主人、为社会奉献所能。它还能活吗？我的心悬悬的。

来年的初春，春风荡漾，万物复苏。我来到气息奄奄的葡萄主干前，仔细端详。突然我眼前一亮，黝黑的枝节处，隆起点点绿意，缀着晶莹的露珠，我一下子激动起来：它竟然活了，顽强地活下来了。真是"野火烧不尽，春风吹又生"啊！我由衷地感叹："星星之火，可以燎原。"只要发芽就一定会开花结果，我不由信心满满。随着春风的抚摸，暖阳的亲吻，葡萄又开始肆意地、疯狂地生长，不断地分权、不停地长藤吐叶，绿色的枝叶充满活力，凸显强盛的生命力。枝蔓又爬上了墙，且翻越围墙爬上了围墙上的铁护栏，又分两路沿着护栏向院门顶和阳光房屋顶进军，大有解放战争中"万船齐发，全线突击，打过长江去，解放全中国"之势，我被这气势感染了。什么是旺盛的生命力？什么叫不屈不挠、自强不息呢？缺肢残体的葡萄身上体现得淋漓尽致。在这纷繁的世间，苍茫的人生中，人一定要有点精神。有了顽强的精神，拼搏的勇气和不懈的追求，就一定能实现理想目标，就会心想事成，梦想成真。

濒死的葡萄又长成了枝繁叶茂的葡萄树，它不但挂了果，而且硕果累累。一串串成熟的葡萄像是倒挂的珍珠塔，又似一堆堆晶莹剔透的翡翠珠子，在白墙的映衬下，如同幅幅鲜艳的水彩画。悠晃在护栏上的葡萄串，如同搂抱在一起的孩童在和煦的春风中荡着秋千。诱人的葡萄令路人口生蜜意，邻里的小孩拽拉着奶奶的衣角，吵着要摘葡萄吃，如愿以偿后，提着葡萄边跳边喊："谢谢奶奶，谢谢奶奶！"散步的大爷随手摘一串，拽下一颗在衣服上蹭两下，刚送入嘴里就发出连连夸赞声："没有籽，甜，好吃。"

甜蜜的葡萄吃在路人的嘴里，汁水却流淌在我的心里。我沉浸在"天生我材必有用""有志者事竟成"的葡萄深怀的抱负中，我陶醉在"柳暗花明又一村""病树前头万木春"的葡萄生长的气息里……

庭院里的月光

　　月亮慢慢爬上来，清辉倾洒在阳台、院内和树上。撩人的月色如一双纤细温柔的手，拽着我来到院内，我兴致勃勃地仰望斜挂在院子上空的月亮和泼洒满院的月光。

　　院内的石榴树、菜地、花草沐浴在月光下，犹如一幅清新淡雅的素描画，线条明晰，边角分明，一半清亮，一半灰暗。月色溶溶，静谧的时光让人感到了庭院的美妙，感觉它全部的魅力似乎都在月夜。小院和月光，在此体味淡淡的恬静与优雅，不失是一种享受。

　　月光静静地躺在石榴树上，枝叶泛着清凉的光，似乎白天被烈日暴晒而倦怠的面容，经月光轻轻抚摩而抹平。秋风顺着院墙吹过来，枝叶又抖擞起精神，"沙沙"吟唱，翩翩起舞。虽看不清深绿浅绿，苍翠却早已溶解在院子的空气中，随着每一次呼吸浸润肺腑。

　　院内蛐蛐唱着月光曲，如流淌的涓涓细流，不紧不慢，不急不躁，悠扬悦耳。我随声寻去，想看清这尤物发声时的模样，那声音似乎来自花盆里，像在院子内，又像在院外，奇怪的是我走到哪儿，那声音就消失在哪儿。小时候也常听蛐蛐叫，那年代的农村夏日晚上，我们在月光下听老爷爷讲故事至夜深人静，到家拖一张柴席铺在屋外大场上，枕着月光，数着星星，遥想着故事里的美好入睡。可"嗞……嗞……"不停叫着的蛐蛐声，就像蛐蛐钻入了耳朵眼儿，不但打乱你的思绪，还叫得你心烦意乱。爬起来用竹竿狂乱地在树上、草丛中统统地敲打一遍，蛐蛐声没了，可刚躺下，又再次响起，且声音越来越大，似乎蛐蛐也被激怒了，在报复性地狂吼。蛐蛐还是那蛐蛐，声音还是那声音，为什么那会是烦人的噪声，现在却是甜美的歌声呢？我一时未想明白，看来得慢慢咀嚼、回味了。

　　洒在院内围墙边菜地上的月光，和着清新的泥土芬芳在院内飘荡。我慢慢地躬下身子，凝望月光下的黑土，仿佛看到自己作为回乡知青，随老农去生产队水田耙地的身影。那也是一个有月亮的夜晚，因第二天要栽秧，必须连夜突击将耕好的秧田放水耙平。生产队长安排我去压耙，也就是站在耙上增加重量。耙田的老农六十多岁，不时哼着只有牛才听懂的"呕……呕……"的赶牛号子，伴着清脆的"噼啪"甩鞭声，牛便不知疲倦地一个劲儿地往前走。不知过了多长时间，我累了、困了，老农怕我在耙上跌下来，便停下作业，扶我到田埂上休息。

　　"天快亮了，我们回家吧。"我说。

　　"你歇着吧，我必须把田耙好，不然明天就误事了。"

他说。

"你不累吗？牛也一定累了。"

"都累，牛比我更累。但做事和做人一样，要有始有终啊。牛身上有很多东西值得人学习，再苦再累再委屈它也不吭一声。"

他披着月光，甩响鞭子，又耙起了地。月光映射下，他的身影是那么高大。他的话深深铭记在我的心里，时至今日都不曾忘记。

月亮不动声色地端坐在树梢上，和我对视着，向我微笑着。我愣愣地望着它，感到扬州的月亮和家乡的月亮一样皎洁、清新，月亮里都有嫦娥、玉兔、桂树；现在的月亮和儿时的月亮还是一个秉性，无时无刻不在眷顾你、注视你，无论你走到哪儿、走多远，无论你成功还是落魄，它都紧跟你、簇拥你。院外路上有行人的说话声，他们在踩着月光赶路，有月光的夜晚行人不会迷路，更不会步入草巢，滑入水塘或泥坑。

"床前明月光，疑是地上霜。举头望明月，低头思故乡。"楼上传来脆亮的童音，想必是哪家小孩看着这一见倾心的难忘月色在即兴朗诵。我竟不由自主地又抬头凝望着月亮，习习秋风中，有音符在月光中流淌：

"今夜对酒月亮，思恋风吹草浪。有你相守在身旁，我醉了又何妨……"

火热的期待

6月25号，是大外孙报考"空军青少年航空学校"的日子。我随他一同前往南京——"空军招飞局南京选拔中心"。

大外孙是今年初中应届毕业生。他从小就喜爱飞机玩具，什么歼击机、运输机、直升机，有滑行跑的、有遥控飞的，还有多种飞机模型都玩过。尤其喜爱遥控直升机，在室内，总是将飞机遥控撞到天花板才罢休。对飞机他从感兴趣到有感情，认为当一名飞行员翱翔蓝天上、穿梭白云间，很酷、很帅。随着年龄的增长，他明白当一名空军不光是为了帅和酷，而是一份责任和担当。他在自己的成长日记上写下了长大要当一名飞行员的志向。今年5月，在得知空军青少年航空学校招收应届初中毕业生后，他主动报了名。经过市里初选、省派员到市复检，最后确定他到南京参加最终定选。

外孙身着橘红色运动衫走进了空军招飞局南京选拔中心大院，我在墙外跷起脚跟远眺着、目送着。随着他渐渐远去的背影，那团橘红也在渐渐变小，恍惚中，我仿佛看到那团橘红变成了一团赤热的火焰，又变成一面迎风飘扬的八一军旗，变成了空军、宇航员服装上耀眼的五星红旗标识……

"走吧，孩子上楼了。"我的思绪被身边和我一样送孩子的家长拉回。他不是叫我，是在叫他老婆。我也不舍地走回宾馆。

自外孙住进部队大院，我的心就飞进了军营。南京有我同学、同事，还有几位好朋友，都不止一次地叮嘱我到南京一定要和他们联系小聚。要不要联系呢？不联系，日后知道一定会责怪；联系，孙子明天才体检，结果如何还不知晓，此时去喝酒，似乎有点忘乎所以、不负责任。晚上吃碗面条，看一会电视，洗完澡，按照习惯到点睡觉了，可翻来覆去就是睡不着，不是感到房间热，就是觉得空调冷。闭起眼，脑子里就浮现出孙子明天检测的项目，外孙检查时的神态。朦朦胧胧中，自己好像看到孙子驾驶着"歼-20"飞机，在祖国黄海、南海巡航；看到抗美援朝战场上，中国空军以无畏的英雄气概，击落美国王牌飞行员驾驶的最先进战机……"喔喔喔……"手机叫醒的铃声响了，天亮了！

早上6点多钟，选拔中心门口就有几位学生家长站在那儿向院内张望。我住的房间窗户直对选拔中心门口，我也呆呆地站在窗口眺望着，半个小时、一个小时过去了，腿站酸了，就倚着墙继续站着、望着。太阳越升越高、越来越毒，选拔中心门口的人却越来越多。我感到空调房并不凉爽，心里总是火燥燥的，不由自主地走出房间，冒着滚烫的太阳，也来到了选拔中心门口，隔着栏杆仰起头使劲地向里望着，搜寻着。希望看到孩子，看到笑容满面、神采奕奕的孩子，他高兴，就意味着检测过关了，实现梦想的路就前进了一步。南京俗称火盆城，天热、地热、吸口气也是热的，加上心烦意乱，不一会儿就汗流浃背。想脱掉防晒衣、又怕皮肤晒得更疼，任凭太阳烤着、汗水流着。我从后排又挤到了前排，更直接看到院内的全貌，可院内空荡荡的，只有耸立的高楼和静静的操场。站着、晒着、累着，心甘情愿、无怨无悔。

上午检查第一项就是眼科，眼科的淘汰率达到50%，时近中午，我估算眼科的检查应该早结束了，心情不由安静下来，浑身也感到凉快多了。下午，太阳西斜，选拔中心门口屋檐下有了一块阴凉，我挪到了阴凉下。门口依然站满了人，依然是张望，期盼。此时，我盼时光飞逝，盼太阳快点下山。我不时望望太阳，可太阳总是那么高、那么毒；我不时看看手机，可手机屏幕上显示的时间，好像永远定格在同一个数字上。光阴似箭、日月如梭，此时却是心急如焚、度日如年。不是说一寸光阴一寸金？不是埋怨时间都去哪儿了？可时间在此时却成了多余，成了负担。

突然，我发现眼前有一团橘红从院内大楼向门口飘来，我定睛一看，那是我外孙子，我既喜又惊。高兴的是我终于看到了他，惊讶的是他怎么这个时候出来了呢？是哪个检查项目没过关，终止检测了吗？但孙子精神抖擞、步履豪迈，完全是军人的姿势，欢快的神态。我悬着的心，随着他的状态倒变得轻松起来。我笑着迎上去，接下他身上的背包。

　　"说我眼睛有点散光，没过。没什么的，上不了航校，回去再读高中吧。"他笑着，像什么事都没发生似的，带着安慰我的语气说。

　　"噢，那好。我们又可以在一起生活三年啦！"我也轻描淡写地附和着。

　　"天这么热，您在房间等我就行了。"

　　"不热，不热。你看树梢在动，有风。"

　　"您辛苦了，谢谢您！"

　　"不辛苦，一点不辛苦！"

　　他的心还是那么火热，滚烫的话，似一股暖流涌遍我全身，我鼻子一酸，双眼有点模糊了，赶忙低下头，径直往前走……

给鸟儿留点水

清晨，睡眼惺忪中，室外传来"嘤嘤""呖呖"的鸟叫声。平心静气、心无旁骛地聆听着、感受着，只觉得神清气爽、精神焕发。信步阳台，寻觅啼叫的鸟儿，只见翠绿的石榴树枝条上，麻雀在蹦蹦跳跳；杏树葱茏的枝叶丛中，白头翁在探头探脑；黄鸟旁若无人地站在柿子树顶，傲视苍穹、放声高歌。我轻手轻脚地来到院里，照例给院内的睡莲盆里加满水。给睡莲盆加满水，是每天早上或晚上必做的一件事。除满足睡莲用水外，是为了给鸟儿留点水喝。

提起给鸟儿留水，还有个故事。去年一个夏日晌午，天气闷热，院内传来一阵"叽叽喳喳"的鸟叫。我走到阳台，循声望去，只见院内一盆睡莲的盆沿上，站着3只显得异常兴奋的小鸟。一边交头接耳、左顾右盼地"啁啾"着，一边不顾一切埋头饮水。我看出了缘由，几只鸟儿因口渴而找不到水，不知飞了多远路、找了多少地方，终于发现院内睡莲盆里的水，十分惊喜，开心！望着它们喜不自禁的神态，我不由想起跋涉在沙漠中的迷路人，看到了远方烈焰跳动下的绿洲时的狂喜；想到电影《上甘岭》中嘴唇干裂的志愿军，在坑道里摇着早已底朝天的水壶，渴望能从壶里再淌出几滴水那起死回生般的眼神；想起京剧《龙江颂》里江水英一碗水也能救活几棵秧苗的铿锵有力的唱词……

从此，我关注起鸟儿的饮水，每天早上给盆里加满水，傍晚再次加满，让胆小、白天不敢喝水的鸟儿，夜里喝个够。冬天，我敲碎并捞出盆里的冰块，再把水加满。我曾仔细观察过，时常来饮水的鸟儿，有麻雀、白头翁、黄鸟、喜鹊，还有许多不知名但美丽、可爱的小鸟儿，望着它们见到水摇头摆尾、展翅跷腿的高兴劲儿，心情为之一振。

随着城镇化建设步伐的加快和城市的快速发展，有些地方为了拓宽街道、增加店铺，不惜填沟埋河，不但城市看不到绿波，少了灵性，鸟儿也找不到水源，寻不到栖息的场所。甚至有些原是绿水青山的乡村，因发展环保不达标的化工企业，导致水源污染，闻名退迩的瓜果蔬菜等绿色食品，变成无人问津的有害产品，成批的鸟儿因饮用毒水而暴尸野外。近期，我拜读了张锋老师《百鸟飞来不思归》的文章，真感欣喜、欣慰。文中说，当地政府加大对湿地生态环境保护力度，通过退渔还湿、人工修复，法治护航，积极改善了鸟类生存环境，使各种鸟类不约而至。盐城珍禽保护区鸟儿种类达到418种，使盐城成为全国乃至全球为数不多能够在越冬季野外同时观察到7种鹤的地区之一。真为黄海湿地的生态环境叫好，为保护湿地而辛苦付出的人们点赞！

"百啭千声随意移，山花红紫树高低。""两个黄鹂鸣翠柳，一行白鹭上青天。"多美的诗句，多温馨的画面啊！鸟儿是大自然的精灵，人类的益友。天空有鸟儿掠过，才更显出蓝天宽广的胸怀；大地有鸟儿啼鸣，生活才会更加绚丽灿烂。有院子、有树的人家，在欣赏鸟儿翩翩舞姿、婉转歌声后，不忘给鸟儿留点水润润嗓子、提提神；城市的规划师们在制定城市发展规划时，不忘给城市留块湿地，给鸟儿一个悠然自得的家园。

精明的鸟儿

清晨，我又在声声鸟叫中醒来，定神静听，感觉今早鸟的叫声有些特别，除有"唧唧唧"的叫声外，还有"叽叽喳喳""啾啾咕咕"等其他的鸟叫，显得嘈杂、无序、急促，像是吵架。我走到阳台细看，只见院墙外的柿子树上，一只体型较大、全身乌黑、嘴巴黄亮的鸟正埋头有滋有味啄食一只滚圆透亮的柿子。其他几只不知名的小鸟，上蹿下跳，盯着贪婪的大黑鸟声嘶力竭地叫着，显得焦躁、无奈。那只成熟的柿子是小孙子眼巴巴望了几天，我应允待星期天摘给他吃的，谁知现在下了鸟肚。也真是的，树上满是柿子，有半红半黄的、有全黄的、也有全红的，它怎么就偏偏看上树梢上最大、最红，小孙子看中的那只柿子呢？真是只精明的鸟。

我打小就喜欢鸟儿。鸟儿给我快乐，给我想象的翅膀，我曾梦见鸟儿驮着我翱翔蓝天，直冲九霄。

儿时我最喜欢的是燕子。"小燕子，穿花衣，年年春天到这里……"这首耳熟能详的儿歌陪伴我长大，同时也使我更喜欢起燕子。"几处早莺争暖树，谁家新燕啄春泥。"春天来啦，燕子飞到哪家做窝了，是个让人羡慕和开心的事，说明这家人干净、善良、喜庆。

我还喜欢麻雀。麻雀是典型的乡村物种，只要有村庄，有田野，就会见到成群的麻雀。它们与村庄融为一体，与农人如影随形，它们成了村庄的一员，田野的符号。我喜欢看麻雀蹲在广播线上，"一"字形排开，一动不动地注视着村庄和田野，仿佛威武的士兵正在接受检阅，又像在出操、在练功、在比赛。

儿时还认识喜鹊和乌鸦。喜鹊名声好，喜鹊的每个动作都是轻盈的，每声鸣叫都是欢快的。一点不碍眼，也不刺耳。"喜鹊叫，亲戚到。"那时盼望有喜鹊在家门前树上叫，有亲戚上门就有好东西吃。虽然也有"花喜鹊，尾巴长，娶了媳妇忘了娘"的童谣，但一点没有影响我喜欢喜鹊。

长大成家后我仍然喜爱鸟。喜欢听鸟儿的叫声，喜欢欣赏鸟儿在树上跳跃、飞起，又落下。在城里自己买了高层一楼的房，目的就是为了有个温馨的小院，在院内院外栽上果树，闲来无事听听鸟叫，看看鸟飞。院外有棵杏树，每年三月飘落杏花雨，五月橙黄的杏子挂满枝头，首先光顾品尝的就是鸟儿。它们专选树顶、朝阳、圆润剔透诱得人馋涎欲滴的熟果子吃。如何让鸟儿嘴下留情，留几个给小孙子尝尝鲜呢？

"买个大网将树罩起来，鸟就吃不到了。"妻子献计献策。

"主意不错，但网罩起来，鸟儿闻到果香却吃不到，心里该有多着急呀！"我说。

"要不，在树旁扎个稻草人。"6岁的小孙子也动起了脑筋。

"我看就在树上系条红领巾吧，绿树、黄果、红巾又好看，又能吓吓鸟。"他们都同意我最后的提议。其实，一条红领巾岂能吓住现时目中无人贪吃的鸟呢？鸟儿照来不误。每当我看到鸟儿飞来吃果子时，我就远远地躲起来观察，只见胆大的鸟儿从一个枝头跳到另一个枝头，寻找到饱满香甜的杏子后，毫无顾忌地一口一口啄食起来。谨慎的鸟儿驻足后，啄一口，东瞧瞧，再啄一口，西望望……每每如此，我心里总有说不出的愉悦。有时我会远远地对它断断续续吹口哨学鸟叫，它先是愣了下，呆呆地听着，当你再次吹起时，它摇晃着脑袋左右观察后，忽然"扑哧"一声腾空而去。它好像意识到，这声音不是本地方言鸟语，也不是外地鸟类普通话，而是人类的语言。其实，鸟类也有它们的语言，欢快的、热烈的、凄厉的……模仿表达不了鸟儿的心情和意志，何况我这个蹩脚的门外汉。

一天，小孙子指着又被鸟儿"毁容"的柿子问我："为什么鸟儿会偷吃我们家柿子呀？"

"这不是偷，因为它们知道大自然的美食应该人禽共享啊。"我说。

"噢，鸟儿蛮精的。"他似懂非懂地说道。

绚丽多姿的鸟儿给人们生活带来无限的趣味和活力，美味的果品是大自然的馈赠，留些果子给鸟儿，也是人类对大自然的回馈。

小小巴根草

寒露后气温陡降，呼啦啦的西北风如锋利的镰刀，开始收割人间青绿。院外自家的小花园里，秋风殷勤地送来厚厚一沓落叶覆盖在麦冬草上。平时，我常到花园看看花红、望望树绿、听听鸟叫。落叶改变了花园模样，岂能无动于衷呢？

捡去树叶，发现一棵杂草，我便毫不犹豫地开始拔，费了老大劲，藤蔓随着"啪啪"声拔了起来，但根须就像磁石般纹丝不动。我定睛一看，纤细瘦弱的藤蔓上节节相连，每个节下都有根须，我拽起的尺余藤蔓竟没折断一节，不由一愣——巴根草。在城市的腹地，自家的花园里竟然出现农村常见的巴根草，既出乎意料，更是喜出望外。

巴根草是极不起眼的小草，它贴地生长，根系发达，藤蔓甚多。每根藤上一寸左右就有一个节，有节就有根须。它耐旱、耐涝、耐盐碱，生命力旺盛，沟堤、河埂、田旁都有它的身影，哪怕在土路中间，砖石、水泥铺就的路面缝隙中都有它顽强的身躯，任凭脚踩、车轧、犁铲都不影响其生长。巴根草紧紧地贴伏在地表，像给大地穿上了保暖服。春夏，它青绿如茵，柔软似草坪、地毯；秋冬，虽然叶子变黄枯萎，但藤蔓依然坚忍顽强，任凭霜雪摧残，仍深情地拥抱大地，忠实地为其保温护暖，希冀满满地等待着春风吹来的那一天。

　　小时候，伙伴中流传一首"巴根草、顺地倒，地上开黄花、地下结白枣（花生）"的童谣谜语，但对巴根草的属性和用途不清楚，只记得放学去挑猪菜或拾烧火柴时，大人总是关照，不要把巴根草挖回来。后来才知道，巴根草藤多、叶小、水分少，猪不愿吃，烧火也没劲。我们割草、挑猪菜时也嫌巴根草缠手绕脚，不是用镰刀割、就是用小锹切，用小锹切时，巴根草随锹陷进了土里，待锹提起，又弹起恢复原样。我不甘心地和巴根草较起劲，它弹起来我再用力切下去，往返多次仍是徒劳一场，气得我直挠头。老农徐大爷看在眼里，扛着大锹走过来说："巴根草藤有韧劲，锹切不容易断，就是用镰刀割到根，用大锹挖到须，它都不会死，泼皮得很。"说完，他用大铁锹挖起巴根草的根，真可谓盘根错节、连绵不断。他说，你就是挖掉了主根，它还有很多须根在土里，来年春雨一浇，它们又会神气活现地疯长起来。

　　自此，我对巴根草的认知有了改变，觉得巴根草很有个性，不但有"顽强的意志"，而且有"坚韧不拔"的精神。"野火烧不尽，春风吹又生。""天北天南绕路边，托根无处不延绵。"这些诗句，感觉都是为巴根草而作。随后，我开始关注起巴根草，发现巴根草的护坡挡土能力强，沟堤河埂上只要有巴根草，下再大的雨水都不会使泥土流失，路坝完好无损。光脚挑担子或雨天行走在田埂上的人，都喜欢走在巴根草上。当脚踩上去时，巴根草随即缩身伏地，像海绵和地毯似的供你踩踏，既柔软舒服，又防滑，待你走后，它抖抖身子，再次挺起脊梁，精神饱满地履行自己的职责。巴根草还有治疗消化不良的药用价值。

巴根草，一棵生长在广袤大地上貌不惊人、名不见经传的小草，在其身上却有难能可贵的"朴素、务实、执着、奉献"的精神。"没有花香，没有树高，我是一棵无人知道的小草。从不寂寞，从不烦恼，你看我的伙伴遍及天涯海角……"巴根草，你虽没有美丽的倩影婆娑摇曳，却有着质朴无华、淡雅脱俗的内在美；你虽平淡无奇、默默无闻，却不是一棵无人知道的小草。在我心中，不，在若干人的心目中，你永远身姿伟岸，熠熠生辉。

小小巴根草，草小"魂"不小。

"袁"来如此

　　在丰富的汉语言文字里没有"袁来如此"一词，只有"原来如此"。原来如此的意思是发现了事情的真实情况，原来是这样。"袁来如此"，是我借"原"谐音而移花接木。不要说我随心所欲，别出心裁，因为这是我亲身经历，切身感受现实生活中的袁姓老人的凡人善举，触发颤动的敏感神经而激起的感动，引发的感慨。

　　他叫袁小林，今年75岁，是我的邻居。我和他还有老孔、老吴、老周、老李家同住高层的一楼，每家都有个温馨的小院。我们因小院相识，也因侍花弄草的共同爱好而经常走动，并由此逐渐加深了了解，增深了友情。为方便往来，我们建起"睦邻壹玖俱乐部"微信群，老袁就是群主。我们还不时相约小聚，在天南地北的高谈阔论中，放飞心境；在情真意切的交杯换盏中，享受静好岁月。"邻居好、赛金宝"真是营造和谐、温馨居住环境的至理名言。我们几家就是这样的邻居，互相之间无话不说，有事无不相助，老袁就是杰出的代表。他常在我们不知情的情况下解你的燃眉之急，做你想做、一时又做不了的事。当你一头雾水沉浸在意想不到的兴奋和愉悦中时，意外获知是老袁的辛劳带来的，岂能不如梦初醒地感叹"袁"来如此呢？

我家院墙外有四棵果树，每到冬天都想给果树根部涂刷石灰水防虫，可每年都是"纸上谈兵""竹篮打水"。去年冬日的一天，我外出几天回家后，顿感眼前一亮，杏树、樱桃树、柿子树、枣子树树干从根部至上一米都涂上了雪白的石灰水，厚实、醒目、靓丽。我兴奋地围着涂刷的树根转悠着、思索着：谁想我之所想、急我之所急呢？是社区为了扮靓小区，迎接文明城市创建？是小区物业为了建设和谐的物管和业主关系？还是哪个有心人在做好事呢？

"老高，你回来啦！"正在我抓耳挠腮、冥思苦想时，邻居老袁走了过来。

"刚到家。您知道谁给我家树刷白的吗？我要谢谢他！"

"不用谢，是我。我准备给你院里的石榴树也刷下，可院门锁起来了，不过，我把药和石灰水都给你留着呢，我现在就回去给你拿。"

听完老袁的话，望着他急匆匆的背影，我张了张嘴不知说什么好，只觉得心里热乎乎的。

今年四月，我院子里的凉亭坏了，费了九牛二虎之力才将其拆除。小山似的废料和每根板、棍上密密麻麻的铁钉，如何将它们送到垃圾堆放处呢？正在我苦恼发愁时，老袁走了过来，他问明情况后安慰我说："不着急，我帮你一起弄。"他到邻居家借来脚踩三轮车，和我一起冒着被铁钉扎手的风险，徒手将板棍逐一捡拾装上车。我看他年龄大了，不忍心让他再费力骑车，我好说歹说他才让我骑，可当我坐上车、扶好车龙头，脚用力踩踏时，车子不是往前进，而是突然转向直往右边树丛中冲，老袁连喊"刹车、刹车"，才没有使我连人带车翻倒在树窠里。最后还是他骑车，我扶车，往返四趟才将废料运完。

邻居老李不定期要到南京儿子家，一待就是一个月左右。他家院内院外花草品种多，不但有月季、海棠、茶花、绣球、麦冬草，还有桃树、枣树、葡萄等果树。绣球、葡萄就是"抽水机"，水分需求量大，尤其炎热的夏天每两天就要浇一次水。夏天外出，他最担心和牵挂的就是花草果树缺水。一次，我闲来无事欣赏起各家小院风景，当走到老李家的小院时，发现院内院外地面湿漉漉，花草枝叶上水淋淋的，可老李人在南京，谁给他家浇的水呢？难道是老袁？问了隔壁邻居才知道，原来还真是老袁。邻居说老袁隔三岔五都来给老李家花草浇水，那认真劲儿比给他自己家花草浇水还负责。

邻居老吴家的蔷薇花密密匝匝、绚丽灿烂，是小区招蜂引蝶的靓丽风景。我知道蔷薇花易生病、生虫，老吴常外出也无暇顾及，可他家的蔷薇花每年都开得蓬蓬勃勃、绰约多姿。难道是抗病防虫的新品种吗？一次，我发现一位头戴帽子、脸蒙黑布、身穿蓝色长衫的人站在蔷薇树下，那装扮既像戴着防护面罩的养蜂采蜜人，又像行侠仗义的蒙面大侠。只见他身背喷雾器，全神贯注、有条不紊地对蔷薇花正面反面、左侧右侧熟练地喷洒着药水。是老吴请的专业防治人员吗？待我向他走去时，他停止喷药，老远就向我扬起手，难道又是老袁？快走近他时，他摘下了蒙面布，果不其然真是老袁。

"你看，叶子都卷起来了，再不打药水，今年花都开不出来了。"老袁说。

"你老人家真是个细心人、热心人啊！老吴回来一定会感谢您的！"我说。

"谢什么，邻里是一家，遇事帮一把。自己家蔷薇也要打药水，顺便打下，没什么大不了的。"他说。

老袁的言行平凡、寻常，却充满浓浓的人间情味。

和睦的邻里关系真是难得的幸福啊！

趣园寻趣

扬州，最出名的是园林。清代金安清的一句"扬州园林之胜，甲于天下"就道出扬州园林的繁盛。城外，有湖上园林瘦西湖；城内，个园是全国四大名园之一，留园为晚清第一园……趣园名气虽不大，人气却旺盛。因紧邻小孙子幼儿园，我便常到趣园寻趣。

寻古，妙趣横生。趣园是免费公园，位于瘦西湖东岸，毗邻如诗如画的扬州迎宾馆。通往扬州迎宾馆和趣园的林荫大道两侧，芳草如茵，繁花如绣，古树参天，流水潺潺，踏上秀美的汉白玉小石桥，就进入趣园。

趣园，原名"黄园"，曾是盐商黄履暹的私家园林。黄园成趣园，因乾隆皇帝赏赐。扬州，曾是世界十大城市之一，风光绮丽、魅力无限。"腰缠十万贯，骑鹤下扬州。"各路商贾、文人墨客从四面八方涌向扬州，皇帝也十分青睐扬州，不时下江南、游扬州。乾隆皇帝到扬州，入住紧邻瘦西湖和黄园的"天宁寺行宫"，在天宁寺御码头乘船游瘦西湖。乾隆六次来扬州，有四次游览黄园。每当朝烟暮霭之际，登高远眺，观虹桥、长春桥、春波桥、莲花桥隐于烟水之间，极具缥缈之趣。一日乾隆游完黄园，兴致大发，随即赐名黄园为趣园，御笔写下"趣园"二字。现趣园内，存有乾隆亲书"趣园"的石碑，碑虽残缺，但尚存的字体雄健豪迈、遒劲有力，整个石碑，虽残犹美。

寻景，兴趣盎然。趣园里主要古建筑有锦镜阁、四桥烟雨、光霁堂、涟漪堂、澄碧楼等。走进园内，只见池湖相连，邀云映日，碧水绕护，绿树掩映，座座楼台亭阁隐约其中。北侧的临湖叠石假山巍峨多姿，山上松柏苍翠、鸟声啁啾，山间洞穴幽深、溪水涓涓。南侧，古色古香的"凌波水榭"阁，依山傍水，推窗见山，倚门望水。阁内八仙桌，围着太师椅，在此品一壶茗茶，饮几盏美酒，看风摇新绿、浪涌画舫，听船娘吟唱，淙淙桨声，真是别有一番情趣。

"凌波水榭"阁东侧的长廊，飞檐翘角，亭廊相连，逶迤曲折，自西向东蜿蜒百米，犹如一条褐色长龙，卧伏湖边的绿树丛中。廊顶镂空木雕细腻而流畅，大红仿古宫灯沿廊檐垂下，庄重典雅。三亭首尾相连，八角昂首凌空，银灰色深沉的亭顶，枣红色古老的亭柱，彰显豪放霸气。廊内、亭里，游人如织，悠闲地漫步赏景，肆意地摄影录像，悠然自得。

园子尽头南端，坐落在湖水中的锦镜阁飘逸恬静，俯视湖面的"四桥烟雨"楼清新俊秀，两楼隔水相望，饱含深情。宁静的瘦西湖波光粼粼，金色龙船静静在湖面游弋，倒影在湖中的红枫、杨柳婆娑多姿、自在潇洒。一缕斜阳返照在湖边的树上，阳光透过繁枝茂叶，洒落在树下躺椅上的游人身上，显得斑驳陆离。

寻茶，情趣浓郁。扬州是世界美食之都，是个慢生活的消费城市。"早上皮包水，晚上水包皮"是其真实写照。早上皮包水，就是吃早茶。早茶，不是光喝茶水，而是吃早餐的代名词。扬州早餐点心有120多种，最出名的是"富春""冶春"和"锦春"店。趣园，也是闻名遐迩的茶社。

趣园茶社有着近200年的悠久历史，现在是扬州城淮扬菜品鉴店，淮扬菜厨师协会、淮扬菜大讲堂都设在趣园。到趣园吃早茶，必须前一天网上预约，如到现场排队拿号，往往要到中午才能吃完早茶。每天本地市民、慕名而来的各地游客纷至沓来。不但室内小厅、大堂座无虚席，就连室外树荫下、凉亭里也坐满食客。扬州"三绝"：翡翠烧卖、千层油糕、三丁包；扬州特色：淮扬烫干丝、水晶肴肉、蟹黄汤包等名品点心一应俱全。普通百姓能消费的几元一只的扬州包子、黄桥烧饼、金刚脐，和高达78元一只的盐商五丁包，也都应有尽有。我在这品尝过金刚脐泡果粉。金刚脐是童年的美食，果子、大糕小时候过年才能吃到，泡果子是招待亲戚和老年人的早茶。金刚脐泡果粉，勾起了我童年的记忆，回味起老家的味道。

趣园的美食，不仅引来古代的皇帝和达官贵人，现代的许多国内外政要也曾光顾，在此品尝过美味佳肴，留下永恒的印记。

趣园寻趣，真的有趣！

迷人的东关街

东关街迷人吗？它长条直缝，不拐弯抹角，尽可放心地跑、尽兴地玩，永远不会迷路；东关街还真迷人！它古朴典雅的建筑、多姿多彩的街市文化、绚丽灿烂的历史遗存，会让你沉迷于此。

在朔风凛冽的三九天，我再次来到扬州东关街。

东关街位于扬州城东北，因为始于东关古渡，故名东关街，距今已有1200多年历史。它东至古运河边，西到国庆路，全长近1200米，红红的灯笼从西挂到东。街两侧民居、商铺青砖黛瓦，飞檐翘角，雕花门窗，古色古香。街面上市井繁华、商铺林立，行当俱全，生意兴隆。东关街是扬州古城浓墨重彩而又精雕细琢的历史缩影，也是扬州运河文化和盐商文化的发祥地和展示窗口。2010年被评为中国十大历史文化名街。

行走在东关古街，感受着历史变幻的风雨沧桑，体会着活色生香的街市生活，品味着文人墨客的闲情逸致，从西走到东，犹如穿梭在一幅风情万种的扬州画卷中。

东关街是旅行家的梦乡。扬州园林甲天下，许多完整而美丽的古典园林如个园、汪氏小苑、逸园等都在东关街上。个园是中国四大名园，进门，迎面而来的是万竿修竹，"月映竹成千个字"，每片竹叶都是"个"字。个园里的竹子品种多达60余种，名贵稀有的龟甲竹、方竹、斑竹都可在园内找到其身影。石，是个园的另一个看点，尤以四季假山汇于一园的独特叠石艺术闻名遐迩，让人在有限的空间里，看到春、夏、秋、冬四季景色，感到石山春宜游、夏宜看、秋宜登、冬宜居的无穷情趣。逸园、汪氏小苑等私家园林，是展示清代扬州盐商生活方式的精致博物馆；始建于汉代的琼花观，脂粉飘香的馥园，藏在深闺的蔚园，扬州八怪流寓的街南书屋，也都精彩绝伦，令人心驰神往。

东关街是美食家的乐园。扬州是世界美食之都，以淮扬菜为主角、各种点心为搭配的美食店，都出现在东关街。街上身着店小二服饰，肩搭白毛巾招揽生意的雕像栩栩如生，身穿古代衣着的妙龄少女立在店铺门前，配上老字号店名，真有穿越旧时光之感。踏上石板、青砖铺就的街面，不得不左顾右盼，五颜六色的食品，看得你眼花缭乱，诱人的香味，让你馋涎欲滴。如果时间充足，你不妨大摇大摆地跨进"金米缸精致淮扬菜馆"，品几道正宗、地道的蟹黄大煮干丝，红烧狮子头等淮扬私房菜，喝两杯当地产的老酒，惬意和快感立马在慢时光中升腾；如果时间有限，你可到"陈氏四喜汤圆店"来一碗香甜爽口、荤素相间的四色汤圆，也可到"扬州炒饭馆"吃上一碗热气腾腾、金黄玉润的扬州炒饭。

东关街是商家汇聚的胜地。东关街上手工业可谓五花八门，伞店、编织铺、香粉行、银器加工坊、酒坊、当铺等一应俱全，但凡居家过日子的零零碎碎、针头线脑的生活用品都可以在这里找到踪影，全街共有个体工商户近250家。蜚声海内外的扬州漆器、玉器、剪纸、古琴、古筝等文化产品，如今在东关街比比皆是，扬州"三把刀"（修脚刀、剪刀、菜刀）型号齐全，款式多样，价格适中，是游客购买馈赠亲友的抢手货。这条街上两个老字号特别有名，一个是创建于1817年嘉庆年间的四美酱园，所生产的"三和四美酱菜"深受欢迎，一个是开办于1830年道光年间的谢馥春，所生产的"谢馥春化妆品"至今还很受女人的喜爱。东关街的店家和外地一些景区的不一样，店主和服务员不会硬拉强拽你进店吃饭，也不会死皮赖脸缠住顾客要你购买东西，无论是成千上万的漆器、玉器，还是十元百元的三把刀，只要你感兴趣，老板都会如数家珍地给你介绍，买则买，不买也会笑脸相送。置身东关街会切身感受到浓郁的古扬州韵味。

迷人的东关街，谜一样的东关街！

"琼花观"里观琼花

　　琼花观，位于扬州市区文昌中路北侧，原名"蕃厘观"，曾是供奉主管人间万物生长的后土女神的后土祠，是扬州重要的道教圣地。

　　琼花观之名源自全扬州城观里仅有的一棵奇特琼花和许多有关此花的传说。相传，风姿绰约的扬州，不但世人纷至沓来，就连天上的仙女也慕名下凡。仙女来到扬州，惊叹扬州风光如画，可美中不足的是没有丽花陪衬。于是，她取出腰带上的玉佩，随手插入土中，顷刻间长出青枝绿叶的大树，树上开满洁白如玉的花。世人见了，无不称奇，追问仙女，如此美艳绝伦的花叫什么名字，仙女笑而不答，飘然而去。人们看花色润白如玉，就取有美玉之意的"琼"字为花名。还在这棵琼花的生长地，专门造了一座道观——琼花观。

　　在琼花盛开的日子里，我走进充满传奇色彩的琼花观。

　　琼花观前有一尊明代所立的牌坊，在左右两根石柱上，分别雕刻赤鸟和玉兔，象征太阳和月亮。进入琼花观，迎面而来的是"淮南道观神秘琼花"几个醒目大字,后面便是一个圆形土台,雕刻有"琼花台"三字,台上生长着一棵高大的琼花树。据说,这就是那棵神异琼花的生长处。隋炀帝看琼花的传说就发生在这里。宋代欧阳修任扬州知州时,在观内建起"无双亭",清代扬州籍名士阮元还在琼花台旁雕刻了一组"琼花真木"的画。

伫立在有着神奇身世的琼花树旁,凝望有着充满神秘感的琼花。盛开的琼花,花姿奇异、圣洁清雅、温润如玉;八片银色花瓣簇拥着金色的花蕊,犹如八位仙人正围坐聚会。琼花洁白得脱俗,远远看去,尽显高贵;琼花像绣球,但绣球花呈球状,琼花似扁平的盘子;琼花的花瓣又像梅花,但梅花是五瓣,它是八瓣。琼花虽没有玫瑰、茉莉花那样浓烈的香味,但在风和日丽、神清气爽时,会感受到它散发的淡淡芬芳。

漫步琼花观,不但目睹了琼花的芳姿,还耳闻了许多有关琼花的传说。

据传,隋炀帝下扬州看琼花,动用船只10091艘,8万多随从,队伍前后长200多里,可谓声势浩大、劳民伤财。可是,琼花生性刚烈,有姣容而无媚骨,不愿将自己的姿色献给昏君。当隋炀帝兴致勃勃来到扬州琼花观时,突然狂风大作,琼花随即枝折花落,气得隋炀帝命人把琼花树连根刨掉。谁知,隋炀帝死后三年,那地方又长出了琼花树。

琼花还是有情之物,从不朝三暮四,对扬州情有独钟。宋朝周密的《齐东野语》记载,有人为了讨好皇上,将琼花移到都城开封,琼花不愿任人摆布,甘心自残,逐渐枯萎,不得不又将它移回扬州。后有人又将它移到杭州的皇宫禁苑，琼花日渐枯萎，仍然以自残显现自己不屈的气节，移回扬州后又枝繁叶茂。

《琼花花记》中记载，金兵南下，琼花观里的琼花成掳掠的目标，大树挖走，小树铲除。可是，一年后被铲除的琼花根又长出了新芽，琼花观道士喜出望外，加倍呵护，终于又使琼花恢复了生机。但到了宋朝亡国的那一年，琼花突然无故死去，她是为大宋的消亡而殉情吗？新中国成立后，人们到处寻觅琼花的踪迹，终于在瘦西湖畔的蜀冈重新发现了琼花，经过精心培育，历尽劫难的千古名花又重放异彩。目前，在扬州的大小公园、新街古巷，都能见到琼花清新飘逸的身姿，琼花已成为古城扬州颇具特色的旅游资源……

徜徉在琼花观里，沐浴在琼花的清新芬芳中，我惊异大自然给了扬州这样的尤物。"琼枝玉树属仙家，未识人间有此花。""东风万木竞纷华，天下无双独此花。"古人们这些诗句，不只是颂扬琼花物稀名贵，更是赞美琼花高雅气节。

琼花观里观琼花，你才能体会到琼花散发出的耐人寻味的魅力；你才能真正走进扬州的精神家园，领略到这个东亚文化之都的厚重底蕴。

漫步扬州护城河畔

护城河，位于扬州城北盐阜路边。天宁门桥到瘦西湖大虹桥段的护城河，素有"小秦淮"之称，曾是乾隆皇帝下扬州乘船游玩瘦西湖的水上通道，现在是"乾隆水上游"旅游项目，数艘金色龙形游船停泊在护城河原"衙码头"。我小孙子就读的"扬州大学第一幼儿园"就坐落在河北岸边。我常漫步在护城河畔。

从天宁门桥沿护城河边步行20多分钟，就可到达瘦西湖，幼儿园处在东西向的护城河中心位置。接小孙子放学前，我总爱沿着护城河边随心所欲地跑一跑、看一看，既能打发时间，又能排解寂寞，还可以在不变的景点，寻觅多变的人文中感受美好，调剂心情。

幼儿园东侧河畔是商业区，依河而建的是扬州两个最著名的百年茶社，"冶春"总店和"富春"连锁店。

"冶春"，在扬州几十家茶社中资格最老，距今已有200多年的历史。它位于天宁寺衙码头旁边，整个建筑粉墙黛瓦，古色古香。东边是水绘阁，短廊相连的西首是香影楼，两处都是喝茶吃早点的地方。临水的草庐窗檐挂着红红的灯笼，低低的走廊透迤曲折，典雅的月洞门，朱红色的方格窗，仿红木坐凳摆在八仙桌四周。推窗而望，河水波光粼粼、树木郁郁葱葱，龙舟缓缓从窗前游过。在此悠悠闲闲地喝茶、吃酒，仿佛置身一处意韵幽静的古老宅院，犹如仙境。我曾两次在此接待老家射阳来的朋友，别有情趣。

冶春茶社点心花式很多，蟹黄汤包、蒸饺、五丁包都是精品，最好吃的是价廉物美的大煮干丝，作家汪曾祺专门写过文章《干丝》。"扬州八怪"郑板桥也曾是这里的常客。在冶春吃早茶必须网上预约，否则，你只能坐在外边耐心排队等叫号，往往早茶能吃成午饭。

富春茶社也有136年历史，位于冶春茶社西边。古朴的门楼上，"富春"二字十分醒目，透过明净的落地玻璃墙，可见满堂食客有滋有味地品尝着美味佳肴。富春茶社点心有120多种，千层油糕通体透明、柔韧异常、甜糯适度。翡翠烧卖绿色馅心透过薄皮，形如碧玉，与油糕并称为扬州面点的"双绝"。拆烩鲢鱼头、蟹粉狮子头、红焖全猪头，也是闻名遐迩的特色菜。乾隆皇帝品尝富春包子后连连夸赞："美味而不过鲜，油香而不过腻。"巴金、冰心、朱自清等现代文学大家都在此留下过墨宝和赞语。每每看到心满意足的食客们走出茶社，我都会由衷感叹：岁月静好，珍惜当下。

幼儿园西侧河畔是风景区，花红柳绿，古树参天，鸟声鸣啾，溪水潺潺，一派勃勃生机。悠然地行走在幽深的林荫道上，不时来口深呼吸，顿感身心轻松、心旷神怡。

朝西步行不远，一座瘦长三角形的琵琶岛，静卧在碧波中。湖石垒起的单人石桥连着路和岛，飞檐翘角，古朴典雅。茶社的一幢茶房掩映在琵琶岛的绿树丛中，屋前花草茂密，屋后翠竹摇曳，竹篱笆门旁，傍水的桃树枝上悬挂着"茶"字的黄色灯笼。远看琵琶岛就像一艘缓行的画舫，又似陶渊明笔下的桃花源。

由此向前，数十盆千姿百态的盆景映入眼帘，有的盆景如绰约多姿的黄山松柏，有的如武陵源的奇峰怪石，还有似烟雨江南的小桥流水人家，让人目不暇接、浮想联翩……穿过隐蔽在绿树丛中的"湖中草堂"茶社，越过香气四溢的扬州非遗"云水三千香事馆"，路尽头便是"饯春堂"。

饯春堂四面环水，满园苍翠掩映着雕檐玲珑的亭台楼阁。"渔洋亭""修禊亭""曲水流觞"等亭台的廊道里满是游人，有的兴高采烈地闲聊，有的眉开眼笑地散步，有的边唱边跳，更多是在嬉戏录像，每个人都是喜洋洋、乐滋滋的。身处温馨、快乐的氛围里，心情会随之愉悦起来，我常在亭内廊道上品茶赏景，但前来拍婚纱实景照的摄影师常常请我挪挪位置……

随意走、任意看，如诗如画的护城河畔风景越看越耐看、越品越有味。

悠闲漫步，任凭情绪导引，不仅能放飞心境，得到无所欲求的好心情，还能在无意中收获新的感受。虽然零零碎碎，但对于自己的身心，也是一种滋养和慰藉。

走进"大运河博物馆"

客居扬州已六个年头了，有朋友问我，你对扬州印象最深的是什么，我毫不犹豫地告诉他是"大运河"。扬州因水而兴，因河而盛，大运河曾使扬州成为全国交通枢纽，也曾使扬州成为世界十大城市之一。由此，我爱听隋炀帝开凿大运河到扬州看琼花的离奇传说，康熙、乾隆皇帝随运河乘画舫下江南，泛舟瘦西湖、夜宿行宫天宁寺的趣闻轶事以及高僧鉴真由运河瓜洲渡口入海东渡日本的壮举故事；也喜欢在接小孙子放学间隙，在古运河的南门码头边漫步，凝望流淌不息的粼粼运河水，看着依旧白墙黛瓦、枕河而眠的临河人家，遥想着过去的兴盛和繁华。我喜欢运河，却对运河来龙去脉的历史知之甚少。2021年6月16日，欣闻扬州"中国大运河博物馆"开馆，我喜不自禁，欣然前往。

"中国大运河博物馆"坐落于扬州三湾古运河畔，建筑呈唐代风格，外形似一艘古代的大船，因建在运河边，就像一艘即将扬帆起航的船只停靠在岸边。

博物馆是全流域、全时段、全方位展示大运河世界文化遗产价值，以及大运河带来美好生活的专题馆。馆内设"大运河中国的世界文化遗产""运河上的舟楫""大运河街肆印象""运河湿地寻趣"四个部分，全面反映中国大运河的时代变迁、水工智慧、国家管理以及给人民带来的幸福生活，是一个既有内涵又有颜值的博物馆。

沧桑的历史，丰厚的文化。中国大运河始凿于春秋，初通于隋代，繁荣于唐宋，它包括隋唐大运河、京杭大运河和浙东运河，全长2700多公里，历经2500多年。大运河连通了历代的政治中心和经济中心，对中国的政治统一、经济发展、文化繁荣发挥了重要作用。中国历史上最早的运河诞生在扬州，扬州是与运河同生共长的"大运河原点城市"。大运河作为中华文明的重要标识，于2014年6月被联合国教科文组织列入《世界遗产名录》，扬州境内有6段河道，10个遗产点被列入名录。大运河是流动的文化，延续了中华文明的辉煌历史，中国大运河博物馆，完整呈现了中国大运河的历史和文化。

重磅文物，活态展现。馆内有从汴河河道套取的剖面，长25.7米、宽8米，唐、宋、元、明、清五个朝代的河道底层土色、沉积文物，配以标注各朝代河面宽度和深度的线段，使大运河河道在不同时期的变迁一目了然，观众犹如悠然地行走在古老的运河河床下，倍感神奇震撼。55吨的唐代船型砖室墓、27吨南宋砖瓦窑都是从考古现场整体套取，原汁原味地讲述着运河与沿岸人民生活的紧密联系。

酷炫科技，身临其境。利用5G技术，720度全景视角，使实景和数字化完美结合。在数字化的立体环幕渲染下，观众仿佛伫立在船头乘风破浪，从运河起始段出发，全程领略运河流域的沿岸风情，千里运河画卷近在咫尺。只见快速行驶的船舷边浪花飞溅，船两侧盛开的荷花、摇曳的芦苇触手可及；迎面而来的洞桥、船只，眼看要撞到自己，可你却总能躲闪自如，与其擦身而过；两岸杨柳依依、店铺林立，行人匆匆，不时听到码头上洗衣声，岸边摊贩的吆喝声。船身轻摇，远山如黛，大运河的水墨画卷将运河两岸人民的恬淡生活呈现得淋漓尽致。

运河街肆，如梦如幻。展厅里复原了中原、燕京齐鲁、江淮、江南4个地域城镇村落的街巷空间，再现了四幅"运河繁华图"，打造了一个有历史场景和真实业态。让观众可以互动的体验空间。以真实的视觉、触觉、味觉、嗅觉、听觉体验，多个维度让观众身临其境，开启一场穿越唐、宋、元、明、清的时空之旅。步入展厅，犹如"船"行至岸边，"游客"们纷纷上岸，眼前一道热闹繁华的商业街映入眼帘，放眼望去，满街的大红灯笼喜气洋洋，条石铺就的街面上人头攒动。店铺招牌别致醒目，"布庄"里五颜六色的时兴面料正接受爱美人士挑选；"酒馆"门口大缸小坛上的"酒"字，和案板上鱼、肉等五花八门的食材，让你垂涎欲滴；茶馆里，民间艺人的说唱声和观众的喝彩声不断……

"中国大运河博物馆"把一座千年"大河"搬进了博物馆。走进大运河博物馆，你就领略了北京、天津、河北、山东、河南、安徽、江苏、浙江八省市沿河流域的历史积淀和人文风貌。走出大运河博物馆，你会由衷地感叹大运河不愧是中华民族伟大创造力、凝聚力和生命力的代表，必将在新时代中国创造的壮阔征程中熠熠生辉。你会更加坚信：幸福是奋斗出来的，只要不懈地努力奋斗，中华民族伟大复兴的中国梦就一定会实现！

三湾美景不胜收

　　2021年盛夏的一个星期天，天气炎热，我还是穿上防晒衣，带上太阳帽和墨镜，骑上电动车，直奔渴望已久的扬州"运河三湾风景区"。

　　运河三湾风景区位于古运河扬州城区段的中心位置，是古运河扬州段最古老的一段。历史上扬州城区西段运河水系直泻难蓄，过往船只常常搁浅。明朝年间，扬州知府郭光复亲率民工（现三湾段）舍直改弯，由原来的200米长，改成1.8公里的弯河道，通过增加河道曲折度，抬高城里运河水位，不但解决了船只搁浅问题，还打造了一个难得的曲折迷离的三湾湿地自然景观。近几年扬州加大生态维护和环境整治力度，对三湾处进行企业搬迁、水系整治、湿地修复，于2018年建成国家4A级景区，总占地面积3800亩。

　　三湾风景区是免费湿地公园。踏进广场，老远就看到一幅炫目的标语："扬州是个好地方"。站在临河的铁镬广场，放眼望去，河风习习，碧波粼粼，芦苇莽莽，荷叶田田；古朴典雅的大运塔回清倒影，若隐若现；银色的凌波桥似运河涌起的波浪，此起彼伏。我兴致勃勃地由铁镬广场向南往北徒步欣赏，近距离感受古运河的魅力和湿地的风采。

疾步穿行在人群中，岸边、河上的迷人风景，令我目不暇接。岸边如茵的草坪上，静坐着、奔跑着嬉戏玩闹的红男绿女；河边蜿蜒曲折的栈桥上，游人神采飞扬，不是勾肩搭背肆意摆起造型拍照，就是三三两两悠然地斜倚在桥桩上高谈阔论；亮闪闪的河面上，野生鱼"哗"的一声跃出水面，又"通"的一声砸向水中，激起的层层涟漪一圈圈舒展开，惊飞的野鸭"呱呱"叫着踏浪而去；不知名的鸟儿伫立河边，一边摇晃着脑袋、唱着欢快的歌，一边清洗着身上的羽毛。公园尽南头是"津山远眺"人造景观，此山，单湖石就用去7000多吨，把扬州园林的特质展现得淋漓尽致。站在巍峨的山顶，只见北边"中国大运河博物馆"犹如一艘巨型古帆船正乘风破浪向运河三湾段驶来，绮丽仙境的三湾公园全貌尽收眼底，大有"会当凌绝顶，一览众山小"之感。

跨过凌波桥、穿过晚樱林，沿着通幽曲径来到公园的核心区。核心区宁静幽雅，风情独具。植被茂密繁盛、跌宕生姿：岸上林木葱茏、错落有致、百鸟翔集；河边芦苇、苍蒲、茭白、芡实、慈姑，随风摇曳，多姿多彩；池塘里田螺附吸叶面，蜻蜓悬立枝头，绿菱角、红荷花、黄野菊，交相辉映，相得益彰；空中飞鸟鸣叫、草丛野鸡出没，旖旎的风景，使你零距离感受到三湾湿地的自然之美。来到核心区九龙冈山脚下的"九龙潭"，九龙潭上蜿蜒的九曲桥三步一折、五步一曲、斗折蛇行、移步异景，像条蛟龙匍匐在水面上，又像一根玉带逶迤伸展。俯视潭面，碧水清波，游鱼悠然。站在桥上闭上眼睛聆听：潺潺流水、喳喳鸟语、唧唧虫鸣、盈盈笑声，简直就是在欣赏一场酣畅淋漓的音乐会。

剪影桥是公园由南向北最后一个景点，它是一座跨越大运河的景观桥，全长168米，宽20米，桥的造型参考非物质文化遗产扬州剪纸艺术，别出心裁地采用现代材质和工艺，将剪纸艺术透空的感觉表现出来，远远看去就像剪纸拉花的形态，也像拉开的手风琴，通体的"中国红"色调，营造了愉悦欢乐的民俗氛围。走在桥上，仿佛钻进小孩正绷拉着的伸缩剪纸玩具里，担心它突然收缩会将我们裹挟起来。隐身在绿树丛中的另一座独特的琴瑟桥，一根根横拉着的钢筋形似琴弦，远远看去就是一台大型古筝，婆娑摇曳的柳树，犹如抚琴的少女正在弹奏夏韵乐曲，飘逸扬州"中国古筝之乡"和自古"千家有女先教曲"的文化底蕴。除此之外，园内的听雨榭、观鸟屋、乐水园、树荫影廊等景点也都充满神奇和情调，值得探秘和体验。

"烟花三月下扬州"，三月扬州柳絮如烟、草长莺飞，使人心旷神怡、流连忘返；然而，炎炎烈日下的七月扬州，依旧是景色宜人、绚烂多彩，满视觉的诗画之美，让人乐不思蜀。绿水青山，就是金山银山，宜居的生态环境，才是幸福人生的追求！

世园美景惊视野

"烟花三月"，还没有赏完扬州瘦西湖的十里桃红、蜀岗浪漫樱花、茱萸湾缤纷海棠、广陵唯美芍药、琼花观无双琼花又在"最美人间四月天"迎来"扬州世界园艺博览会"开园，真是惊喜连连、心潮澎湃。为了先睹为快。开园当日我便兴冲冲赶往世园会。

跨进世园会南大门，扑面迎来的是一座气势磅礴的连绵山脉，湍急的水流从山顶直泻而下。此情此景，让我欣喜地感到自己好像身"陷"在"飞流直下三千尺，疑是银河落九天"的庐山瀑布的诗景里。这是世园会的"梦幻叠瀑"景观。

"梦幻叠瀑"是扬州世园会的地标性建筑，其主体是国内单个体积最大的塑石假山，长200多米，有6层楼高。山顶蓝天白云、树木葱茏，山下绿草茵茵、水雾弥漫，山脚旁一群红男绿女身着古装，载歌载舞。瀑声隆隆、流水潺潺、舞姿翩翩、歌声阵阵，恍若仙境。游客人头攒动，争相打卡留影。

惊艳,百花绽放春满园。依依不舍走过"梦幻叠瀑",展现眼前的是一个用鲜花、绿植编织的世界级园林花海美景。典雅的郁金香、宁静的二月兰、奔放的月季、婉约的绣球……还有那红似火、白如雪、橙像霞的来自世界各地的素不相识的花卉,铺天盖地,目不暇接,好像是掌管百花的神仙不小心碰翻了花篮,又好似各路花仙集体赶来约会。

　　在外形如江豚摆尾的展览馆,来自全国的100多位顶级插花高手制作的数百盆插花盆景,以精湛的技艺、展现插花艺术的博大精深。有的盆景,仅红花绿叶、一枝独秀,有的层层叠叠、五彩缤纷。有一盆插花,几张干枯的老树皮,点缀几枝青翠欲滴的嫩叶,配上两朵淡雅的小花,犹如一位弱不禁风的老人,突然焕发了青春,精神抖擞,顿有"病树前头万木春"之感。另一盆插花,由紫、橙、绿、黄色花朵的枝藤簇拥起的花门内,摆放着一把小提琴,琴弓搭在琴弦上,仿佛只要你眨下眼睛,就会拉动琴弦,演奏出春的乐曲。

　　惊奇,异域风情放异彩。世园会里的国际展馆区,有来自世界六大洲25个国际组织和城市的园林园艺,可谓各具特色、各显其能。北美洲的可让游人参与搭建的积木花园、南美洲的以石笼墙围合成的岩石花园、大洋洲的以帆船码头作景观的木舟花园、非洲的橡胶制品组合的橡胶花园、亚洲的古典园林木作花园、欧洲的拼装组合的方块花园。朝鲜开城文化园,融入当地标志性物件和元素,高丽参、金达莱、松林、山脉,缩山水于方寸,呈现绿色健康,返璞归真的朝鲜风情世界。还有日本奈良的古诗神社,泰国曼谷的佛教之都,非洲吉布提的沙漠海滨……山水交融、辉映成趣，真是一城一特色，一园一品位。展区配以参展国家的1100多种植物，27800多棵全冠大树和77万平方米低矮灌木，形成建筑造型奇特、美轮美奂，花卉万紫千红、争奇斗艳的大观园。一眼看一国，举目即世界。徜徉在异域的庭院里，漫步在他乡的林荫道上，嗅闻不一样的芬芳花香，真有随心所欲穿越他国领略绮丽风光的惬意和快感，真是眼界大开、心旷神怡。

"见山依湖的生态、多彩多姿的文化、别开林壑的创意、万花流彩的春色"，这是人们对"扬州世界园艺博览会"的赞语。耳闻目睹，身心具爽，真不枉此行！

探究"扬州八怪"的"怪"

　　"扬州八怪",是中国近代史上引领画坛新潮流的杰出代表,也是以他们的精神力量载誉史册的画家群体。"扬州八怪"已成为古城扬州的一张最精致、最富有文化内蕴的名片。"堂前无字画,不是旧人家",是扬州人千百年流传下来的文化习俗。来扬州,不了解"扬州八怪",真有枉此一行之憾。在扬州,我和朋友聊天,总绕不开"扬州八怪"话题,而当问及为什么叫"扬州八怪"?"扬州八怪"怪在哪时,所答不是一知半解,就是模棱两可,总有意犹未尽之感。仲夏的一天,我走进"扬州八怪纪念馆"和天宁寺,探究"扬州八怪"的"怪"。

　　"扬州八怪"纪念馆是原来的"西方寺"。"八怪"代表人物金农晚年居住寺内,八怪们常到此谈诗论画。纪念馆位于驼岭巷内,青砖黑瓦,飞檐翘角,典雅庄重。正殿大堂里,形态各异、栩栩如生的"扬州八怪"雕像分立两侧,壁沿四周分别陈列着介绍"扬州八怪"的图文,和"扬州八怪"的书画代表作品。天宁寺原是康熙、乾隆皇帝下江南的行宫，现前后殿堂也已辟为"扬州八怪"书画作品展览区。院内东南角是"郑板桥纪念馆"，雍正初年，郑板桥为躲债，被扬州大盐商马秋玉收留住在天宁寺下院他的别墅"枝上庄"，郑板桥在此卖画谋生。

我徜徉在展厅书画前，徘徊在廊檐拓本旁，认真揣摩，反复思忖"扬州八怪"的"怪"！

"怪"名。康熙、乾隆时期的扬州，由于交通便利，经济繁荣，思想活跃，加之地方官吏崇尚文化，常常是"昼了公事，夜接词人"，富裕的盐商们对书画家也非常眷顾，促进了扬州文化的发展，全国各地文人墨客、书画名流纷纷云集扬州，"扬州八怪"应运而生。

一般不知情的人都以为，"扬州八怪"一定指特定的八个人，其实，他们是以郑板桥、罗聘、黄慎、李方膺、高翔、金农、李鳝、汪士慎为代表的八个画派。

"扬州八怪"的名号，当时也不是褒义，而是正统画派对他们画技的不认可，认为是"歪门邪道"，从而被称之为"怪"。随着时代的发展，人们审美意识的提高，怪名才由贬变褒。

"扬州八怪"十五家，并非都是扬州人。除郑板桥、李鳝、高翔、李方膺、罗聘为扬州人外，其他分别来自江苏的淮安、南京、南通，还有的来自福建、江西、浙江、安徽、山东等地。

"怪"人。扬州八怪生活在"康乾盛世"，但社会表面的繁荣掩盖不了民不聊生的现实。八怪们有的是穷困潦倒的书生；有的是社会底层的老百姓；有的虽科举从政，一度出任小官，但因"为民请命"或不愿对上司阿谀奉承，又先后被罢黜或辞官，最后都以卖画为生。生活的清苦，对官场腐败的不满，造就了他们蔑视权贵、狂放不羁的品格，书画成为他们抒发心胸志向，表达真情实感的媒介。他们画梅，以梅的傲霜斗雪彰显自己无畏的气概；画兰，以兰的幽谷飘香显现清新正气；画竹，以竹的迎风挺拔、高风亮节来诠释人生、寄托热情。郑板桥在《兰竹图》上题诗："千磨万击还坚劲，任尔东西南北风"，表现出高洁的人生品位。

张爱萍将军在参观"郑板桥纪念馆"后题词："瘦土出韧竹，挥洒皆诗书。见怪不为怪，清白一生殊。"他对郑板桥的赞誉，实际上也是对"扬州八怪"精神品格的总体写照。

"怪"才。扬州八怪主张推陈出新，反对墨守成规。在艺术创作上，继承和发展了清初"反正统"画风，推崇"笔墨当随时代"、效法大自然，以革新的面貌，将传统文人画从脱离、逃避现实，引向关心、注重现实。郑板桥初登扬州画坛，由于截然迥异的风格，其创作的水墨兰竹不为人赏识，难以卖出，他在自己的诗中也曾写道："十载扬州作画师，长将赭墨代胭脂。写来竹柏无颜色，卖与东风不合时。"在绘画风格上，八怪们各具特色，争奇斗妍，在表现手法上，追求诗书画印的完美结合。

扬州八怪的作品情趣横生，形神兼备，耐人寻味，在立意、构图和技法上都有创新，自成一家。罗聘，笔法奇诡，

探究「扬州八怪」的「怪」

213

借画鬼喻世。郑板桥，诗书画堪称三绝，他画的兰竹摇曳多姿，名播中外；在书法上将篆、隶、草、楷融为一体，自创出一种"六分半书"的书体，被人称为与当局不合作的"糊涂人"。

扬州八怪，怪中呈现的是不因循守旧、敢于创新的精神，它为后人留下宝贵的精神财富，深远地影响着现代中国美术的发展。齐白石、潘天寿、徐悲鸿等艺术大师，无不从中获益，从而独成一派。徐悲鸿称赞郑板桥是"中国近三百年来最卓绝的人物之一，其思想奇，文章奇，书画尤奇。观其诗文与书画不仅相见见高致，而且寓仁慈于奇妙，尤为古今天才之难得者。"

社会的发展进步需要勇于改革、大胆创新的奋斗者！

寻觅"南柯"

今年5月16日，扬州邻居小聚，在谈及"扬州八怪"时，住我对门的邻居吴总告诉我，在"扬州八怪纪念馆"东侧，就是"南柯一梦"成语故事的原址，值得去看看。南柯一梦，可说是妇孺皆知的成语故事，但我还是第一次听说，故事发生地就在扬州，而且"南柯"（故事中主人宅南的槐树）尚存。我真是喜出望外！

知道典故发生地就在身边，强烈的探秘欲促使我去寻觅"南柯"。"南柯"原址位于扬州市区淮海路和汶河路之间的驼铃巷内。老巷古风犹存、幽僻宁静，全长不足300米，两人并行，对面只能容一人过往。从淮海路拐入巷内不到50米就是古朴、庄严的原"西方寺"，现在的"扬州八怪"纪念馆。穿过西方寺，沿巷道继续向东。我左顾右盼，害怕错过景点，可进入眼帘的巷子两侧，不是幢幢民居，就是冷冷的围墙，只有墙上攀爬着的绿色植物，给人以生机和活力。离西方寺一百来米，发现巷子过道上方有一块红底白字的招牌，招牌上方的

"南柯一梦"四个字，让我一阵惊喜，可下面的"槐古私房菜"几个字，又让我心头一凉，原来是一家类似农家乐的小饭店。我站在招牌下，兴致勃勃地四处搜索起"南柯一梦"景点的标志，可目光所及，并未发现。我沿巷继续向前，眼看快到巷子尽头的汶河路口，还不见景点踪影。正纳闷时，看到一位保安，赶忙上前打听。保安让我回头看，顺着他手指方向，我看到一棵大树。他说："那颗古槐树就是'南柯一梦'原址，树有一千多年了！"我道谢后，赶紧往回走。原来，古槐树就在小饭店面前的高墩上。我迅速登上台阶，来到给人梦想、给人惊喜、又给人失望的"南柯"旁，仔细端详起来。古树外围用雕花镂空汉白玉护栏围着，里面又是一层近两米高的铁护栏；护栏北侧，竖立着一块汉白玉石碑，镌刻着"唐槐"二字；护栏内，有一块扬州市绿化委员会2016年立的标牌，上面显示，树种为国槐，树龄1065年，是扬州400多棵古树名木中唯一的国槐。从正面看，古槐枝叶繁茂、遮天蔽日、挺拔伫立，从上到下，显现伟岸康健、生机勃勃，看不出是已逾千年的老树。树干北侧有一个大洞，洞里透着光亮，顺着洞的亮光向南看，发现南侧树干近一半已荡然无存，内囊空空如也，树穴可容两个成人，树内烟熏似的糊黑。面对烙满历史印痕的古槐，我由衷感叹：老槐树饱经风霜，仍坚韧不拔、昂首挺立，它那漠视风雨、笑傲霜雪的无畏无惧精神，值得人们敬仰和借鉴！

"老板，看呆了吧！"

"您好！这树干真让人震撼！"

正在我看得入神发愣时，一位头发花白、面容慈祥的老人走到我面前。古槐景点，没有管理人员和讲解员，我赶忙和老人攀谈起来。

老人今年76岁，家就在古槐旁的巷道边，是这里的老住户。"古槐私房菜"饭店老板是他的亲弟弟。交谈里得知，古槐旁原有个"古槐道院"，20世纪60年代拆除，留下了这棵千年古槐。流传千古的"南柯一梦"的古老故事，虽然一直广为人知，但这棵千年古槐，20世纪70年代还被围困在高墙内，没有太多的人知道在扬州这条貌不惊人的老巷里，默默站立在墙角的老槐，就是当年故事中的那个"南柯"。

唐朝著名诗人杜牧曾来到古槐下，实地体味了"南柯一梦"之后，写出《遣怀》一诗："落魄江湖载酒行，楚腰纤细掌中轻。十年一觉扬州梦，赢得青楼薄幸名。"毛泽东主席也曾在其诗中写道："蚂蚁缘槐夸大国，蚍蜉撼树谈何易"，使扬州这棵唐槐名动中华！

老人说，小时候他常和小伙伴爬老槐树，掏喜鹊窝，他还拉断了一根树丫。树有灵性，洞内有条蛇。古树没被保护前，每天都有很多人，为了求学、生子、治病，到树下烧香磕头，把树皮烧焦了，内囊也熏黑了。老槐树50年剥脱一层皮，现在留存的外皮越来越薄。前年，树上掉下一块脸盆大的原木，被人捡起收藏了。"你看，那边还有一块！"老人说着，激动的告诉我。顺着老人手指的方向，我将脸贴着护栏，歪着头，才发现在护栏墙边角的草丛中有一小块原木。"你要的话，我取出来给你带回去收藏！"，老人很热心，很真诚，还没容我回话，他随即找来长柄扫帚，很快把木块拨到手能触摸到的地方，拿出来递给我后说："回去用水冲洗干净，用桐油油一下，放装饰橱里，既好看，又有收藏价值。"我神情凝重，像对待"圣物"般，双手接过这名声大噪的千年古槐上落下的原木。古槐已1000多年，木块脱落地面，不知又经历了多少年的风吹日晒、雪浸雨淋，虽体积近两个手掌大，但很是轻飘。擦去木块表面的碎屑、吹去灰尘，定神一看，不觉眼前一亮：木块纹路清晰，起伏有致，棱角分明、形态奇特。我在惊叹大自然鬼斧神工的同时，又为自己能得到这块可遇不可求、颇有纪念意义的收藏品而庆幸！我向老人连连道谢，老人笑嘻嘻地说："不用谢，你有时间，带几个朋友到我弟弟的饭店里喝酒就行了；在古槐树旁喝酒，感觉不一样，说不定回去后也会做个好梦，但不是南柯一梦，而是美梦成真！"我欣然应允。

告别老人，辞离古槐，我心潮起伏，人生又何尝不是一场梦呢？有梦想就要奋斗，只有脚踏实地，奋力拼搏，才能梦想成真。

沿湖春早

　　春分至，阳气升。但倒春寒的丝丝冷风，仍让人感到浑身凉飕飕的。可当我踏上沿湖村的土地，漫步在临湖的九曲桥上，遥看湖中"绿水青山就是金山银山"火焰般的标牌，眺望气势宏伟的廊桥北岸那柳绿花红点缀下的座座楼宇，又顿感暖风习习，心旷神怡！

　　美景如画新渔村。沿湖村，隶属扬州市邗江区方巷镇，位于烟波浩渺的邵伯湖西岸，先后荣获"中国美丽休闲乡村""全国生态文化村""国家级最美渔村""江苏最美乡村"等称号。

　　百闻不如一见。跨过古色古香的廊桥，美丽的沿湖村尽收眼帘：排排楼房鳞次栉比，幢幢别墅新颖大气，休闲广场草木掩映，清洁的街道整齐划一，水泥沥青路宽阔净亮；庄前桃花片片、灿若云霞，屋后杨柳依依、婆娑多姿；路旁荷塘虽不见枝叶摇曳的"无穷碧"，但枯黄的叶茎昂首挺立在水上，枯槁的荷叶洒脱地静卧水面，依旧彰显悠然闲逸的自然美，在和煦春风的吹拂下，不久又将是迷人的一池轻摇曼舞的"别样红"。

可是，这美不胜收、风景如画犹如现代城镇的村庄，过去，却是出了名的"穷渔村"。沿湖村是个只有1600人口的纯渔村，落水面积1000亩的范围内，绝大部分是水塘和湖滩。十几年前，在荒滩、水塘的堤埂上，稀疏地散落着几间小平房，绝大多数渔民漂泊在湖上，吃住在船上，可谓"上无片瓦遮身，下无立锥之地"。随着"退渔还湖"的兴起，渔民上岸面临居住和生活的难题。2007年，村里启动"填塘整地，上岸定居"工程，利用6年时间，把近700亩荒滩水塘填平，又用3年多时间，建起渔民上岸集中居住小区，水电设施、道路绿化、网络等一应俱全，活生生地造出了一个靓丽的新家园。随后，进行产业转型，利用自然资源，以渔文化为主题，发展"深休闲、微度假、轻文化"的精品旅游，建起"湖光十色""渔隐小圃""渔家书房""垂钓中心"等20多个景点。从此，闻名遐迩。

走进村里，你会感到渔文化氛围特别浓厚，处处显现渔村特色。"渔文化博览馆"里，图文并茂地介绍渔民生活、渔家文化，展示渔民生产、生活用具。手摸着久违的竹编鱼罩，使我想起儿时尾随罩鱼队伍，徒手逮住两条鲤鱼的场景；博览馆外草坪上停放着的捕鱼船，远看就如船儿行驶在碧波荡漾的河面上；路旁内湖边停靠的渔家生活船，仿佛看到勤快的渔家人正端坐船头欣喜地品尝新鲜味美的湖水煮湖鱼。

"渔家书房"人多气旺，一截桅杆挖出的槽里生长着绿草，绽放着红花，屋内一块老船板成了游客静心阅读的长板凳，墙上悬挂的渔网，书架上的小鱼篓、煤油灯，配上现代的灯光和茶吧，营造出渔家文化所特有的温馨环境。

"常来渔家""小马哥湖鲜馆"等15家渔家乐饭店和8家民宿客栈，散落在村头庄尾，渔家美食"湖八鲜"声誉远扬。在沿湖，你可痛痛快快地过把"玩在湖中，吃在船上，宿在湖畔"的新渔家生活的瘾。

"渔家大舞台"环抱在绿树丛中，每天早晚，渔家人在此唱歌跳舞，抛洒着快乐，流淌着幸福！

能说会道渔家女。沿湖村有一群网红"最美俏渔娘"，都是年轻貌美的"渔三代"，她们成立了"俏渔娘文旅公司""俏渔娘创客课堂""渔娘书塾""渔漾时光茶吧"等品牌，活跃在沿湖村内外，有的还走上了"长江两岸民宿论坛"。

接待我们的是"常来渔家"饭馆女主人，带领我们参观"渔家博览馆"时，从渔船到渔民、从水文化到渔文化、从授人以鱼不如授人以渔，讲得声情并茂、有滋有味，问及是否受过专业培训，她理下飘逸的长发，嫣然一笑说："在沿湖村，渔家女个个是导游，人人会讲解。"游览完景点，回到"常来渔家"体验手工制作，只见一位正在忙着做菜的女服务员，快速地退下围裙，小跑着带领我们爬到二楼露天阳台上，麻利地操弄起工具，热情辅导我们制作"渔家文创植物敲拓染麻布包"的技艺。

　　湖风劲吹，飞燕呢喃，伴着"咚咚"的木槌敲打声，俏渔娘甜润的讲解声，游人欢快的笑声，共同奏响秀美渔村的新春乐曲！

古渡遗存十娘风

　　春光明媚的一天，我来到了扬州市瓜洲镇的瓜洲古渡公园。公园地处古运河与长江交汇处，与镇江三山隔江相望；三面环水，古树名木，葱茏多姿；楼台亭榭，参差有致。我站在古运河入江口的堤岸上，眺望茫茫江水，近看浩渺运河，极力搜寻桅杆丛丛、过客匆匆的瓜洲古渡。

　　"汴水流，泗水流，一直流到古渡头。"瓜洲古渡，自唐代以来作为南北向运河与东西向长江十字形黄金水道的交汇点，是当时全国漕运与盐运的要冲。每天舟楫如织，帆樯如林，无数客旅经此南来北往。唐代高僧鉴真从这里起航东渡日本，司马光、康有为、郑成功、白居易、孟浩然、苏轼、王安石等众多文人墨客途经瓜洲，并在此留下无数脍炙人口的诗篇。明末文学家冯梦龙也在《警世通言》中，写下发生在瓜洲古渡的"杜十娘怒沉百宝箱"的故事。公园里杜十娘端坐的汉白玉雕像，面容娇美、风姿绰约，雕像四周绿树映掩、百花飘香；雕像北侧"沉香亭"，庄重典雅、古色古香；亭脚下的巨形石刻，镌记着杜十娘的生平。凝视恬静娴雅的十娘雕像，心底泛起她那凄美的故事。

"坐中若有杜十娘，斗筲之量饮千觞。"杜十娘，名叫杜媺，因在青楼排行第十，故称为十娘。杜十娘有沉鱼落雁的花容月貌，却无缘享受美好生活。虽被迫沦为青楼女子，但她痴情善良，不慕浮华，深受压迫却坚贞不屈，为摆脱逆境而顽强挣扎。她将甜蜜爱情、美好生活的希冀寄托于富家公子李甲身上，然而，李甲见利忘义，将她卖给孙富。万念俱灰之下，杜十娘怒骂孙富，痛斥李甲，并把百宝箱中多年珍藏的宝物一件件抛向江中，最后纵身跃入瓜洲渡口滚滚江水之中。

"心思麓北无明月，眼望江南寄梦銮。怎奈东风吹薄草，且留悲壮警尘缘。"杜十娘为自己能逃脱魔窟而欣喜，憧憬着美满的婚姻、幸福的生活，谁知一片痴情、满怀希冀，却空付枉然，红消香断，化为流水，成为千古遗恨。杜十娘具有执着的信念，无畏的勇气，可仍摆脱不了悲惨命运的束缚，冲不破封建社会的禁锢。她深恶痛绝金钱至上的世界，鄙视贪图享乐、利欲熏心之徒，在面临是委屈苟活、醉生梦死，还是坚持信仰、严守道德底线时，义无反顾地坚持了"视金钱为粪土，重人品为泰山"的信念，决绝远离无品无德薄情寡义的小人，视死如归，彰显了高尚的品德和英勇的气概、无畏的风骨，可歌可泣！

面对无垠的江水，我的思绪如激荡起伏的波涛难以平静。奔流东去的长江水，带走了人间多少爱恨情仇，淹没了多少酸楚的回忆，但杜十娘傲视权贵、蔑视金钱的不屈不挠的风范和坚守信仰、舍生取义的铮铮风骨却依然遗存。现实中的人们岂能无动于衷！

流连何园

有人说："景点只要看过一次，很难有兴致再看第二次。"我不以为然。扬州的何园，去年中秋节慕名去过一次后，一直念念不忘。今年端午节假期，我还是忍不住又再次走进何园。邻居开玩笑地问我："何园和你有何缘啊？不到一年让你两次光顾。"个中缘由，我真难说清。只觉得，何园耐人寻味、回味无穷。

何园，位于扬州古运河边的徐凝门街66号，是全国重点文物保护单位，国家4A级旅游景区，全国首批重点园区。

何园原名"寄啸山庄"。园主人名叫何芷舠，曾任湖北道台。他为官正直，深感晚清政府昏庸无能，正值壮年时便学陶渊明辞官归隐扬州，建好自家园子后，取陶渊明"倚南窗以寄傲，登东皋以舒啸"的意境，题名为"寄啸山庄"，世人俗称何园。

何园占地面积14000多平方米，由三部分组成："寄啸山庄"是园林的精华所在；"片石山房"是石涛叠石的人间孤本;"园居院落"为中西合璧的楼宇和院落。造园人将西方建筑理念与建筑元素巧妙地融入东方文化，绝妙地反映园主人思想的开放性。整个园子构思严谨，海市蜃楼般的景观，精致华丽的内饰，营造出天人合一的意境，让人叹为观止。进入何园，总感到玄妙、隽永，心中充满了微妙的体验，却又难以言传，这就是中国古典园林的意境，是何园作为扬州大型私家园林压轴之作的独有魅力。为此，何园有"晚清第一园"美誉。在造园技法上，何园全方位突破前人，园里蕴藏着四个"天下第一"。

逶迤曲折的"天下第一廊"。园里有一条环绕整个园子的长廊，叫作复道回廊。全长1500多米，连接起西园、东园和园居。廊的布局有直、有曲、有交叉、有四向等，上下两层，人们戏称为我国立交桥的雏形。绕廊赏景，步移景异，高低错落，有"楼建于山"之感。漫步复廊，太阳晒不到，雨水淋不着，尤其是淅淅沥沥的雨天，廊檐全然是一幅带着水珠的油画，堪称奇妙。

深幽灵秀的"天下第一山"。何园的东南，有园中园的"片石山房"，其中有一贴壁假山，它如同嵌入墙体一样，沿北墙一路攀缘，长达60多米。山上有飞梁、有石磴、有高峰、有低谷，还有别具一格的石屋两间。整个假山峰峦叠嶂、片石峥嵘，形成千山万壑、峭壁飞岩的意境。假山旁有一水池，人们在游览时，还可一览"水中月""镜中花"等妙景。片石山房，是有"东方现代艺术之父"之称的清初大画家石涛的遗作，是他的"人间孤本"。国家已将"片石山房"复制于北京中国园林博物馆内。

婀娜多姿的"天下第一亭"。何园里有一座飞檐翘角、气宇轩昂，居于水池中央的水心亭，看上去是凉亭，实际上是水上戏台。那时，还没有音响设备，戏台巧妙地借助水面与走廊的光影与回响，增强音响与视觉效果。环绕在水池周边的上下楼厅、回廊，便是观戏听曲的最佳场所。想来，在此赏戏观剧、品茶纳凉是何等的闲情逸致。水心亭，被专家称作是扬州园林中的"海中仙山"，更被视为中国戏亭的范例。《红楼梦》《还珠格格》《苍天有泪》等近百部影视剧，都曾在此取景。

匠心独运的"天下第一窗"。何园，是一座中西合璧的园子，其中的花窗、漏窗就是东西文化对接的通道。复道回廊上窗面开阔，造型各异，有折扇形、花瓶形、梅朵形、海棠形，做工精细，造型独特优美。众多的花窗，在各景之间上下呼应，创造出独具美感的"窗景"艺术。行走在廊上，可以透过多姿多彩的花窗，看到园林的层次，增加了园林内部环境气氛的曲折变化。

当代古建筑园林专家罗哲文赞誉何园为江南园林中的孤例，并亲笔题字"晚清第一园"。金庸《鹿鼎记》一书对于扬州园林的描写，除了瘦西湖，就是何园了。画家黄宾虹曾带着行李，辞别家乡，乘坐帆船，来到文化古城扬州，拜见何园主人何芷舠，看到了园主人收藏的名人真迹后，大开眼界，一待就是数月。

何园，何以让我流连？何园，何人之园，何有之园，何由之园？也许，正是这些不尽的悬念，给了人们无限想象的空间、无边无际的思索，从而让人心驰神往、欲罢不能……

扬城睦邻盐城游

一个秋高气爽的日子，我和扬州五户邻居一行十人结伴而行，驱车前往有着"仙鹤神鹿故乡，东方湿地之都"的我的老家盐城湿地观光旅游。

美景如画惹人醉

10月30日，我们迎着晨曦，兴致勃勃地从扬州市区直奔盐城大纵湖风景名胜区。盐城大纵湖，享有苏中第一湖的美誉。我们来到大纵湖的东晋水城，水城占地近千亩，是依托大纵湖的水资源，结合东晋古城的历史文化资源打造的一个以水城为特色的东晋古城休闲旅游度假区。青砖黑瓦、古色古香的古城建筑错落有致、鳞次栉比；行走在古朴、典雅的条石路上，犹如穿越沧桑岁月的时间隧道；如弓似月的仿古石桥，静卧在低吟浅唱、纵横交错的小河上；弯弯曲曲的河道环绕于房前屋后，依依垂柳轻拂着水面，清澈的河水和着游人的脚步潺潺流淌。眼前展现的是一幅"船在城中游，人在岛中居"的水乡风格的"清明上河图"。

翌日上午，我们来到"盐城国家级珍禽自然保护区"，乘坐游览车，沿着湿地的泥土栈道，穿行在芦苇丛中。路旁芦花低头，四野鸟叫鹤鸣。突然，车上一阵惊呼，原来，一只正欲过路的野生大螃蟹，被嘈杂声惊停。只见它四爪撑地、六爪腾空，白晃晃的肚皮上两只毛茸茸的大钳高高举起，张牙舞爪地准备随时迎战"来犯之敌"。在前往观鹤楼的木板栈道上，成群结队的野鸭大摇大摆地在栈道上晃悠。十点半，激动人心的丹顶鹤放飞时间到了，只见驯养员打开圈门的一刹那，一排丹顶鹤发出欢快的鸣叫，争先恐后冲向天际，飞向广袤的芦苇荡。"鹤鸣于九皋，声闻于天"。黄滩、绿地、蓝天、白鹤，好美的一幅水墨画！

下午，我们驱车前往滨海县"月亮湾风景区"。上车后不久便沉沉地睡去。"走在乡间的小路上，暮归的老牛是我同伴……"一阵悠扬的歌声将我从酣睡中唤醒，原来是同车吴总的太太陈老师，看到我们行驶在滨海港镇的乡村小路上而即兴哼唱。小道两侧水稻金黄，农屋前蔬菜葱茏，大黄狗趴伏在门口闭目养神，芦花鸡在晒场上散步……看到此景，孟浩然笔下"故人具鸡黍，邀我至田家"的唐诗意境油然而生。"哇塞，大海！"正在遐想时，驾车的老公安孔所长一声惊呼，车子驶上了海堤公路。路脚下是一望无垠、波浪滔滔的黄海。在刻有"月亮湾"的巨石下，我们步入景区。月亮湾是盐城沿海唯一的近海沙滩，沙滩上有嘶鸣奔驰的骏马、有狂欢豪放的越野车，也有大声叫卖海产品的本地渔民。我们凭海临风，顿感心旷神怡。

第三天上午，我们去了大丰国家级麋鹿保护区。坐船直达麋鹿生活区，近距离观赏了角似鹿非鹿、头似马非马、身似驴非驴、蹄似牛非牛的"四不像"麋鹿的身姿。

下午，我们到达此次盐城游的最后一站：东台条子泥风景区。条子泥湿地是世界自然遗产，中国黄（渤）海候鸟栖息地核心区。烟波浩渺的海面、徐徐拂面的海风、搏击风浪的海鸥，让人恍然产生一种超脱尘世之感。

美食诱人乐开怀

第一天晚上，我们到央视"美丽中国乡村行"栏目介绍的海通镇吃海鲜。海鲜原料地道、鲜活，盘盘色香味美、道道汤鲜肉嫩，令人胃口大开。第二天中午，我们又到黄沙港镇吃海鲜，得到北极冰冷冻有限公司董事长徐景宝先生的盛情款待。红烧鲜活的"海狗鱼"、现加工的"蟹豆腐"、每人一条"清蒸海刀鱼"，每人一只"水煮大海螺"，令来自"世界美食之都"的扬州食客们大开眼界、大饱口福，发出"海鲜处处有，唯有射阳鲜"的感叹！

辞别射阳的早上，在滨湖会议中心享受了如扬州早茶式的丰盛早餐。尤其是熬煮的鱼汤面：乳白色的鱼汤上结一层薄薄的油膜。汤稠而不腻，面软而不烂，闻着喷香，入口回味无穷。吃惯了"扬春面"的扬州人连说："没吃过这么纯真、这么浓香的鱼汤面！"

美人言行润心田

盐城景美、食美、人更美！所到之处不但环境优美、风景宜人，而且热情好客的盐城人用一言一行诠释着厚德之城的文明之风。

在射阳滨湖会议中心，服务员的"等候""问候""退后"的无微不至服务让人深感"宾至如归"的温馨。

"等候"。到吃饭点时，在你下榻的住宿楼往餐厅楼的入口处，早就等候在那里的服务员，立刻上前引领你到餐厅的电梯口；等候在电梯口的服务员随即陪你上电梯，送至餐厅过道；等候在过道的服务员立马将你迎送到餐厅内，并侍候你坐下。

"问候"。每一个环节，服务员对顾客都是笑脸相迎、彬彬有礼，亲切地送上"你好"后，低头弯腰，打出引导的手势。

"退后"。餐厅服务员，每将一个菜端上桌，不是随即背朝顾客、转身走开，而是面朝顾客弯腰、碎步退后到原位等待。

"美景、美食、美人"，是短暂的盐城三日游，给来自中国优秀旅游城市、见多识广的扬州人留下的深刻印象，也让作为半客半主的我感到无上荣光。邻居李总兴奋地发朋友圈说："景色怡心、吃住舒心、玩得开心、唤醒童心！盐城不愧为全国数一数二的文明城市！"盐城，难忘的湿地之行。明年，我们还会再来！

隋炀帝的真假墓

近日，获悉扬州"隋炀帝墓遗址公园"（真墓）将于年底建成开放的消息后，我很是高兴。这是继扬州"中国大运河博物馆"开馆后，又一个历史大腕级景点。

隋炀帝，名杨广。曾任扬州总管府总管十年，登基后又三下扬州，前后加起来在扬州有十四年。他十分喜欢扬州，在《泛龙舟》中写道："舳舻千里泛归舟，言旋旧镇下扬州。借问扬州在何处？淮南江北海西头。"

隋炀帝好大喜功。登基后，为了沟通中国南北交通，征召360多万民夫，拓宽、挖深扬州的邗沟，疏通南北五大水系，形成了各条河渠首尾相连、南北通航的中国大运河。它是世界上最长、最古老的人工水道，也是工业革命前规模最大、范围最广的土木工程项目。

隋炀帝贪图享乐。他在扬州建了许多豪华的宫殿，其中最出名的当数"迷楼"。迷楼"千门万户，复道连绵，幽房雅室，曲屋自通。"外人进来，如没有人引导，一天都走不出去。

迷宫里有100多个房间，每间都有一个美女。大运河通航后，也方便了隋炀帝从洛阳到扬州。他乘坐的龙舟，在两岸牵挽纤绳的人就有千人，其中有美女百人，都是面容娇美、身材修长的十五六岁女子。隋炀帝在船上看着她们在河岸上拉纤所展现出的曲线美，甚是兴奋。隋炀帝爱美食且别出心裁。他在扬州观赏了万秋山的松鼠，金钱墩下碧波里的鱼虾，以及象牙林、葵花岗等美景后，要御厨按照这些景色做出菜肴。御厨们绞尽脑汁创造了"松鼠鳜鱼""金钱虾条""象牙鸡条""葵花斩肉"四大名菜，供其边赏景边享用。

隋炀帝的穷奢极欲，终于引发了全国范围的农民起义，继而带来宫廷兵变，他被迫在江都自缢身亡。扬州，现有隋炀帝真假两个墓。

假墓：隋炀帝陵。隋炀帝陵，位于邗江区槐泗镇槐二村，占地三万平方米，是典型的隋唐建筑风格。隋炀帝死后，先由萧皇后命宫人用床板做成棺材，草草掩埋，等叛军离去后，又迁葬江都的吴公台。李唐平定江南后，再次改葬于雷塘北侧。清嘉庆十二年（1807年），大学士阮元到扬州探寻隋炀帝墓，有位老农告诉他，城北（现槐泗镇槐二村境内）的"皇墓墩"就是隋炀帝墓地，他小时候去挖土，看到土墩下有隧道、铁门。阮元实地察看，发现在四五亩大的乱坟茔中，"皇墓墩"高七八尺，周围占地二三亩，特别显眼。于是在没有发掘考证的前提下，便确认其就是隋炀帝墓。他叫来民夫给土墓四周填土，栽上松树，并请当时的扬州太守书写"隋炀帝陵"墓碑。从此，人们一直把这个假陵当作隋炀帝墓。隋炀帝假陵的形成，归因于古人缺乏严谨的科学态度，岁月趁机跟他开了个玩笑。

真墓：隋炀帝墓遗址公园内。隋炀帝墓遗址公园位于邗江区西湖街道司徒村曹庄。2013年3月，人们在曹庄一处叫"中星海上紫郡"房地产项目施工时，发现了千年古墓。随着隋炀帝墓志铭和一系列象征帝王身份的陪葬品出土，尤其是对两颗牙齿的检测后确认，此处是真正的隋炀帝墓。此发现震惊世界，被评为中国十大考古新发现。隋炀帝墓遗址公园就建在隋炀帝墓上，总面积11.3万平方米，是全国重点文物保护单位。已建成的隋炀帝博物馆造型像一顶隋唐时期的"皇冠"，气势恢宏，古朴典雅。馆内有400多种出土文物，分8个主题讲述隋炀帝的故事。公园内还配有灯光秀和人物故事演绎等。隋炀帝真墓的发现，充分说明真相不会永远被历史收藏，只待云开日出的时候。

发现了隋炀帝真墓，也发掘出有意思的趣事。扬州旧时叫广陵，据说杨广觉得"广陵"不吉利，广陵——杨广之陵，这不是咒骂自己死在扬州吗？随后就将广陵改为江都。然而他在《江都宫乐歌》中又写道："扬州旧处可淹留"，竟然希望自己死后能葬在扬州，前后虽然矛盾，但他还是心随所愿，梦想成真了。更有千古巧合的是，最先发现真的隋炀帝墓穴的开发商的名字叫杨勇，跟被杨广害死的哥哥同名，人们得知事情的原委后，风趣地说："太子报仇，千年不晚；当年你要我命，现在我挖你墓。"

真隋炀帝墓揭开了历史的神秘面纱，也激发了人们进一步探究隋炀帝一生的兴致。隋炀帝的功过是非，后人议论颇多，褒贬不一。但在不认同他的奢侈和糜烂生活时，又不能不承认他的胆识和功绩。唐代诗人皮日休在《汴河怀古》中说："尽道隋亡为此河，至今千里赖通波。若无水殿龙舟事，共禹论功不较多。"诗人感叹，隋朝的消亡是大运河带来的灾难，可是大运河给世世代代的人们带来的福泽和发展成果却是无法估量的。如果隋炀帝没有那些荒唐的事情，治水的功劳不在大禹之下。

隋炀帝的真、假墓，带给人们的启示是"去伪存真"的重要和必要，这不正是现时代人们倡导和崇尚的优良品德吗？

回家的感觉真好

最美人间四月天！2020年4月30日，天高云淡，风和日丽。我随县老新闻工作者委员会一行老文友，到位于新城区的县城建集团采风。一种回家的感觉从心底油然而生。城建集团从无到有，从小到大，从弱到强的发展历程，在我脑海中一幕幕地呈现出来——

一张白纸画新图

我曾经是一名城建人，2013年至2015年，有幸在此工作将近三年。城建集团的前身是城建公司，成立于2013年4月，组织上安排我到公司任党支部书记，协助陈曙总经理工作。当时的城建公司，只有一块牌子、一枚印章，无启动资金、无办公用房、无办事人员，可谓是"一无所有""一穷二白"。

总经理陈曙在县政府办公室历练多年，有远见，有胆识，善思考，敢担当。他把"穷"看作是"富"的催生剂，把

"无"看成是"有"的推进器；他常说，一张"白纸"好绘最新最美的蓝图。在疑惑迷茫中，他看到的是曙光和希望。他意识到，城建要发展，必须有适合公司发展要求的城建人，只要有了能干事的人，什么奇迹都可以创造出来。他找领导，跑部门，经过不懈的努力，招兵买马，从相关职能局挖来4名中层干部，组建起公司班子；又面向社会招聘了规划设计、财务管理、工程施工等方面20多名专业技术人员，并借用国土局开发区分局一层楼，搭建起城建公司的"一办四部"（办公室、工程建设部、资产经营部、房产开发部、财务审计部）。从此，走上了白手起家的创业之路。

文化硬核激活力

刚成立的国企，由于人员来自四面八方，政治素质、业务能力参差不齐。公司从培植企业硬核文化、造就城建人形象入手，确立了"勇敢创业、诚实敬业、拓展兴业"的城建精神；制定了"员工职业化任职资格评定、管理岗位竞争、员工入职宣誓、定期述职评议"等十项制度；开展了"献热血、做义工、帮扶特困生""最差言行专项整治"等道德规范教育；并围绕"一年见成效、两年壮实力、三年见规模"的目标，连续三年开展了"素质提升年""团队建设年""企业文化发展年"主题教育活动。公司着力培养一支"作风好、素质高、能力强、技能精"的专业化、职业化的员工队伍。通过这些活动，使员工产生强烈的"同担当、共荣辱"的责任感和归属感，确立了"我是城建人""城建是我家"的意识。人人刻苦钻研、勤奋努力，从而在较短时间内造就了一支懂工程、会管理，懂开发、会营销，懂财务、会融资，懂市场、会经营的城建队伍。

卓有成效的企业文化建设，使城建人心中有了目标，身上增添了本领，脸上洋溢起自信。他们心手相牵，同频共振，共克时艰，满怀激情地投身到创业中来。他们冒风险开发了"奥林春天"小区；承受资金、矛盾等多方面压力，接手了县"行政服务中心、体育中心"等多个半拉子工程；顶住非议，果断收购台企"热电公司"。公司成立的第三年，投入城建项目资金就高达14个亿，实现利税5000多万元，超额完成了既定的目标任务。在"勇敢创业"的道路上，迈出了坚实的一步！

刮目相看大发展

2015年9月，我离开城建集团客居扬州，一直未能再到城建集团，也很少有机会见到城建人。在这次采风活动中，亲眼看到城建集团七年来大发展的辉煌成绩，令人震撼，让人折服。在杜江副总经理的引领下，我们兴致勃勃地观摩了"书香甲第"小区，聆听了"书香福第""书香门第"小区介绍后，犹如进入清新亮丽的校园，听到琅琅书声，闻到阵阵书香，一股强烈的文化气息扑面而来；走进丹麦王室授权、投入12亿元，江苏唯一、全国第二家的"安徒生童话乐园"，以假乱真的葱茏参天古树、迷幻神奇的城堡、栩栩如生的"卖火柴的小姑娘""皇帝的新衣"等雕塑，让人目不暇接，人们徜徉在如诗如画的童话世界时，仿佛又回到了天真的童年；迈入全民健身中心的游泳馆，现代别致的建筑、霓虹闪烁的水池、轻柔飘荡的音乐，诱得你真想甩掉衣服跃入泳池，畅游一番；来到占地600多亩，投入近6个亿的千鹤湖公园，浩淼的湖水波光粼粼，"定居"的丹顶鹤亮嗓迎客，天鹅、红雁结伴戏水；数十米高的音乐喷泉水柱在五彩缤纷的灯光装扮下，随着优美轻音乐的节拍在空中炫彩，游人如入仙境。

再次腾飞实力强

看了现场，听了陈总的介绍，令人眼界大开。这几年，城建集团更加注重企业文化在影响人、造就人中的作用，把它作为集团发展根基的软实力。始终遵循"勇敢创业、诚实敬业、拓展兴业"的城建精神，着力培植员工的"主流价值观、核心竞争力、社会美誉度"，建设"风险控制、目标责任、道德文化体系"，努力使员工从"责任共同体""利益共同体"转变为"使命共同体"。从而使集团上下拧成一股绳、铆足一个劲，不向困难低头，不为挫折气馁，把一个个"不可能"变成了现实。集团现有硕士研究生8人，本科以上学历170人，高级职称17人，中级职称71人。连续五年有员工获评"最美射阳人""最美职工"和全县"十佳青年"。素质高、技术精、经营活、能力强的员工队伍，使城建集团如虎添翼，不断发展壮大。集团现已形成品尚住宅开发、综合能源供应、商业文旅投资、城市配套运营、建筑工程服务多方位经营构架，使"拓展兴业"显现成效。集团现下辖31家全资、控（参）股公司，总资产203亿元，实现利税16.4亿元。集团获评全县首家AA级信用企业，两次获评省级文明单位，连年获得县综合奖。这些荣誉澎湃而又悠长，既辉映着城建人走过的艰辛历程，积淀着城建集团企业文化的厚重底色，又为再次腾飞积蓄了雄厚的实力。

城建集团富有特色和成效的企业文化，培养起了一支想干事、能干事、干成事、不出事的团队。这支强劲队伍，正蓄势而起，乘势而上，力争净资产实现100亿元，主业进入上市辅导期，争创全国文明单位。

姑娘不断娘家路，游子牢记故乡情。远飞的风筝有线牵，我心中你最美。射阳城建，我的心之所系！射阳城建，我的自豪我的家，回家的感觉真好。从今往后我对你有个不变的承诺——我将与你相会在每年最美的四月天！

心有阳光乐自来

　　春节，是中国人的传统佳节，是阖家欢乐、举国喜庆的日子。然而，继武汉爆发"新冠肺炎"以来，疫情迅速蔓延全国。国家号召全民预防，"不聚集、不出门"，宅家就是保护自己、保护他人，就是为国家做贡献。

　　我和妻子带着两个外孙，足不出户，整天往返于卧室、餐厅、客厅，除了吃饭、睡觉外，不是看新闻了解疫情，就是发微信问候亲友。看书不入神、写作没头绪、锻炼没去处，虽有小孙子绕膝之乐，但仍旧压抑、沉闷，渐感身心疲惫、精神萎靡。我知道，这都是疫病闹的，时间长了对身体不好。于是，我设法调整心态。只有心情好才能身体好，才能更好地抵抗病毒的侵入。

　　又是一个雨日。我泡上一杯茶，坐在阳光房的躺椅上听风、看雨。风"呼啦啦"地刮，摇晃着树枝，吹落孤零零的枯叶，也一个劲儿地从门缝、窗隙往我屋里挤。风凉飕飕的，我却感觉不到"凛冽""肆虐"味，反觉得它是在亲近我，关爱我，是要进屋荡涤屋内混沌的空气，换上清新的空气；雨打在房顶的玻璃上，那"滴答、滴答"的声音，像是久别的老友乘风捎来亲切的问候："老哥，可好？"小院内的石榴树，光秃秃的枝丫，像根根手指指向灰暗的天空，在怒斥上苍无视人间的灾难。石榴树下一盆腊梅，虽经寒风、霜雪的摧残，依旧花朵饱满、花瓣润泽透明。那一抹黄，就像冬天里的一把火，耀眼、闪亮、温暖、温馨。"众芳摇落独暄妍，占尽风情向小园"，那缕缕幽香随风润入我的肺腑，顿感心旷神怡！

雨后的一天，云开日出。四岁的小外孙在家闷得受不了，直嚷着要我带他到外面玩。

"外面有怪兽，我们就到家里院子里玩皮球，好不好？"

"好啊！好啊！"听说出门，他高兴得边跳边拍手。

他抱起小篮球，跌跌撞撞就向外跑，我赶忙上去拉着他。在院子里，我们把篮球当足球，他一脚来，我一脚去。时间长了，他感到没趣，抱起球爬到有10级台阶的楼梯上，从最高处用脚将球往下推，球在惯性作用下，一个台阶一个台阶地往下滚，有节奏地发出"咚咚"声响。他在上边推，我在下边捡。周而复始，不厌其烦，累得我腰酸背痛，乐得他笑声不止。

笑声惊动了在家做作业已上初一的大外孙，他见我们在玩球，放下手中的笔，箭一般地冲出屋，捡起地上的球就踢起来。小外孙吵着、闹着不给他踢，大外孙忍不住，甩起一脚，球飞向围墙外20多米远的树丛中，大外孙惊呆了，小外孙气哭了。

我哄好小外孙，又拉着大外孙玩起了跳绳。大外孙单人跳，我和小外孙边喊加油，边鼓掌；我和小外孙荡起绳，大外孙跳时，我让妻子在一旁用手机录像，助威，发朋友圈。

"咣当、咣当"的荡绳声，"鼓咚、鼓咚"的单脚落地声，和着"咯咯"愉悦的欢笑声，在小院上空回荡……

小院成了我们娱乐的场所，欢乐的天地。一日，陪孙子们玩耍后，我站在院门口，凝望院外花园里吐青冒芽的海棠、芍药、牡丹，不由心潮澎湃：不久，料峭的春寒逝去，院外将是姹紫嫣红、春色满园，那时，我们会跑出屋，张开双臂，尽情地拥抱美好的春天！

一朝为友一世情

　　8月，火热的盛夏，没有给诗画扬州增添绚丽的色彩。繁华喧嚣的千年古城，按下了静音键，显现苍凉、萧瑟。我居住的小区也实行封闭管理。站在密闭的阳台上，遥望本应人头攒动，现在冷冷清清的街道，我的心随之感到压抑、沉闷。

　　"芦花白，芦花美……"手机响起优美的铃声，原来是老家射阳的朋友打来电话，他在电视上看到扬州疫情的新闻报道后不放心，特地打来电话问候，叮嘱保重。接完电话，只觉得有股暖流涌遍全身，眼前发亮，精神陡增。自8月2号后，我早早晚晚不断接到多地朋友打来问候的电话、发来的视频和信息。短促的问候包含了深深的情谊；只言片语，字字千钧、句句暖心。这些久未谋面的朋友，当你身处险境，面临危难时，他们想到了你，牵挂着你，关爱着你，给你带来希望和美好。"世上自有真情在，人间无处不美好！"我由衷地感叹朋友之情的纯真和可贵，也由此感慨过去朋友间交往的点点滴滴。

真友情，如千锤百炼的真金，不会因地位的变化而改变。我在乡镇任党委秘书时，结识省属国企的一位办公室主任，他知识渊博，能力超群，办事严谨，对人诚恳。我们由相识、相知到相交，共同的兴趣和"三观"，使我们成为知心朋友。由于他出色的工作业绩，职位不断晋升。地位变了，环境变了，但我们之间的友情没有变。无论他在哪个职位上，乡镇还是省城，我们都一如既往地联系，除不间断的问候外，一有机会就小聚叙旧，见面时还是"老哥、老弟"的拍肩搂背，平淡随和地叙说着陈年旧事。有一段时间，我怕打扰他工作而没有联系他，他打电话责问原因，并说，希望我打扰他，期盼我到省城"骚扰"他，真让我感动不已，感慨万千。这就是朋友：清淡如茶，香醇似酒。

真友情，如亲兄弟感情，不会因岁月流逝而淡化。我有个早年在乡里相交的朋友，现在省作协工作，是全国知名作家，王安忆称他为中国写实文学第一人，是省政府有突出贡献的中青年作家，多部作品被改编成电视剧。我和他已多年没联系，偶尔有事找他，也是一个电话、一条信息，他都是有求必应，倾其所能。今年年初，我相邀他到老家射阳一聚，他虽然头绪多、创作忙，但接到我电话，二话没说就爽快应允，还要开车从省城到扬州来接我。时间是友情最好的检验器，它可验证人心，见证人性。因为，朋友间不常联系，不是对方漠视了你、淡忘了你，而是因为知道彼此之间的友情，不需要靠常常联络来维系。这就是朋友：不在身边，却在心里，岁月带不走友谊，路遥隔不断感情。

真友情，如鱼水情，不会因你失势而失联。社会上有的人交朋友，是看中了权、看上了势，整天鞍前马后、形影相随，他对你的付出，是要你在权势上有所回报，一旦你无权无势，他立马一走了之，且毅然决然。以利相交，利尽则人散；以势相交，势败则人倾；只有以心相交的朋友，才会在你失权、失势后，义无反顾、一如既往地围你转、陪你走。我退休后，每次回射阳，只要朋友们闻讯，都会你请他约，吃饭喝酒。尤其在春节、五一、国庆等节假日到来前，都会早早地接到朋友邀请回老家小聚的电话、信息。你无职、无权，他无事可求，但仍自己掏钱请你吃饭喝酒，可谓情真意切，感人之极。财富不是朋友，而朋友是难得的财富。

　　"同声自相应，同心自相知。"这是值得终生珍惜的朋友。"外合不由中，虽固终必离。""平生知心者，屈指能几人？"这是每一个生活在尘世中的人们，都应该扪心自问的。

　　"你还有多少老朋友，在你心中留，在你梦中游。老朋友就像喝一杯醇醇的酒，温暖着我的人生，相伴到永久。"《你还有多少老朋友》唱出了我的心声，捎走我的思念……

回味炒面、焦屑

　　原计划8月初回老家射阳的，可居住地扬州疫情形势严峻，主城区封闭，所有车辆停运。妻子打来电话，问要不要炒点炒面寄给我。"炒面"？我的记忆胶片上立马洗印出炒面的模样，敏感的味蕾也渗溢出炒面特有的清香。在回味炒面的同时，脑海里又翻腾出炒面的搭档"焦屑"来。炒面、焦屑，久违的美食！

　　炒面，对新时代人来讲也不会陌生，中央电视台近期反复播放的抗美援朝电视剧《跨过鸭绿江》里，有多处老百姓制作炒面送到朝鲜前线，志愿军战士身背炒面行军打仗，一把炒面一把雪，誓死坚守在阵地上荡气回肠的动人画面。但提起焦屑知道的人就很少了。

　　炒面，是用小麦磨成面粉，再把面粉用铁锅炒熟而成。至于焦屑，也许各地叫法不一，我老家六垛和滨海县一带，都把用大麦磨成粉，然后再炒熟的大麦面叫焦屑。炒面和焦屑相比，色差、口感、营养都有天壤之别。炒面色质橙黄，细腻香糯，老远就能闻到一股清新的麦香，冲泡时，边将开水慢慢往盛着炒面的碗里倒，边用筷子快速搅拌，阵阵浓香沁人心脾。待水和面搅拌成糊状，再加一勺红糖，一碗醇香甘甜的泡炒面就做好了，挖一块放嘴里，没来得及咀嚼和回味，在口腔里打个滚儿，就滑进喉咙深处了。焦屑，面质粗、色相黑，吃法和炒面一样，冲泡时也有淡淡香气，入口粗糙感强，需咀嚼慢咽。但它是成人期盼的美食，是劳动者农忙时的体力支撑。

"六月六，吃炒面"是苏北农村的传统民俗。六月初六的前一天晚上，各家各户都忙着炒炒面和焦屑，无论走到哪家，老远就听到"叮叮当当"锅铲碰撞铁锅的清脆声响，闻到飘溢在空气中新麦面粉的幽香。制作炒面和焦屑，算是件技术活，需要锅下烧火人、锅上翻炒人的密切合作。那时的土灶铁锅，烧的是秸秆草，不像现在的液化气灶，可随时调控火候大小。炒面时，火不能猛，要匀，让面粉受热均匀，慢慢由白转黄。锅上炒面粉的人，要看好锅的温度，适时翻炒锅里的面粉，但翻炒过频，面粉受热慢，耗时长，炒出的面粉香味差，如翻炒慢，面粉就会烧糊，泡出来的面有焦味、苦味。

那时，农村的主食是大麦糁子煮粥和饭，有限的小麦面粉要等到来亲戚切面条、包水饺，中秋节做糖饼、过年做馒头用。所以，制作时，炒面少，焦屑多。六月六早上，全家人都吃一碗炒面拌红糖，剩下的炒面，成人舍不得吃，常留给家里的老人和小孩吃，可老人想着成年人要做农活，又想方设法劝导他们吃，常为一碗炒面而相互推让，那暖心的话语、温馨的画面，至今想起仍令人动容。

炒面和焦屑给我最美好的回忆是高中毕业那年。我家所在的生产队，有一半土地在远离住地十多里的苏北灌溉总渠北边的滨海县振东乡境内，社员们早上出工，晚上回来，中午就在田头吃饭。有时是生产队集体供应绿豆粥，白面大卷子，但多数时候是自己解决。炒面、焦屑因为廉价、实惠，也便携带，成为大家的首选。我作为回乡知青，第一次随社员去给棉花整枝抹芽，临近中午，随着生产队长一声放工的哨声，大家有的站在田头，有的坐在田埂上，各自忙着泡自带的炒面、焦屑。我和几个儿时的伙伴，提着炒面到居住在田头的赵老爹家要了一茶瓶开水，坐在他家屋前的大楝树下，各自从面袋、玻璃瓶、塑料袋里取出炒面、焦屑、炒糯米粉，主人家看我们都没有糖，立马拿来少有的白砂糖，大气地给我们每个人碗里加了满满一勺子，我们也没说声谢谢，就快速拌匀狼吞虎咽起来。

斗转星移，世事多变。想当年，儿时总是眼巴巴地盼着过年过节，就连六月六吃炒面都不放过。不知从什么时候起，人们已淡忘了六月六这个时日，更想不起吃炒面了，现在就是想吃炒面、焦屑，也是当成休闲美食来调剂胃口。想来也是，改革开放后，群众生活日益好转，尤其中央脱贫致富奔小康、乡村振兴一系列政策实施后，人们的物质生活越来越丰富，食品选择余地广，想吃什么，不管生的、熟的，手机上下单后，坐在家就有人送上门。淡忘炒面、焦屑，是历史的必然，是国家强盛、人民富裕的标志。但不管时代如何发展，人们生活水平怎样变化，炒面、焦屑留给我的味道，只会像陈年老酒，愈加醇厚，留给我的记忆，永远是温馨和美好……

我想回射阳老家

　　夜幕降临，按下静音键的扬州城，虽灯光璀璨，却显得寂静、萧瑟。空旷的街道上没有行人，偶尔看见的不是在隔离点门口晃悠的保安，就是推着垃圾车的环卫工人；繁华喧嚣的都市却听不到一点声音，就连平常讨厌的隆隆汽车声都悄无声息。出奇可怕的静，令人焦躁不安。居家隔离、足不出户已22天的我，站在窗前茫然地看着这一切，沮丧的心情又多了几分凄凉。

　　"嘟——"手机响起信息提示音，看朋友圈发来的每一条信息，已成为我每天的向往，殷殷的期待。我再次打开手机，看到的是老家射阳朋友发来一个短视频，屏幕上显现的是一幅蓝天映衬着风电的画面，我欣然地点开它："一座有爱的小城里有个小他，他吃的是射阳大米长大。扬州城有没有我这样的好朋友，扬州城有没有人和你分担忧和愁，扬州城有没有人和你风雨同舟。我想回家、射阳老家，太阳城里的豆花早茶……"一曲《射阳小他·烟花三月》，犹如寒冬吹来和煦的春风，黑夜里透进耀眼的曙光，我惊喜地调大音量，紧盯屏幕上的歌词，反复聆听。每一句歌词，仿佛都是我要诉说的话；每一个旋律，都是我要尽情呐喊的心声。我竭力抑制要流出的泪水，却怎么也控制不住激荡的思乡心潮，它像打开的泄洪闸门，奔腾着流向我那可爱的家乡。

我是射阳县原六垛乡人，在射阳生活工作至退居二线，2015年客居扬州生活至今。射阳是生我养我培育我成长的地方，是我魂牵梦绕的故乡。

在家乡那片富饶的土地上，有诱人的吃不厌的农副产品。"射阳大米"，是射阳独特的气候条件，充沛优质的水资源，富含数种稀有机质土壤孕育而成的瑰宝。射阳大米煮出的饭，晶莹剔透、香醇绵甜。它既滋养着射阳人民，又奉献给祖国四面八方，继而得到消费者的青睐，成了市场的宠儿，荣获中国地理产品保护标志和中国驰名商标。"青龙"牌大蒜，也是射阳的一块金字招牌，蒜薹青翠鲜嫩，蒜头香辣醇厚，其可溶性固形物含量全国领先，因而射阳获得"中国蒜薹之乡"称号。招待外地来客，餐桌上总有一盘香脆爽口的"爆炒蒜薹"，一碟生津开胃的"酱油拌蒜泥"调料，寻常人家的菜肴里也因大蒜而增鲜添美。名闻遐迩的洋马菊花茶，在饭前晌后泡上一杯，既提神醒脑，又清火护眼，更是馈赠亲朋的拿手硬货。丰富淡水资源养育的"射阳大闸蟹"，堪称射阳一绝，誉满大江南北，"中华绒螯蟹"蟹苗畅销全国十多个省市。还有国家中心渔港黄沙港那层出不穷、数不胜数的海鲜，新坍的黄桃、海河的山水梨、特庸的桑葚、合德的车厘子、兴桥的甜瓜等特产，供你采摘，随你品尝，让你欲罢不能，心心念念。

在家乡那片美丽的土地上，有如诗如画赏不完的风景。盐城国家级珍禽自然保护区坐落在境内，它是世界上最大的野生丹顶鹤种群越冬地，也是国际濒危黑头鸥的重要繁殖地，是世界自然遗产黄海湿地的核心区。走进景区，百鸟鸣叫，仙鹤翱翔，芦荡泛舟，湿地探幽，在吟唱一个真实的故事中，让你打开心扉。城郊的"日月岛生态旅游区"，海风河韵、水绿生态、宜游宜居，入选"全国森林康养基地试点单位"，是江苏省唯一一个。城内的千鹤湖公园，湖水荡漾，垂柳依依，泉吟鹤鸣，人欢鱼跃，令人心旷神怡。经丹麦王室授权，以5A级景区标准打造的安徒生童话乐园是亲子游的首选地。跨进北欧风格的弧形门廊，如同打开一扇童话之门，将你带入童话巨匠安徒生的世界，让你精神焕发、流连忘返。

在家乡那片不断生长的土地上，有令人激动不已的发展变化。射阳滩涂，每年以近万亩的新增陆地向大海延伸，射阳的经济也在不断生长的大地上快速发展。驾车奔驰在沿海大通道上，蓝天白云下那海风吹转着风电，犹如儿时追抢伙伴手中迎风旋转的纸风车；射阳港的万吨级码头，好似蛟龙扑向东方，游入深海；耸入云天的港口塔吊，彰显"咱们工人有力量"的昂扬斗志。县城道路环环相通，路路绿树掩映、鲜花围绕；城里街道宽敞整洁，幢幢楼宇新颖气派，繁华的街市上游人如织、喧嚣如潮；靓丽的文化、体育设施，凝聚着欢快的红男绿女……

"一座有爱的小城里有个小他，他是吃射阳大米长大。等到孤帆远影碧空尽，才知道思念总比那西湖瘦。我想回家，射阳老家……"我闭着眼躺在床上继续听着歌。我期盼早日回我射阳老家，哪怕在梦里……

捉虫记

　　小雪节气后一天，淅淅沥沥下了一个多星期的雨终于停了。我来到院内打扫飘落满地的树叶，看到小菜园的青菜上有一条长虫在蠕动，我随手将它拎起来，"好家伙，久违了！"我抓起已数十年未见的青菜虫，看它那青郁郁、圆滚滚的身子，知道菜上的虫眼定是它的杰作了。我仔细端详，认真打量着它，那些烙印深刻的捉虫、玩虫的记忆又鲜活地在我脑海里跳动。

　　儿时捉虫是自然、天性的显现。农村孩子的童年虽然没去过城市里的游乐场、动物园，但广袤的田野，辽阔的天空，多彩多姿的大自然，使他们尽兴地释放童心，随心所欲，别出心裁地玩耍，同样充满快乐，获得满满的童趣。捉虫子玩就是那时开心得忘乎所以的一件事。

　　虫种类繁多，形态各异。当时只知道有硬壳虫和软体虫。常见硬壳虫有：瓢瓢虫、萤火虫、磕头虫；软体虫有：毛毛虫、洋辣子、棉铃虫、青菜虫、豆丹。还有当时不知道属虫范围，但经常捉它们玩的蜻蜓、蛐蛐、蝴蝶和螳螂。

夏天雷暴雨多，每当要下雨时，天气闷热，气压很低，蜻蜓都在人的头顶上盘旋。几个伙伴有的拿扫帚追着蜻蜓扑，有的把抓住的蜻蜓用线扣住尾巴，一个人拽住线让蜻蜓在前面飞，其他所有人一窝蜂地跟着蜻蜓跑。"嗵嗵"的脚步声、"呕呕"的吆喝声，吓得蜻蜓一个劲地往前飞，后面一群人死命追，重重复复，乐此不疲。黑色的瞌睡虫，虫体小而瘦长，玩瞌睡虫只能用大拇指和食指捏住虫的身子，不一会它就"叭"一声磕下头。那是它为了脱身，在向你磕头求饶。我们玩瞌睡虫时，双方各拿一只虫，让旁边小伙伴数10个数，看谁的虫磕头多，磕头少的一方，拿虫子的人就替虫向对方磕几个头，然后再把虫交给各组的另一个人继续玩，直到瞌睡虫累得实在没力气再磕头了，才将虫放入瓶里明日再玩。捉萤火虫有趣又有味。吃完晚饭，避开家里的大人，到河边、芦苇丛中捉萤火虫。萤火虫就像幽灵，忽快忽慢，忽明忽暗，忽高忽低，你明明看到飞到眼前了，待伸手去抓时，光亮又不见了，当你正发愣时，光亮又在你眼前眨了一下。捉到的萤火虫放到事先准备好的玻璃瓶里，攒到一定数量后，一路欢呼雀跃回到家里放在枕头旁。看着萤火虫在瓶子里发着幽幽绿光，想着天上神秘的月亮和眨眼的星星，很快陷入莫名的沉醉，做起了自己的美梦。

成人时捉虫是为了挣工分。那时是以生产队为核算单位，社员一起参加集体劳动。棉花是当时生产队的主要经济作物，长棉花不但费时费工，而且虫害多，防不住虫棉花就减产，甚至绝收。那时农药少而贵，棉铃虫主要靠人工捕捉。棉铃虫喜欢钻棉桃里面吃甜嫩的棉絮，被虫吃过的棉桃，一朵棉花就完了，严重影响棉花产量和农民收入。

我高中毕业后参加劳动最多的就是捉虫，因为捉虫没有技术含量，而且凭捉虫数量多少记工分，有积极性。捉虫时间都是在早上。天刚蒙蒙亮，生产队长就吹起哨子，敞开嗓子喊道："上工啦，到洋南捉棉虫啊！"听到哨声和叫喊声，我骨碌爬起来，顾不上洗脸吃饭，拿个玻璃瓶就往外跑，心里只有一个念头，多捉虫子，多挣工分，年底不超支，多分红。浩浩荡荡的捉虫大军，个个头戴草帽，大多数人手里拿着盛虫子的瓶子。瓶子有大有小，有粗有细，有药水瓶、罐头瓶、盐水瓶。也有人拿的是腌菜的小罐子，甚至是猫狗的吃饭碗。害怕虫子的小姑娘手里还拿着钳子、柴棒、竹签，有的还戴着手套。一路上大家有说有笑，有人领头敲打起瓶子，随之你敲瓶子我敲罐，你敲罐来我敲碗，就像一场打击乐音乐会。

一踏进棉田，个个眼睛瞪得滚圆，全神贯注寻找着棉铃虫。有的虫子伏在棉叶上，有的叮在棉杆上，有的藏在三角苞里，有的头在棉桃里、屁股翘在外面。在棉花叶、杆上的虫子好抓，半截钻在棉桃里的虫子最难拽。当你用手抓住那肉墩墩的身子时，不免感到吃瘆，你用力往外拽，它就使劲往里钻，虫的身体就像弹簧似的被拉得老长，可就是出不来。虫小劲不小。想想也是，在这生死攸关时刻，它岂能不和你拼死一搏呢？抓到的虫子放入瓶里，拧紧瓶盖，瓶子装满虫后，小心翼翼地放在口袋里，期盼队长吹哨子喊放工，期待记工员报出捉虫数量和应得工分，那心情就像等高考发榜一样焦急、激动。"放工啦，全部到场头数虫子。"随着生产队队长的哨声、叫喊声，社员们如归巢的鸟，又像队长收起的网，从棉田各个角落涌向场头……

现在，随着科技的进步和社会的发展，农产品中有许多都是抗病、防虫新品种，很少生病、生虫。就是发生病虫害，所用农药也是高效、低毒、低残留，喷药水不是农用飞机就是无人机作业，再也看不到农人们低头弯腰捉虫的身影了。

"篱落疏疏一径深，树头新绿未成阴。儿童急走追黄蝶，飞入菜花无处寻。"宋代杨万里的《宿新市徐公店》，描绘了一幅顽童捉虫的美丽画面！要说古人们喜爱的虫是有美丽的外表，迷人的舞姿的蝴蝶的话，那现代人将纯粹是虫的豆丹奉为"神丹"，不但不捉杀它，还大面积饲养它，在豆丹的深加工上大做文章，将其打造成名扬四海的地方特色名菜，这又怎能不让人感慨万千呢?

喜看小街"烟火气"

春天来了，和煦的风吹醒了万物。跟随春天的脚步，我来到老家六垛，徜徉在人头攒动的小街上。

小街是自然形成的农村集市，南北向，有五六百米长。街两侧绝大多数是两层楼的村民住宅，上面住人，下面是门市。小街是七八个村村民土产交易和生产生活物资供应的集散地。衣服鞋帽、家用电器、禽畜水产等商品应有尽有。我喜欢村民自家田里长，自己上街卖，带着泥土和露水的绿色土产。漫步小街上，两眼总是不由自主地往路边小摊上扫，往地道的农民穿着、不声不响、两眼盯着行人转的摊主面前跑。

我看到路边站着一位穿着解放鞋，裤上、脚上沾满泥巴的庄稼人，面前红色塑料盆里游动的鱼身上还粘着渣草。

"老板要鱼吗？全是野生的，刚从条洋河摸上来的。"看我走近，中年男子面带着涩笑眯眯地说。盆里乱游的鱼有草鱼，鲹白条，还有昂刺和难得一见的虎头鲨。野生鱼绝对没错。"买二斤吧。"我说。他像看透我的心事似的，特地将昂刺和虎头鲨全选给我说："这些杂鱼一团肉，很好吃。"他没有微信、支付宝，只能现金结算。临走时，他又拿条草鱼给我说："晚上鱼和寒菜、黄豆煮，透鲜，下饭呢。"

一个烧饼铺门前的案板上，堆着小山似的烧饼，洁净的瓷盘里整齐地摆放着滚圆的麻团，诱人的香气没头没脑地缠绕着你。铺旁左墙角围站着一群大人和小孩，挤进去一看，只见一位腰系蓝底白花围裙，双膀戴着灰色护袖的老奶奶正在炸油端子。油端子是儿时的美食，微利的小生意，没想到还有人执着地坚守着。只见老奶奶往油端勺子里倒入少许发酵的米面糊，又用筷子夹些萝卜丝放米面糊上，随后将油端勺子淹入滚开的油锅里，随着"哧哧"声，不一会儿，黄灿灿、香喷喷的油端子就炸好了。我买了六只，拎起一只就往嘴里送，一口咬下去，瞬间就回到过去的时光里。"还是老味道，酥脆香糯。"我忍不住边吃边夸。"好吃吧，香呢！"老奶奶听后也高兴地附和着，额前的白发随之舞蹈起来。

一个巷道口飘出腾腾蒸汽，一口锅上叠码着一摞圆圆的盘状糕模，那是在蒸米糕吗？我不太确定。因为米糕是几十年前农村人买回来招待客人用的。家里来亲戚，养鸡的人家会打几个鸡蛋瘪子招待，没有鸡蛋的，就买几块米糕回来，热水冲泡后放锅里炖成糊状，加糖后招待客人。现在条件好了，谁家还吃米糕呢？走近一看，还真是在蒸米糕。只见老太太麻利地从冒着热汽的糕模上取下最上面的一个，将糕模侧歪过来，手掌往桌上用力一掷，圆圆的、热乎乎的米糕就掉落在桌上。随即她又用半边河蚌壳往米面盆里一捞，随手往糕模上一倒一刮，装满米面的糕模又摆在腾腾蒸汽上，然后再取下一个糕模，手掌往桌上一掷，又倒出圆圆的、热乎乎的米糕来。

"现在还有人买米糕吗？"我不免好奇地问。

"有啊！小孩出生一百天要抓糕、粽，一周岁时要给亲戚、邻居家送糕、粽，建新房上梁要撒糕、粽，古代传下来的风俗没变。还有农村老人吃洋点心吃不惯，早茶晚水还喜欢泡米糕、泡果子吃。"老太太兴致勃勃地说。听着她的话，我仿佛又回到缺吃少穿，但参加生产队劳动干劲十足的年代。

久违的烟火气，既熟悉又陌生，它让我兴奋、感慨，也撩起我的兴致。信步走到小桥口，一团人欢呼雀跃，笑声阵阵，原来他们在玩套圈。地上一排排摆着全是糖果、面包、饼干、蛋糕等吃的食品。套中的大人正喜滋滋地拆撕着食品包装袋，等不及的孩子使劲拉扯大人的衣服。每个人脸上都荡漾着快乐、幸福的涟漪，自由、任性带来的瞬间欢愉，让他们忘掉了烦和愁，悲和痛。

桥头有个小饭店，有位中年妇女坐在门口择菜剥葱，左边半蹲着一条大黄狗，竖着耳朵、昂着头，警惕地注视着路上行人；右边一只小花猫，眯着眼，像是在打瞌睡，一副与己无关的样子；河边笼子里的鸡，使劲从拦网中探出头，咯咯地叫着向主人讨吃的；厨房冒出的缕缕炊烟，清晰地倒映在蓝蓝的小河里。此情此景，让我想到了炊烟袅袅、鸡鸣狗叫、生我养我的小村庄，想到了陶渊明的诗，"暖暖远人村，依依墟里烟。狗吠深巷中，鸡鸣桑树颠。"

小街洋溢着的浓浓烟火气，充满了快乐人家幸福生活的诗意。汪曾祺曾说过，四方食事，不过一碗人间烟火。是啊！人间烟火，就是百姓柴米油盐酱醋茶的琐碎日常，是人声鼎沸的市井喧嚣，是朝出暮归、安于田园的岁月静好。

人生，不就是一半烟火、一半清欢吗？！

遥想家乡菜花黄

太阳朗照、春风徐徐，红男绿女们徜徉在清秀婉丽、无边无际的油菜花海里……这是近日央视《朝闻天下》节目里游人观赏油菜花的画面。触景生情，我想到了家乡那粉嘟嘟、黄灿灿的油菜花。

我的家乡在射阳县原六垛乡，那里的油菜盛花期是在3月下旬。家乡人爱种油菜，爱看油菜花，更爱吃清亮亮、香喷喷的菜籽油。

家乡种植油菜历史悠久。起初每家每户只是在家前屋后、沟堤河埂零星种植，收些菜籽榨油食用。大面积种植油菜，是在城里人认识到菜籽油是绿色食品，并具有保健作用后，市场上菜籽需求量大增，栽种油菜经济效益好，便开始成片连绵种植。

油菜花好看，菜籽油好吃，然而种植油菜却是件费工劳神的力气活。长油菜要先育苗。每年9月底10月初，选择土层松软、肥沃的地块作苗床，平整好土地，施足猪脚粪等有机肥，挖好排水沟后，在苗床上撒入菜籽并盖好塑料薄膜。小雪节气后，便将苗床里的油菜苗移栽到大田，经过浇水、施肥，不久，青绿色的油菜苗就变成了深绿色的壮苗，开始接受严寒的磨炼。

风寒霜雪不断侵袭，油菜敛声屏息，匍匐着身子，把霜雪当被子，好像睡着了。其实它在凌霜傲雪，蓄势待发。

打过春，草木已悄然萌动，嫣红粉绿地冒出芽苞。经春风抚慰、春雨滋润，熟睡一冬的油菜也被唤醒了，他们伸腰舒腿，精神抖擞地展示起妩媚的身姿。

惊蛰的雷声，像敲响的战鼓，油菜终于按捺不住沐浴融融暖意的迫切心情，一个劲地绽放。一朵朵、一串串、一簇簇、一片片，不经意间，花儿仿佛赶集一样，你招呼我，我招呼你，前呼后拥、铺天盖地地盛开着。金黄的油菜花，在绿色茎叶的衬托下，显得纯粹、朴素；清新的花香，素净、实在，就像村姑的坦诚、直率、不迎合、不做作。油菜花美，美得清新自然，是春到浓处的醉人之美。庄稼人端着饭碗，站在家前屋后的油菜花旁，一边拨拉着饭，一边漫不经心地闻着花香、看蝴蝶飞、听蜜蜂叫。孩童们像过年一样，穿梭在油菜花海里，捉迷藏、追蝴蝶，弄得脸上、身上都是金黄的花粉；有时还溜到农家青菜园里，躲藏在菜花下，折断最粗壮的青菜茎，摘掉花朵，剥去菜茎的外皮，露出的青菜芯青翠欲滴、清香四溢，忍不住猛咬一口，嫩脆香甜，沁人心脾。

"最是好花留不得，不如只种菜花看。"这是元代诗人方回描写菜花的诗作。油菜花好看、耐看，且花期较长，许多地方就专门种油菜花给人看，久而久之，成为闻名遐迩的旅游景区。婺源层层叠叠的梯田油菜花，兴化如海似洋的垛田油菜花，每当盛花期，天南海北的游人如潮涌般前往打卡，盛况空前。

"黄萼裳裳绿叶稠，千村欣卜榨新油。爱他生计资民用，不是闲花野草流。"这是乾隆皇帝的诗作，从中看出皇上不但喜欢油菜花的品格，更欣赏油菜花的大用。是啊，城里人只看油菜花的美，庄稼人却更在意油菜花能收多少油菜籽，榨多少菜籽油。油菜开花后，庄稼人隔三岔五地往田里跑，他们不是来赏花，而是看油菜什么时候在枝条上结出一串串籽粒饱满的油菜角子。待到青青硬硬油菜角渐渐变黄快要爆裂时，庄稼人就开始收获油菜籽了。收获油菜籽要趁早上有露水的时候，这样菜角不容易炸裂。割油菜时，左手拽住油菜，右手握住镰刀，刀口勾住菜根轻轻一拉，油菜倒入腋下，随手堆在地上，然后捆成梱，再用担子挑、平板车拖，运回家摊铺在垫了塑料薄膜的场地上。晒几日太阳后，用连枷、木棒，甚至脚踩，只听沙沙声响，一颗颗圆圆的油菜籽蹦蹦跳跳地从壳中滚落在薄膜纸上。铁叉叉去菜籽杆，簸箕簸去菜籽上的叶、壳子，筛子筛去泥沙，剩下的就是乌黑滚圆亮晶晶的油菜籽了。庄稼人望着它，眼里放着光，幸福的笑容荡漾在脸上似春花烂漫。

油菜籽榨出来的油便是菜籽油。那时候榨油，都到个人油坊，手工压榨，榨出来的油浓厚醇香。儿时，最喜欢奶奶和母亲用菜籽油炸油饼，最期盼过年菜籽油炸肉圆，并喜欢用炸过肉圆的油泡饭吃。平常难以下咽的大麦糁子饭，经炸肉圆油一泡，变得圆滚润滑，到嘴到肚，满口留存肉圆的余香。

"野树青青布谷啼，更看蝶绕菜花畦。"蓬勃、喧腾的油菜花，灿烂绚丽，人见人爱。但在我心里，唯有家乡的油菜花赏心悦目，令人记忆生香。

开啦，家乡的油菜花开啦！它开在童年的记忆里、开在永不褪色的故事里；开在父老乡亲的汗水里、开在游子的梦乡里……

路不迷人人自迷

　　"盐射"高速的开通，将射阳到盐城的车程缩短到半小时之内，这对于我们寄居外地常回老家的人来说，欣喜之情就如木梳揣怀里——梳（舒）心。

　　射阳是我的家乡，退休后我寄居扬州。每次回老家，都从兴桥出口下高速，再沿冈合路、陈李线开40分钟左右的路程才能到达县城家里。冈合线是单车混合道，常有摩托车、电瓶车、三轮车穿行抢道，且路边岔路口多，冷不防有家用、农用车辆冲出，让人防不胜防，提心吊胆，下高速后的惬意心情也随之变得紧张起来。

　　新开通的盐射高速越过冈合线直达县城。从沈海高速转入后，仅9公里就到达合德出口。盐射高速是全省第一条以县为主投资的高速公路，是全国第一条全线采用自由流+"云收费"的高速公路。百闻不如一见。我渴望尽快回老家，亲自驾车体验，享受美好。

　　春节后因事回老家了，我坐在驾驶室调好往盐射高速的导航后，激动的心情难以自抑。想象着、设计着盐射高速合德、射阳、黄沙港三个出道口的雄姿，推演着、揣摩着自由流+"云收费"的神奇。全程车速120迈，只为早点驶上盐射高速，一睹芳容。期待美好的过程，也是享受快乐的时光。车子很快从盐靖高速驶入沈海高速，穿过了射阳服务区，看到了兴桥出口2公路指示牌。驶过兴桥出口2分钟左右，导航小姐甜甜的声音响起，我看到了往射阳港区的指示牌，车子终于驶上了盐射高速。此时已近下午1点钟，路上车子很少，我打开车窗，兴致勃勃地欣赏起家乡新建的更具现代化的高速。崭新的盐射高速犹如一条银灰色的巨龙游动在广袤大地上，无遮无挡的两侧，极目天舒、心旷神怡；四车道路面光洁敞亮，亮丽的护栏在暖阳下熠熠生辉，绿茵茵的麦苗如地毯由近及远；沥青、油漆的醇香裹挟着麦苗的清香一股脑儿地涌进车内，沁人心脾。盐射高速就像风姿绰约的妙龄少女，充满青春活力。

"合德出口要到了。"坐在车后座的妻子话语急促、兴奋，像是无意中的自言自语，又像是有意在提醒我。我看到了还有2公里到合德出口的指示牌，侧眼瞄下时钟，发现从沈海高速到合德出口用时不到6分钟，一阵惊喜袭上心头。离出口越来越近，1公里，500米，我在提醒自己要变道下高速了，可不知怎么回事，不知不觉中车子没有转弯变道下高速，而是直向前往射阳出口方向开去。手脚不听脑子使唤了。

"我们就从射阳出口下吧，正好让你再感受感受，再看看家乡的风景。"我只好顺势和妻子说。

"到射阳出口不能再走错了，不然到家太迟了。"妻子没责怪，随口附和着。

　　我全神贯注盯着射阳出口指示牌，准确无误地驶下了射阳出口。射阳出口位于县城东部的新城区，我在新城区的城建集团工作三年，方圆有几幢楼、几个单位，南北东西有几条路我心里都有数。可车子驶过出口到十字路口时我却愣住了：高楼栉比、商铺林立，人如潮、车如流，道路纵横交错、四通八达。这是新城区吗？往哪儿变道呀？左拐，右拐，还是直行呢？我忙搜寻着路边的指示牌：开放大道、新城大道。哪来的开放大道、新城大道呀，它们通向哪儿？往幸福大道怎么走呢？"嘀嘀……"后面的车辆使劲地按着喇叭，他急我更急。为不影响后边车辆通行，我只好茫然地向前开着。

　　"这不是汽车站吗？"妻子指着路对面的新城区海都实验幼儿园说。

　　"你头转晕了，还是打瞌睡才醒呀，汽车站在老城区最西边，我们现在在东边新城区。"我急得浑身冒汗，她来了个南辕北辙，我有点生气。

　　"在县城迷路才好笑呢。"妻子说完后哈哈地笑起来，她的话也让我发笑。是啊，自己在县城工作生活了20多年，虽然退休后在扬州生活几年，但每年都回来多次，新城区虽来得少，但也不至于迷路吧！突然，我看到了欧式建筑"安徒生童话乐园"圆圆的顶尖，犹如夜晚迷失方向漂泊在大海里的航船看到了航标灯般高兴。安徒生童话乐园正门就在幸福大道边，只要方向正确，就不会迷路，往那开准没错。主意拿定后，我终于摸上了幸福大道，很快就到家了。

鲁迅先生说，世上本没有路，走的人多了，也就成了路。我想说，路多了、好了，走的次数少了，就容易迷路。

迷人的盐射高速，变幻莫测、日新月异的新城区，下次回来，我还甘愿被你所迷。

青青河边草

　　漫步城中的小河边，深切感受到城市里的河和农村的河就是不一样：石块垒砌的河坡平坦光滑，青砖立面的岸边小道清新典雅，汉白玉栏杆整齐划一，杨柳、玉兰树错落有致。我漫不经心地看着河面，望着河岸，发现不远处有一摊青油油、绿莹莹的草在凛冽的寒风中摇曳着。那一摊青绿，就像沙漠中一片绿洲，像高原上一潭碧水。我兴致勃勃地沿着台阶走向它，忍不住深情凝视起它。

　　草不算高，仅有五六寸长。面积不大，只有三四个平方。这是旷野里生长出的原生态的草。虽然叫不上名字，却似久未谋面的老友，让我忍不住激动感慨。她昂首挺胸、精神抖擞地面向清凉凉的河水，左右和背后除了褐色泥土就是枯枝黄草，犹如鹤立鸡群，又似一枝独秀，妩媚、妖娆，分外抢眼。我蹲下身子抚摸起叶片，厚实、硬梆，是被严寒肆虐所致，还是为抵挡严寒侵袭而变得如此坚韧呢？叶色青绿，虽经霜打雪压，依旧不改其本色；叶肉饱满，仍然保持与生俱来的特质。望着眼前的草，我想到了农村老家门前河坡上长满的茅草、巴根草、狗尾巴草，回想起儿时多彩有趣的往事。

记忆里农村的河堤堆坡上，无不长满高矮不一，参差不齐的草。她们是春天的使者，用青绿点缀着大地，彰显春天的生机和活力。儿时常在河边完成大人交代的"指令性任务"，句句都离不开草。挑秧草挣工分，买学习用品；挑猪草养肥猪过年，炸肉圆、吃杀猪菜；割茅草搓绳打柴帘卖钱，过年添件新衣服。我们也会借机在草地上玩耍，召集小伙伴搞拔茅针比赛，用狗尾巴草编帽子，伏在草丛中打仗。一阵酣畅淋漓的玩耍后，快乐变成了痛苦，浑身泥巴和草汁换来的是大人的"揪耳朵""小棍汤"。偶尔遇到感觉委屈或心情不好时，也常跑到河边呆坐、遐想。清清的河水映着蓝天白云的影子，映着河岸边绿绿小草的影子，也映着自己愁眉苦脸的影子。悠悠白云惬意地在水草中穿行，小小鱼儿也毫无顾忌地钻入草根睡觉，湍急的水流冲撞、拉扯着水草，水草迎来送往、左右逢源，它的大度、宽容、敞亮，让我愧疚，更引我深思。水草快乐地抖动长长的身躯，好像在说"多交知心朋友"。小草热情点着头，好像在说"遇事不要太较真"。草木有情又传情，我心释然了。

"律回岁晚冰霜少，春到人间草木知。"青青小草旁的其他荒草仍然颓废萎靡，河岸边落光叶子的柳条干瘦稀疏，静静河面上还残留着冰片，尽管春节——春天节日已经到来，但严寒还赖在大地上，风霜还在摧残着万物，人们心中畏寒的雾霾还没有完全消退。但春天正在赶来的路上，只要你怀揣阳光走入大自然，俯下身子，弯下腰，深深呼吸，静静聆听，到处都是草儿"啪啪"的破土声，"嗖嗖"的拔节声。河岸边那飘拂的柳条，宛如思春少女，于河面梳理着迷人的长发，在春姑娘送来青青叶片的装扮下，更加妩媚、灵动、秀美；那盘旋在你头顶的鸟儿，会飞临耳边呢喃，用她清丽婉转的鸣叫，喜滋滋地告诉你春的音讯。

"青青河边草，悠悠天不老，野火烧不尽，风雨吹不倒……"河边青草，经过严寒的揉搓，练就了忍辱负重、不屈不挠的品格，蕴蓄了生存的精力和生长的能量。在暖阳驱散严寒和雾霾的那一天，在春风吹起它绿色身子的那一刻，它将怀揣希望，猎猎而动，荡漾出春的诚意。河边、沟畔、田间，广袤原野上的枯枝荒草也将势如破竹、排山倒海般雄起。

"春草绵绵不可名，水边原上乱抽荣。"在春的呼唤下，百草齐发，蜂拥而至，满眼新绿的大地，到处萌发着诗情，涌动着画意。

暖阳之下好读书

北风呼啸着、肆虐着，枯枝败叶也被其死命撕扯着、摔打着，真可谓无情无义。太阳以博大的胸怀，冲破寒风的阻挠，穿透玻璃的间隔，热情地将温暖的阳光倾洒在阳光房的边边角角。我懒洋洋地斜靠在躺椅上，心甘情愿地让缕缕茗茶的幽香和着丝丝暖阳的温情前后左右、上上下下缠绕着、裹罩着，心无旁骛地阅读着钟爱的书。温馨的暖阳，暖心的茗茶，悦心的书香，让我惬意满满，心情也随之激越起来……

喜欢在冬日的暖阳下读书，还是儿时养成的习惯。

那年代，农村孩子因家庭贫困，家长没有钱买课外书籍看。上初中的我，用多年积攒的过年压岁钱买来《金光大道》《艳阳天》和连环画。数九寒天里，拎个小板凳，躲到一个避风朝阳的墙角落，将书摊放在两腿之间，双手插入棉袄袖筒里，贪婪地读起来。家里大人怕在屋外看书受凉，在屋内点起火盆，里面放上黄豆和棒头粒，让我围着火盆，边看书边炸黄豆和棒头花吃，但我仍然喜欢在屋外墙角边晒太阳边看书。太阳晒得浑身暖暖的，书中的人和事也如光芒四射的太阳，照得人心里亮堂堂、暖洋洋的。

参加工作后，我喜欢将办公桌摆放在朝阳的窗户旁，让冬天的第一缕阳光泼洒在办公桌上，流淌在书本上、茶杯上和电脑上。有阳光，就有生机，就有希望。在家里，我也喜欢在阳台上摆放电脑桌，沐浴阳光，心里敞亮，生活有力量。

其实暖阳和读书没有必然的关系，仅是一个习惯和心情而已。但冰天雪地的冬闲未必不是一个读书的好时机，读书能让人静养心情，倾听内心，将自己从喧哗与烦躁中脱身出来，在读书中获得快乐，在书中补充能量，提高免疫力，提升精气神，增强信心和力量。对于读书之乐，南宋诗人尤袤说："饥，读之以当肉；寒，读之以当裘；孤寂而读书，以当朋友；幽忧而读之，以当金石琴瑟。"走进书的世界，可遇见一个更好的自己，让自己在孤独和彷徨的时候找到可靠的知己。

时逢盛世，暖阳普照。我们现在读书条件优越，买书不缺钱，读书有地方，只要有古人匡衡"凿壁借光"，车胤"囊萤夜读"的精神，就能畅游书海，攀越书山，在读书中领略人生真谛。仍然在岗位的人，不妨细细消化党的二十大精神，深刻理解党的方针政策，并结合自己的工作，思考来年工作思路，打磨切实可行的工作计划；赋闲在家的退休人员，也不妨读些养生保健方面的书籍，学些疫病防治知识，发挥余热，力所能及地为社会做份贡献。

在我"阳"康后的时光里，平心静气地在暖阳下读书，虽是数九寒冬，却感春意融融。书上的每个字都灵动起来，像枯树枝上冒出了鲜活的嫩芽，像夜空中闪烁的熠熠星河。我想起法国哲学家阿兰的一句名言："书籍是幸福时期的欢乐，痛苦时期的慰藉。"多么富有诗意和哲理的话语。不是吗？读着优美的文章，满口生津、满目春色、满心喜悦。有书读，生活才过得惬意、幸福。读书吧，读寒冬里暖心的书，读生命中催人奋进的书。岁月有书香相伴，平凡的日子就会溢出一份温暖和馨香。

渠北那块飞地

　　每个人对故乡总有一份割舍不下、魂牵梦萦的深切感情，总有一些刻骨铭心、挥之不去的甜美往事。近日，我就在不知不觉中想起了家乡在渠北的那块飞地，那些尘封在记忆深处的鲜活画面又浮现眼前。

　　我的老家在苏北灌溉总渠南侧的原射阳县六垛公社五垛大队第二生产队。1952年开挖苏北灌溉总渠和排水渠，生产队有173亩土地散落在滨海县振东公社新东大队境内，成了一块隔县的"飞地"。

　　那时农村实行公社、大队、生产队三级管理体制，以生产队为经济核算单位。土地使用权归集体所有，生产队人员为公社社员。社员参加生产队集体劳动，生产队给社员记工分，多劳多得，按劳分配。

　　飞地离渠南居住地有近20里路，要经过省属国营淮海农场、射阳县六垛闸口、滨海县振东公社排水渠闸口、振东公社新东大队后，方可到达。当年，自行车是稀罕物，不说农村社员没钱买，就是有钱也买不到，一律凭票供应。到渠北劳动全靠11号——两条腿跑。天刚亮，队长就吹哨喊上工了，社员们磨磨蹭蹭，太阳竹竿高才带上劳动工具慢腾腾地向渠北走去。到淮海农场供应站，不要人喊，大家都不约而同往站里跑。供应站里商品都是当时市场上买不到的紧俏货，什么洋河普曲、双沟大曲酒，玫瑰、华新、大运河、大前门牌香烟，以及红糖、煤油、火柴、肥皂等，这些商品农场职工凭票才能买到，农村人进去只是相相呆，过过瘾。六垛闸口人称"小上海"，有大集体性质的供销站，全民所有制的粮站，还有中药店以及多种生产、生活资料门市，若干肉、鱼、蔬菜摊点。走到这里，上工的人就如青蛙散籽跑得满处都是。大姑娘、小媳妇成群结队来到供销站棉布柜台前，抱起花花绿绿的布匹左看右瞧爱不释手；青年小伙拥到鞋帽柜，左挑右选仿军用解放鞋和军帽；大爷、大妈转悠摊贩前，打听着鸡鱼肉蛋蔬菜的价格。上工的人悠闲地逛起了街。待生产队干部挨个找到发火后，才晃悠悠地又往田里去，到田头往往仅劳动个把小时又放工往回跑。

那时"割资本主义尾巴"，社员们经济来源主要靠集体土地收入，飞地虽远，生产队干部也不得不想方设法组织社员去劳动。然而，社员们厌倦"大呼隆"劳动形式，有劲不使，有力不出，还常找借口向生产队长请假，不是到淮海农场干私活、挣外快，就是去捞鱼摸虾赚"活钱"。为留住劳动力，解决社员跑路耗时长，体力透支大等问题，生产队在夏天专门安排几位妇女在渠南煮大米绿豆粥、蒸白面大卷子，免费供应午饭。中午时分，水桶盛粥、笆斗装卷子，用木轮车推到渠北，绿豆粥管饱，每人外加一条白面大卷子。社员们平时在家都吃大麦糁子粥，吃到不要钱的大米绿豆粥、白面卷子，很是高兴，出勤力陡增，连上了年纪的老爹爹、老奶奶，放暑假的学生都来参加劳动。我高中放暑假时，也加入享受免费午餐的行列。吃饭时，大口喝粥，小口吃卷子，省下来卷子放口袋里，等放工回家路上再吃。

免费供应午饭，节省了时间，解决了劳动力问题，但社员们劳动责任心不强。棉花间苗时随手拔，整枝时剪掉有三角苞的母枝，留下不结桃的公枝，还经常闲聊拉呱"磨洋工"。生产队长不得不在每次劳动前，根据男女老少身体和能力状况，用他那标准的大跨步，他三步、你两步将农活分到每个人，限定完工时间，明确多少工分，规定质量要求。将一窝蜂拥一块田干活，干好干坏都一样，改为将需要做的农活，分到每个人，谁如数完成且质量符合要求的，记工分，放工回家；谁出勤不出力，做事马虎不达标，就返工重做。此举，是农村实行家庭联产承包责任制的雏形，如同给生锈的齿轮浸上了润滑油，社员们一改"上工如拉纤，放工如射箭"的习惯，激发了生产积极性，释放了劳动能量。社员们像给家里做事一样认真，不但进度快，而且质量好。从而提高了生产效率，提高了劳动质量和经济效益。由此看出，不管什么时候，只要针对时弊，积极探索，革新除弊，就能提高生产力，促进经济和社会发展。

时光飞逝，物是人非。渠北那块飞地20多年前因国家水利建设需要，已成为1200多米宽的淮河入海水道河底。飞地没了，但飞地的记忆却永远沉淀在我岁月的长河里，徐风吹来就会波澜汹涌。

一本三"利"

俗话说"一本万利",意思是用最少的钱获得最大的利润。由此,我联想到自己退休后学习文学创作,四年时间,以一本"退休证"收获三本"会员证"（盐城市作家协会会员证、江苏省散文学会会员证、中国散文学会会员证）,也可谓一本三"利"了。

2018年下半年,我办理了退休手续,领到了一本褐色退休证。退休后的生活如何安排呢? 掼蛋不精,打麻将不会; 投入经济和精力自己再创业,不但有风险,而且不一定得到想要的回报。思来想去,还是利用之前当过报道员写过新闻、做过秘书写过公文的基础,学写散文。把自己退休后的时间和精力投入文学创作中,说不定能得到意想不到的收获。从此,在生活中我做起了有心人。

静心读好书。当初,决定学写散文的想法直接、简单,认为散文就是夹叙夹议的记叙文,小学就学过写过。还自以为是地认为,写散文就要无拘无束、随心所欲,想怎么写就怎么写。结果所写文章平铺直叙，结构单一，节奏平缓，词句枯燥，缺情感、少意境、无神韵，干巴巴的没有文采，走不出新闻和公文写作的圈子。自己看了都不满意的作品，怎能感动别人，又岂能奢望他人喜欢呢？

"读书破万卷，下笔如有神。"这是诗圣杜甫的至理名言。"经常不断地学习，你就什么都知道。你知道得越多，你就越有力量。"这是文学大师高尔基的励志话语。从这些格言警句中我感悟到"鸟欲高飞先振翅，人求上进先读书"的蕴意，要改变自己的思维，要提高自己的文学创作水平，要使自己的文章有人看、让人喜欢，必须多读书、读好书。由此，我先后精读了《季羡林散文集》《汪曾祺散文》《陈忠实散文》《张晓风经典散文集》以及文学大家朱自清、冰心、叶圣陶等人的散文精品。真是不读不知道，一读脑开窍。不但懂了散文的范畴，还知道散文写作的精髓是形散神不散，消除了散文就该松松散散、随笔就是的偏见。知道了一篇好的散文要体现"真"和"情"，叙事要真实，情感要充沛，要文采斐然，给人以美的享受。读书让我增加了知识、增长了见识、认准了标识，使我思维的敏度、锐度和表达的精度、准度都得到了提高，写作的羽翼日渐丰满。

留心身边事。在散文写作实践中，我感到关注生活中的喜怒哀乐、留意大自然的风吹草动，就有取不尽、写不完的题材。一次夜里，小区人员做核酸检测，一位年岁已高、行走不便的老人排在我前面，工作人员让她直接到前面去做核酸，她说插队、搞特殊影响不好，执意排队等候。我被她质朴纯真的言行所感动，深感宣传此精神有利于弘扬社会公德和家庭美德，有利于非常时期工作秩序的维护和谐环境的营造，于是赶写了《检测中的感动》一文。因防疫需要，我在女儿家居家隔离32天后回到自己家里，看到院外葱茏的柿子树上，圆润、饱满的柿子隐藏在兔耳朵似的叶片下，像在和我躲猫猫；红红的石榴绽开的蒂脐，露出珍珠似的籽粒，像在对我微笑，又像有许多话要对我诉说。此情此景，使我由衷地感到岁月静好，挥笔而就《美好就在身边》的散文。

每天早上我有边跑步边到菜场买菜的习惯，跑步时有意聆听风掠树叶哗哗的声响，着意观察摇曳的红花绿草、匆匆的行人、如梭的车辆；进入菜场喜欢辨听商贩的叫卖声，察看摊主交易中的面部表情，倾听摊主和客户的对话，当看到、听到摊主不计个人得失，热心帮助残疾人、重病人的善举后，又先后写了《卖菜的小夫妻》《卖蚕豆的大叔》《卖白果的老奶奶》等多篇文章，发表后产生了积极的社会影响。一位德高望重的新闻界老前辈在微信群里说："《卖白果的老奶奶》把遇到的极平凡的小事写成如此动人的讲诚信的好文章，很值得一赞。"有位素未谋面的读者在平台上留言说："读您的文章是极大的喜悦，点开了一片天地，我看见可爱的人、可爱的地方和美的世界……"

动心就动手。汪曾祺曾说过："一个人写成一篇作品，是有一定机缘的。过了这个村，没有这个店。"梁衡也说"为文第一要激动。"文学确是心灵的产物，对此，我深有体会。发现让你心动的事，你就紧抓不放敲起键盘，及时将碎片化思考转化为有思想有温度的文字，哪怕"三更灯火五更鸡"，趁热打铁，就能行云流水、一气呵成。

一次，车里音响播放《醉乡》歌曲，优美动人的旋律，深沉质朴的歌词，浑厚悠远的歌声，瞬间抓住我的思绪，我的心随着歌声回到家乡那魂牵梦萦的芦苇荡。到家就写成充满激情和温度的《醉在家乡那片芦苇荡》，自己满意，读者喜欢，儿时的玩伴说，文章又把他们带回在暖阳下追逐飘逸在空中的芦絮的童年。还有一次雨后的早晨，我送完孙子上学，车窗外红艳欲滴的初升太阳让我陶醉，车内黄安演唱的歌曲《样样红》中一句"愿用家财万贯，买个太阳不下山。"不由我触景生情：人的心态，不就是照亮人生道路上的太阳吗？朝阳，就如青春少年样样红，光芒四射，魅力无限；夕阳，犹如老人，只要有健康、乐观的心态，照样火红璀璨，焕发能量。为此，我写了《买个太阳不下山》一文，发表后引起共鸣，一位资深作家发朋友圈说：此文生动感人，堪称佳作。凭着"衣带渐宽终不悔"的韧劲，我终于写就了一篇篇略有文采的文章，出版了个人散文集《大地的怀想》。去年，我被盐城市作家协会吸收为会员，今年又先后被江苏省散文学会、中国散文学会吸收为会员。

有谚语叫"吃了五谷想六谷""这山望着那山高"，我发现自己竟然也有得寸进尺之心，一本三"利"还不满足，来年还想"利滚利"，再挣一本文学协会的会员证。

柿子熟了

柿子熟了，柿子真的熟了。不是红红地挂在树上外熟内生诱人的熟，而是经纯绿色物理方法处理后从内往外通透迷人的熟。轻轻地撕开柿子薄薄的表皮，露出透明鲜红的果肉，慢慢移送到唇边吮吸，果肉如汤汁，甜蜜舒爽，在唇舌肺腑之间缠绵不已，那甜是沁人心脾的甜，那是儿时梦里吃冰糖葫芦的甜。

柿子是从家里柿子树上采摘的。这棵柿子树饱经坎坷。三年前，我从市场上买回它时，树干虽有小膀粗，也有近二米高，但和它左侧高十多米，树干有面盆粗，枝叶如伞似盖的杏树比，显得瘦弱矮小不起眼。栽树如同育人，让人既操心又费神。自从柿子树栽下后，我每天都去查看，当看到枝条上冒出绿芽后，顿感神清气爽，浑身来劲。俗话说小孩只愁养（生产）、不愁长，树也是只愁活、不愁长，一旦成活后，很快枝繁叶茂起来。一年后，正当柿树蓬勃雄起，孕育挂果时，柿树的枝条已触伸到杏树枝条中，为了不影响彼此生长，第二年初春不得不忍痛将柿子树从院门口移到院墙角。俗话说树木动一动，前期功白送。柿树最怕移栽成活后再移栽，成活率极低。重新移栽后的柿子树又面临生死存亡的考验，我也重新背起焦心的包袱。

春风催发草木生。杏树已花开满枝头，嗡嗡的蜜蜂柔声细语地在花朵上缭着绕着亲吻着。柿子树怎样呢？我又心急火燎地来到柿子树旁仔细查看起来，终于发现在枝条的末端又蹦出了纤细的青芽，不久青芽成了绿叶，绿叶随着春风春雨很快转为墨绿色后便呼啦啦地繁茂起来。"谢天谢地，又活了！"我的心由惊喜而微微颤抖了，真切地感叹这柿树顽强的生命力。自己身上的负重也像远行走到尽头卸下了货，一身轻松。

今年，充满青春活力的柿子树挂果了，从小草帽一样的花萼里托出的小青果日渐膨胀，山楂大了、乒乓球大了、鸡蛋大了。单个的果子在枝条上荡起了秋千，挨挨挤挤的两三个果子相拥着随风舞蹈；柿子的颜色也在声声鸟叫中由青转绿、由绿变黄，最后像一盏盏橘红色小灯笼悬挂在树上。我用手机拍下来，分断面数了下，共有128个柿子，我喜欢这吉利的数字，也欣喜这是自家树上的产物，蕴藏温馨的乡韵。

望着满树红柿子，上幼儿园的小孙子早已急不可耐，他让我摘下树梢上一个又大又红的柿子给他吃。摘下的柿子硬梆梆的，不像市场上卖的柿子软绵绵的，洗净后用刀削去皮切一块自己尝了下，不但硬而且涩嘴，小孙子吃后大喊不好吃，让我再去摘。我哄他马上到街上买甜柿子给他，他不依不饶非要吃家里长的柿子。我真佩服他的执着和专注。一旁的妻子说："柿子在树上长不熟的，摘下来要放一段时间变软了才能吃。"我问了左邻右舍，又上百度搜索，有的说在柿子果脐上蘸点盐水几天后就熟了，有的说将柿子放在草木灰里闷几天就行了，也有的讲将柿子泡在45度的温水里24小时就能吃了。草木灰找不到，果脐上蘸盐水简单方便，可一个星期后还是原样；经温水泡过的柿子虽然不涩嘴了，但还是硬梆梆的。情急之下，我想到去菜市场问卖柿子的人，或许他们知道处理方法。我向卖柿子的人说明来意后，他很爽快地说："行，你买两斤柿子我就告诉你。"我想也是，知识产权转让都是有偿的。我说："好，我买你四斤柿子。"他很讲诚信，柿子卖给我后告诉我，将柿子放在纸箱里，里面放几个苹果后封好，一个星期后，硬柿子就变成软柿子，涩嘴的柿子就变成甜心的柿子了。他还告诫我，柿子性寒，空腹不宜多吃，尤其吃柿子不能同时吃螃蟹，易得胆石症。我像寻到了祖传秘方和武功秘籍，回家后就迫不及待地操作起来。果不其然，没到一个星期就有柿子由硬变软熟透了，有些不太红的柿子也在七八天后都熟了。原来，苹果等水果会释放乙烯，而乙烯有催熟作用。

小孙子参与了摘柿子，又亲手选了三个又红又大的苹果放入柿子箱里催熟，现在终于吃上柔软甜蜜的柿子了，开心地露出缺了一颗的大门牙。

收获自己的劳动果实，享受时才会拥有心安理得、酣畅淋漓的喜悦。

后　记

还想出本散文集

2019年9月，《大地的怀想》散文集出版后，从心底里感到一阵轻松，犹如庄稼人喜获丰收后的那份惬意。多年的夙愿实现后，掩卷思忖，决定从那往后，仅在闲余再写写感兴趣的人和事，更多的时间用于带带孙子、做做家务、陪陪妻子，安享晚年。然而，生活中偶遇的一些感动我的人和事，又在我的心潮中涌起奋发写作的波澜。

一次，我在射阳步行街的朝阳桥北桥头往东走，路对面正在等绿灯的一位原县老区开发促进会的年近八旬的老干部，边急促地挥着手叫我等他，边急匆匆地跑过来。我赶忙握住老人家的手，连问他有什么急事。他气喘吁吁地说："没事，就想和你聊几句。我在报纸上常看到你的文章，我就喜欢读你的文章，每篇必看。你写的文章朴实、自然、接地气，方言土语，到嘴到肚。你将来一定会和赵树理一样，成为老百姓喜爱的作家。"老人家的一席话，真出乎我的意料之外，让我很是感慨，甚为感动。

我新闻写作的启蒙老师，是县老新闻工作者委员会会长、省作家协会会员、诗人颜玉华。他看了我《买个太阳不下山》抒情散文后，即在老新委微信群里留言道："高亚同志这篇文章写得生动感人，堪称佳作！"当他看到我的纪实散文《家有小院能怡情》一文后，随即在微信群里赋诗一首：

《七绝·小院颂——高亚小院美文读后》

怡情小院好风光，四季花红果菜香。

养老选于多福地，文思泉涌享安康。

今年已85岁高龄的顾长清，是射阳德高望重的新闻界的老前辈，已出版新闻通讯、散文、小说等17本书。当他看到我《卖白果的老奶奶》一文后，晚上近10点钟发微信朋友圈说："高书记的《卖白果的老奶奶》，把遇到的极平凡的小事写成如此动人讲诚信的好文章，很值得一赞。"颜老、顾老的鼓励，是对我莫大的鞭策。

一位"沿海文学交流群"里的读者，在阅读我的文章后留言："读您的文章是极大的喜悦，点开了一片天地，我看见可爱的人，可爱的地方和美的世界。""作者有颗感性的诗人心，能够从平凡的生活小事中品得出真情。"

如此赞语，让我惭愧不安。

这些熟悉和不熟悉的人，这些情真意切、滚烫的话语，使我难以自抑、浮想联翩。

其实，我的文章充其量就是个人日记和家庭大事记。每一篇文中，都有自己、家人和亲友的身影，都有令自己难忘，能唤起美好记忆的小故事，本意就是在自己茶余饭后聊以慰藉。

起初只是想和朋友相聚闲聊时多些话头和兴致，根本没考虑会有多少读者关注，更没有奢望有人能喜欢我的文章，还给予不菲的评赞。他们如此看重，真使我喜出望外，受宠若惊。正是遇到了这些人和事，每想到他们情真意切的话语，殷切期盼的神态，就似乎感到自己肩上有份担子，身上有份责任和义务，他们像一双无形的手在推着我，又像出远门时亲人的叮嘱，不时在耳边回响，提醒我。我不能放下敲击的键盘，要继续写作，写大家认可和喜欢的充满真情实感的人和事，要弘扬社会公德和家庭美德，给人以温馨、温暖和正能量，给人以力量和信心，也给自己的生活带来充实和快乐。由此，我增添了不间断写作、持之以恒写作的信心，并萌生再出本散文集的念头。

从此，我又格外关注起人间的真善美，关心起身边的每一份感动。在茫茫人海、匆匆岁月中，收集珍藏起那些难得的遇见，难忘的故事。我把这些镌刻着岁月的印记，透溢着曙光，散发着温暖的故事，以及深深烙在心头上的思乡情愫、念友情结、家国情怀用文字记录下来。到2022年1月，在写就并已在报刊和新媒体上发表的作品中，精选出84篇，又出了这本《大地的恋歌》散文集。让记忆和念想在文字中流淌，以文字为岁月"留影",留下最靓的身影、最美的时光,并以此奉送给亲人和友人,敬献给读者和社会。

"世态不常暖,写作可御寒。"在今后的日子里,写作于我将成常态,在冰凉的键盘上,感知的文字会一直温暖我、陪伴我。适期,我还想再出一本或多本散文集。